COLLECTION
FOLIO DOCUMENTS

Michel Kazatchkine
Avec la collaboration de Cécile Barthélemy

La consultation du soir

Un témoignage engagé
sur cette épidémie
qui bouleverse le monde

Gallimard

À Natacha, Émilie et Cécile

Au lecteur

Ce témoignage retrace un parcours. Le mien, mais aussi celui de tous ceux qui, de près ou de loin, dans quelque pays que ce soit, se sont trouvés confrontés à cette épidémie qui décime la planète. C'est donc un tout: une progression d'étape en étape — mot que je préfère à celui de « chapitre » —, reliées entre elles tels les maillons d'une chaîne. Chaque étape n'en constitue pas moins une entité. Ainsi, si vous souhaitez d'abord comprendre avec quelle habileté le virus attaque le système immunitaire ou comment se déroule la consultation du soir, vous pouvez commencer là votre lecture. Mon souhait n'en reste pas moins que chaque étape vous intéresse également.

M. K.

« Dites à S.A.I.D. qu'il ne m'aura jamais »

Il avait vingt-quatre ans et l'amour de vivre que l'on a à cet âge, une volonté de se battre, d'être le plus fort, que rien ne semblait pouvoir entamer. Avec ses amis, il avait aménagé au sein de l'hôpital Broussais un espace dans lequel les personnes atteintes du sida* pouvaient se sentir l'objet d'écoute et d'attention. Il y avait de la moquette, de la musique, du café, du jus d'orange, une permanence pour recevoir jusque tard le soir ceux qui en éprouvaient le besoin, dans ce quartier du 14e arrondissement de Paris. Parce qu'il se savait très malade et souhaitait revoir ses parents, Amar est retourné dans son pays. D'Alger, il m'a envoyé une carte postale : « Cher docteur, dites à S.A.I.D. qu'il ne m'aura jamais. » Deux ans plus tard, Amar est mort.

Médecins et patients, nous nous sommes brusquement trouvés face à un ennemi invincible. Ce n'était certes pas la première fois dans l'histoire

* Les mots suivis d'un astérisque renvoient au glossaire, page 311.

de l'humanité, mais la médecine avait fait de tels progrès qu'elle avait pu penser un jour vaincre la mort. Jusqu'à l'irruption du sida, je m'étais consacré aux maladies rénales, avec des enjeux souvent vitaux, en tout cas des enjeux fonctionnels graves. Je me souviens d'avoir vu mourir des jeunes gens de moins de vingt-cinq ans, ce qui accentue encore le désarroi éprouvé par le médecin confronté à la mort d'une personne qui lui a donné sa confiance.

Soudain un nouvel ennemi se dressait, inconnu jusqu'alors, sexuellement transmissible. Ce virus, susceptible, à l'occasion d'un seul rapport sexuel, de faire basculer une vie, allait nous dicter une façon de penser totalement différente.

« On ne peut mesurer l'humanité lorsqu'elle n'a rien à affronter, mais seulement dans les périodes de défi, de crise et de tragédie », a dit Martin Luther King. Le sida aura été, pour l'individu, pour la société aussi, une confrontation brutale à une situation extrême.

J'ai perçu, à travers chaque malade, cette confrontation aux limites, lorsque l'individu retrouve sa place et une authenticité que le confort occidental dans lequel notre vie s'écoule a tendance à effacer. La société fut ébranlée. Elle se trouva soudain en péril. Une faille venait de s'ouvrir dans sa belle organisation. Face à une nouvelle génération d'activistes, elle fut brusquement confrontée à la réalité, jusqu'alors volontairement ignorée, des homosexuels et des toxicomanes. Elle dut reconnaître des minorités, non pas cloisonnées, mais intégrées à l'ensemble de la population. L'épidémie a progressé, atteignant d'abord ces minorités puis toutes les couches de la société.

Le choc fut violent, particulièrement de 1987 à 1994. Mais les sociétés occidentales, les sociétés riches, ont une telle capacité d'ignorance qu'elles ont maintenant retrouvé leur équilibre dans le confort qu'implique la prospérité économique. Je l'ai ressenti dans l'évolution de la prise en compte du sida après notre déménagement de l'hôpital Broussais. Avant 1988, les médecins et les soignants de certains services mettaient des gants et des masques pour approcher les patients. Depuis 2000, à l'hôpital européen Georges-Pompidou, de même qu'un service traite de l'hypertension ou de fractures, un autre est spécialisé dans le sida. Un service, je ne dirais pas banal, mais comme un autre, bien que les choses s'y déroulent de façon, je pense, plus forte, plus dense, tant la réalité de cette maladie force l'individu à se confronter à ses limites. Face au VIH*, le soignant et le malade vivent des tensions extrêmes : gérer la vie et la mort.

J'ai toujours été gêné par les analogies entre le cancer et le sida. Le cancer, lui aussi, oblige brutalement un individu à se confronter aux limites de sa vie et à la perspective de la mort. C'est une maladie mieux acceptée par la société, peut-être parce qu'elle ne s'attaque pas seulement à ceux que l'on considère comme des marginaux. Peut-être aussi parce qu'on la côtoie depuis plus longtemps. Le corps médical, les soignants et les patients appréhendent cette maladie d'une façon très différente de celle dont nous appréhendons le sida. Face au cancer, le médecin se situe dans une relation médicale traditionnelle. J'entends par là une relation le plus souvent dissymétrique : le médecin a la possibilité de guérir. La cancérologie continue de faire des progrès et la médecine véhicule un espoir de traitement, une amélioration acceptable de la survie, sinon une guérison. La chirurgie peut extirper définitivement une tumeur et la radiothérapie, empêcher le mal de se développer. Cette capacité de supprimer ou de neutraliser le processus appartient entièrement au médecin.

Face au sida, les rôles sont différents même si, depuis les années 2000, la maladie a changé. Médecins et malades s'étaient trouvés dans une relation symétrique car ils étaient également ignorants et démunis. Les premiers furent des observateurs, des accompagnateurs impuissants, dans une relation médecin-malade bouleversée par l'absence de dissymétrie qu'ils avaient connue jusqu'alors, l'un étant celui qui savait, face à l'autre qui subissait. Avec le sida, le médecin n'avait qu'un rôle de compassion et d'accompagnement. En 1996, avec l'apparition des trithérapies* et une maîtrise regagnée du savoir, les rapports changèrent, les journaux titrèrent : « Les médecins reprennent le pouvoir. »

Depuis l'arrivée des trithérapies, comme lorsqu'on traite d'autres maladies, une partie du temps de la consultation se limite à la discussion de chiffres. On parle avec les patients du nombre de leurs lymphocytes T CD4*, on discute de la « charge virale »*, de paramètres quantifiables et mesurables. Autant de repères qui permettent au médecin d'évaluer la situation dans laquelle se trouve le patient et qui l'aident à mieux appréhender l'incertitude qui accompagne la maladie. Ces chiffres permettent également au médecin de reprendre son rôle de thérapeute. Une «charge virale» élevée appelle une intensification du traitement; faible, elle appelle sa poursuite et exige une surveillance attentive. On revient dans la perspective d'une relation en quelque sorte normalisée entre le soignant et le patient, on peut se reposer sur des chiffres comme sur des thérapeutiques, on n'est plus dans l'inconnu. Malgré cela, la personne séropositive* vivra sa maladie de façon totalement différente de celle chez laquelle on aura diagnostiqué une tumeur. Le patient atteint de sida garde une maîtrise de réflexion sur sa vie qui tient en grande partie à cet instant singulier où il s'est infecté. Maîtrise très relative cependant: les personnes qui connaissent la date de leur infection assument souvent mal ce moment de la transmission du virus.

La société a pu penser qu'il y avait des responsables du sida, lesquels seraient des irresponsables qui transmettent ou ne se protègent pas. Un tel état d'esprit ouvre la porte à la discrimination, inacceptable dans la relation entre le soignant et le patient, qui doit être libérée de toute considération de cet ordre. Néanmoins, malgré les efforts, il reste toujours un poids, quelque chose du secret qui demeure suspect. La personne qui s'est infectée par le VIH perçoit que la société n'est pas tolérante et qu'il y a, à son propos, une sorte de censure. La confrontation aux extrêmes que représente le sida, cette situation de tension de l'individu avec lui-même engagent une relation nouvelle avec le soignant.

Autour du cancer, il y a le malheur. La fatalité aussi, peut-être, pour un enfant chez qui on découvre une tumeur, une jeune femme atteinte d'un cancer du sein, un homme de soixante ans pour lequel on a négligé contrôles ou dépistages. Sur ceux-là, la société porte un regard indulgent. Son regard est autre pour celui qui a contracté, de façon parfois consciente, participante, un agent infectieux. Une maladie transmissible mais pas une maladie contagieuse. Ce caractère transmissible a des implications importantes dans la façon dont chacun doit régir sa vie et une implication fondamentale sur la prévention, qui doit s'adresser aux «receveurs», et non pas aux personnes susceptibles de transmettre, d'autant que la majorité des personnes infectées ne connaissent pas leur séropositivité. En Europe, la prévention au sein de la population générale se heurte à la faible probabilité de s'infecter: on ne se prémunit pas contre un risque très peu probable. Pourtant, on trouve tous les extrêmes dans la manière dont certains pourront brûler leur vie. Cependant, qu'il s'agisse de la femme à l'égard de son enfant ou de son partenaire, ou de l'homme à l'égard de ses partenaires, la plupart des patients, dès qu'ils apprennent leur séropositivité, expriment leur souci de ne pas transmettre la maladie.

1

Une éducation russe

Il est un peu plus de deux heures ce matin-là lorsque je quitte l'aéroport militaire de Villacoublay pour prendre la nationale en direction de Paris. La nuit est calme, tandis que je roule pied au plancher, accroché à mon volant. Il s'agit de ne pas me laisser distancer par les deux motards qui me précèdent et dont les faisceaux lumineux des phares m'ouvrent la route. Je suis tendu, inquiet, et pourtant je ressens une incroyable griserie dans le fait de pousser ma vieille 2 CV devant laquelle les rares voitures se rangent, comme si leur conducteur devinait à quel point est précieux l'étrange paquet que je transporte sur la banquette arrière: un rein fraîchement prélevé sur un corps que la vie vient d'abandonner. Un rein qui va bientôt rendre une autonomie au patient auquel on va le greffer.

Nous sommes au début de l'année 1968, je vais avoir vingt-deux ans. Étudiant en troisième année de médecine, me voici, externe, en stage dans le service du professeur Jean Hamburger où la première greffe de rein a été pratiquée peu de temps auparavant. Tandis que je roule, toujours précédé des deux motards, le monde m'appartient. C'est dans cet état d'esprit que j'entre dans Paris et passe bientôt le porche de l'hôpital Necker. Cela ne peut pas s'oublier.

L'enthousiasme provoqué par l'urgence de sauver une vie efface les interrogations et les doutes qui m'assaillent régulièrement dès lors qu'il s'agit de justifier mes changements d'orientation, mes nouveaux engagements. Rien, dans mes goûts ni mes aptitudes, pas plus que dans mon éducation, ne m'avait destiné à faire des études de médecine. Médecin ? Moi qui n'avais jusqu'alors été intéressé que par le latin et la philosophie ! À peine passées les épreuves du baccalauréat, le proviseur du lycée Claude-Bernard où je faisais mes études m'avait convoqué et conseillé de m'inscrire en lettres supérieures à Louis-le-Grand. J'en fus tout étonné, n'ayant pas d'idée très définie quant à mon avenir. L'enseignement, sans doute... Louis-le-Grand ? Pourquoi pas !

C'est ainsi que je suis arrivé en hypokhâgne, avec bien d'autres jeunes potaches dont on entend souvent les noms aujourd'hui. Assez vite, je me suis installé dans l'idée qu'il y avait quelque chose de vain à « faire son petit latin », ainsi que nous le disions alors. La tradition voulait qu'à l'oral de Normale sup nous fussions interrogés sur une lettre de Cicéron, laquelle était, bien sûr, choisie au hasard et que l'on devait pouvoir traduire sans la moindre hésitation. Nous nous retrouvions dans la cour intérieure de l'école — qui pourrait aussi bien être un cloître, dont elle a d'ailleurs l'architecture et le silence —, à tourner des heures durant, en lisant consciencieusement, jour après jour, les lettres de Cicéron. Avant 1968, les langues mortes avaient encore un certain attrait au regard des jeunes gens que nous étions.

De petits groupes se créaient par affinités. Ainsi étions-nous trois amis à travailler ensemble lorsque, brutalement, Pascal mourut d'une hémorragie cérébrale. Ce fut pour moi un épisode bouleversant, un événement qui a très probablement suscité mon changement d'orientation sans que j'en eusse véritablement conscience sur le moment. Nous deux qui restions avons soudain réalisé à quel point « faire son petit latin » avait en effet quelque chose de vain. Non seulement cela ne nous aiderait en aucun cas à nous intégrer dans un monde auquel nous souhaitions participer activement, mais cela risquait même, au contraire, de nous en tenir en marge. Aussi avons-nous très vite pris la décision de nous tourner, l'un vers la vie politique, l'autre vers la médecine. Avec le recul, j'ai compris que la mort de ce camarade avait été en fait le révélateur d'une décision qui germait très probablement en moi depuis longtemps. Avant ma naissance, mon père avait passé plusieurs années en déportation. Revenu malade et toujours souffrant, il avait très souvent été hospitalisé durant ma petite enfance.

Mes débuts en médecine furent difficiles. Parce que j'avais oublié l'art d'aborder les matières scientifiques, je fus collé à l'examen de fin de première année, qui s'appelait alors le PCB.

J'ai reçu une éducation essentiellement russe, quelque peu hors du temps. Hors de l'espace également. Une éducation imprégnée de musique classique et de littérature, dans laquelle ni les bandes dessinées ni la musique pop n'avaient leur place. Est-ce là l'une des raisons pour lesquelles j'éprouve toujours un réel plaisir au concert, au théâtre, à l'opéra, alors que le cinéma est, à mes yeux, une forme d'expression trop immédiate, trop fugace ? Je dirais presque prépensée pour le spectateur.

Mes parents étaient en France depuis déjà une vingtaine d'années lorsque je suis né, à Paris, en 1946. Entre eux, avec leurs amis, ils continuaient de parler le russe, que j'ai naturellement parlé et lu avant le français. Malgré ses idées progressistes, mon père, jeune Russe blanc, fut surpris par la révolution alors qu'il était encore étudiant, en stage en Crimée. À Moscou, sa famille — sa mère, ses deux sœurs et sa grand-mère — souffrit d'être soudain cantonnée dans une seule pièce, tandis que le régime imposait que leur appartement devienne communautaire. Après avoir été dénoncé, mon grand-père paternel fut déporté dans l'extrême nord de la Russie, dans un camp où il devait mourir. On ne sut jamais exactement où, ni à quelle date. Mon père, qui avait à l'époque une vingtaine d'années, servit quelque temps dans l'armée blanche, dans le sud de la Russie. Il traduisait le mode d'emploi de mitrailleuses qui étaient livrées par les Anglais, avant d'être évacué en Égypte où, jeune ingénieur en travaux publics, il travailla à la construction de routes et de ponts. Pendant cette période, il vint régulièrement en vacances en France. Paris était alors le centre de rassemblement de la diaspora russe en

Europe. Les intellectuels gravitaient, nombreux, en particulier auprès de philosophes qui formèrent ce mouvement que l'on a appelé l'existentialisme chrétien — des Emmanuel Mounier russes, en quelque sorte ! Parmi eux, Nicolas Berdiaeff, dont mon père devint le secrétaire. C'est là, dans ce milieu bouillonnant d'idées nouvelles, dans un enthousiasme que les difficultés n'émoussaient pas, que se sont connus mes parents.

Issue d'une famille juive, ma mère avait eu jusqu'alors un destin bien différent. Fille d'un dentiste, elle appartenait à cette bourgeoisie qui commençait à se dessiner dans la Russie du début du XXe siècle. Née en 1909, de dix ans plus jeune que mon père, elle était encore une enfant à l'époque de la révolution. Elle me racontait comment, désarmante de naïveté, elle avait porté le petit foulard rouge des pionniers pour se rendre à l'école soviétique. En 1925, ses parents décidèrent d'émigrer, la montée de l'antisémitisme en Russie rendant leurs conditions de vie difficilement supportables. Ainsi, le comité de l'immeuble dans lequel habitait sa famille avait-il décrété que mon grand-père devait laver les escaliers trois fois par jour, sous prétexte qu'il était un bourgeois !

Mes parents étaient d'une extrême pudeur et il me fut, dans mon enfance, difficile d'en savoir beaucoup sur cette période. J'en appris bien davantage des années plus tard, lorsque nous nous rendîmes en Russie avec ma mère et que nous retrouvâmes sa maison, au centre de Saint-Pétersbourg.

Comme bon nombre de familles à l'époque, mes grands-parents maternels quittèrent la Russie en train, vers la Baltique, jusqu'à Riga, où ils vécurent quelque temps avant de gagner Berlin, puis Londres, où une partie des leurs s'était rendue, et enfin Paris. Mon grand-père avait décidé que sa femme et leurs trois enfants l'y attendraient, tandis qu'il partirait pour l'Amérique où il pensait pouvoir travailler afin de les y faire venir. Mais il mourut peu après son arrivée à New York. Pour sa femme et ses enfants restés en France, il fallut survivre. Ma grand-mère se mit à la couture ainsi que ses filles, en même temps qu'elles poursuivaient leurs études.

Après leur rencontre dans le milieu des étudiants russes de Paris, au début des années trente, mes parents se marièrent en 1939, à la veille de la Seconde Guerre mondiale. Ils choisirent de rester à Paris. Arrêtée peu après dans le centre de la France, ma grand-mère fut déportée à Auschwitz.

Mon père s'était engagé dans la Résistance, dans un réseau russe expert en faux passeports issu d'une paroisse russe orthodoxe animée par un prêtre généreux, le père Dimitri. Les membres de ce réseau furent arrêtés en 1943 et mon père déporté à Buchenwald, puis à Dora, le site du fameux tunnel où les Allemands construisaient leurs redoutables V1. Par chance, si l'on peut dire, sa formation d'ingénieur en travaux publics lui valut, avec quelques ingénieurs français résistants comme lui, d'être employé à la construction des routes. Il travailla alors en surface et non dans les profondeurs du tunnel, ce qui explique probablement qu'il ait survécu. Il revint peu après la Libération, atteint d'une tuberculose pulmonaire.

Je me sens toujours concerné par ce qui a trait à la Seconde Guerre mondiale. On ne peut rien opposer à ce qui s'est passé à Auschwitz, à Buchenwald, à Dora. Tout le mal qu'incarnent la haine, les camps et cette faillite totale de l'humanité qu'a été le nazisme, l'échec des valeurs humaines et démocratiques, se trouvent dans Auschwitz. Incrédulité devant tant d'horreur, effroi que Chostakovitch a si bien exprimé dans sa *Septième Symphonie*, composée après un voyage dans les ruines du ghetto de Varsovie.

Non que je nie les autres génocides qui continuent de se perpétrer à travers le monde, des purges staliniennes aux massacres du Cambodge, du Rwanda. Cependant, dans la conscience collective, Auschwitz et le nazisme sont devenus une sorte de référence, une déception fondamentale pour l'humanité et la démonstration d'un échec d'une ampleur qu'elle n'avait jamais connue auparavant. Et cela malgré les philosophes, les écrivains, les démocrates qui ont rédigé et établi la Constitution américaine, les valeurs de la Révolution française, la Déclaration universelle des droits de l'homme... Aussi faut-il rester extrêmement vigilants, à chaque instant peut se produire à nouveau un glissement susceptible de tout détruire. Cela pourra-t-il jamais être aussi horrible que ce qui s'est passé à ce moment-là ? C'est une menace que l'on doit constamment garder présente à l'esprit.

Aussi loin que je me souvienne, j'ai toujours connu mon père malade et respirant avec difficulté. Il y eut un bref espoir d'amélioration, comme une sorte de trêve, lorsque le Rimifon, premier antibiotique vraiment efficace sur le bacille de la tuberculose après la streptomycine, a été trouvé et commercialisé. Mais, dans les années cinquante, on ne pouvait pas encore s'en procurer en France, aussi devions-nous nous rendre régulièrement en Suisse,

Je garde de ces voyages un souvenir très vif. Nous en profitions pour rendre visite à une cousine de mon père, ma tante Génia, qui vivait à Lausanne. J'ai toujours éprouvé une profonde affection, une grande complicité aussi, pour cette femme attachante et cultivée. Elle avait été la secrétaire, la muse, l'amante, au sens platonicien du terme, de Rainer Maria Rilke, cette Eugenia Tchernosvitov que Ralph Freedman décrit dans la belle biographie qu'il a récemment consacrée au poète[1]: « Ses compétences étaient parfaites [...] Son français excellent [...] Surtout elle était russe, intelligente et belle. Rilke était ravi [...] Il était heureux d'avoir Génia près de lui. »

Hormis certains proches, les amis de mes parents, ceux que mon père appelait ses « camarades de déportation », composaient un petit groupe d'une dizaine de personnes. Certains avaient été de véritables héros de la Résistance que rien ne semblait pouvoir arrêter dans leurs

1. Ralph Freedman, *Rilke, la vie d'un poète,* Solin-Actes Sud, 1998.

actions. Ainsi Gilbert, habile dans l'art de faire sauter les trains allemands, qui, une fois pris par l'ennemi et déporté en camp de concentration, n'eut plus qu'une idée, cisailler les barbelés et s'enfuir. D'un tout autre tempérament, mon père, même fait prisonnier, s'appliquait à ce que les routes dont on lui confiait la réalisation fussent bien construites, ce que ses camarades ne manquaient pas de désapprouver. Le fait qu'il prenne les initiatives et les décisions, dans ce petit groupe de déportés, lui valut d'être surnommé « le général », lui qui ne l'était évidemment pas !

Après la guerre, les liens entre ces hommes rentrés de captivité restèrent très forts. Ils se voyaient régulièrement, et tout était prétexte à retrouvailles : cérémonies commémoratives, pique-niques, ou encore publication de bulletins ayant trait à la déportation. Néanmoins, j'ai appris bien davantage sur Buchenwald et Dora en lisant des ouvrages sur les camps de concentration qu'en écoutant mon père, qui abordait toujours difficilement ces sujets. Ce n'est qu'après la mort de ma mère que j'ai eu connaissance des lettres qu'il lui avait envoyées. J'ai trouvé, parmi ses papiers, de petites feuilles qu'elle gardait précieusement, messages qu'il lui avait adressés de Drancy et de Compiègne, tandis qu'il s'interrogeait sur ce qui allait se passer, sur ce qui l'attendait... D'une écriture fine, régulière et très serrée, il noircissait ces minces petits rectangles de papier dans lesquels on roulait les cigarettes. J'en ai trouvé également de plus tardifs, écrits au moment de la libération des camps, étranges témoignages où mon père décrivait le comportement des prisonniers et la mort de certains après avoir soudain trop mangé, eux qui avaient été privés de nourriture depuis si longtemps.

Tout comme lui, ses amis déportés restaient très secrets sur leurs épreuves. Tous cependant étaient animés d'une même raison de vivre profondément ancrée en eux. Ils avaient survécu à l'horreur, ils en étaient revenus, ils militaient pour que personne n'oublie et que l'humanité ne revive jamais de telles atrocités.

Je me souviens d'eux vers 1955 et les années qui suivirent. Étrange période durant laquelle certains intellectuels français, Sartre, Aragon et tant d'autres, se sont engouffrés dans l'utopie d'une société sans classes, ce qui était certes admirable à envisager, mais en a leurré plus d'un. Pendant qu'ils rêvaient cet avenir meilleur que le communisme leur faisait miroiter, ils n'ont rien vu des purges et des déportations dans une URSS au comble du cynisme qui manipulait le monde avec d'autant plus de facilité qu'elle se parait de toutes les qualités. Le communisme n'avait-il pas triomphé du nazisme, comme on pouvait le lire dans ces livres russes pour enfants que mon père rapportait à la maison ? Revus par les Soviétiques, les camps de concentration n'auraient été qu'une sorte de champ d'honneur de l'antinazisme. Il était simple pour eux de faire cet amalgame. Les Soviétiques s'étaient insurgés contre le nazisme et le totalitarisme de la dictature hitlérienne, mais ils ne s'étaient pas pour autant insurgés contre le génocide !

Pendant cette période, mon père s'appliquait à me faire lire chaque soir, à voix haute, les *Fables* de Krylov qui ressemblent fort à celles de La Fontaine et dont les dictons et proverbes sont toujours très populaires dans la Russie d'aujourd'hui. Je lisais *Ivanhoé* et *Le Dernier des Mohicans*... en russe bien évidemment. Pour ce qui est de *Guerre et Paix*, de longs passages en français — à l'époque de Tolstoï il était de bon ton de parler français à la cour — me permettaient de passer très vite ces exercices imposés. Je me disais que je n'arriverais jamais au bout de mes peines car mon père, dont la bibliothèque était déjà importante, rentrait presque chaque soir à la maison avec de nouveaux livres. Il hantait les librairies russes de Paris, qui étaient alors nombreuses. Certaines n'ont disparu que récemment; je me souviens fort bien de la librairie de la rue de la Montagne-Sainte-Geneviève et de la librairie du Globe, rue de Buci. On y vendait des livres faits de plusieurs fascicules assemblés à la main et qui gardaient encore l'odeur, si particulière, d'une colle bon marché. Tout autant que les livres, l'odeur de cette colle a marqué mon enfance.

De cette époque, j'ai gardé une certaine nostalgie ainsi que le goût de cette langue russe à la musique de laquelle je reste particulièrement sensible.

2
«Immunitas»... l'ensemble des privilèges

La première année de mes études de médecine a été décevante. Ensuite, tout s'est déroulé sans trop de difficultés. Comme la majorité des étudiants, j'ai travaillé sans réticence durant les heures et les heures que supposent ces études, cet investissement de soi, alors que l'on aurait aimé prendre le temps de lire, de découvrir, parfois aussi de partir. Mais l'intérêt suscité par les découvertes que l'on fait, humaines et scientifiques, est toujours le plus fort. Il annihile toute idée de s'intéresser à autre chose et l'engagement dans des études de médecine devient souvent une forme militante de lutte contre la souffrance. Une souffrance qui n'est pas nécessairement immédiate, ainsi que peut l'être celle que rencontrent le réanimateur ou le chirurgien. Elle peut également être sociale, morale, humaine. Autant de dimensions pour lesquelles je m'engagerai plus tard dans la lutte contre le sida, maladie qui réunit ces différentes souffrances.

Interne, puis chef de clinique, je me dirigeai vers la néphrologie, discipline qui traite des maladies rénales dont on commençait à comprendre les mécanismes dans les années soixante-dix, en créant un lien concret entre recherche et pratique médicale. La néphrologie est l'un des rares champs de la médecine dans lesquels on dispose de chiffres qui permettent de suivre l'évolution des maladies. Ainsi peut-on, en mesurant le taux de la créatinine dans le sang, évaluer l'importance de la destruction du rein. Que les consultations de néphrologie soient moins cadrées par des symptômes que par l'examen des chiffres leur donnait à mes yeux un grand pouvoir attractif : on avait l'impression de maîtriser le processus à travers un certain nombre de paramètres quantifiables. J'ai longtemps travaillé dans le service du professeur Jean Hamburger. Sa façon de concevoir la médecine allait me conforter dans mon idée qui était déjà — cela n'a pas changé — qu'il ne peut y avoir de soins sans recherche ni de recherche sans soins. C'est dans cet état d'esprit que je suis parti en stage postdoctoral à l'étranger, un événement pour tout jeune chercheur ou médecin.

J'ai eu la chance d'avoir un « patron » — ainsi qu'on nommait alors le chef de service d'aujourd'hui — remarquable. Il m'a toujours laissé une entière liberté. Très vite, j'ai compris que, pour devenir chercheur, à fallait que je m'investisse dans des études scientifiques et dans la vie de laboratoire, afin d'acquérir une autonomie de conception, de raisonnement, d'expérimentation. De communication aussi.

Sur les conseils de ceux avec qui je travaillais dans le service de Jean Hamburger, je suis parti à Londres, au St. Mary's Hospital, dans le laboratoire d'un chercheur dont le travail avait permis des découvertes intéressantes sur le rejet des greffes du rein, découvertes que je souhaitais poursuivre. C'était un bon endroit de formation. Avec Élisabeth, ma femme, et nos filles, Natacha, qui avait six ans, et Émilie, tout juste un an — Cécile, elle, naîtra quelques années plus tard, en 1982 —, nous habitions, dans un joli quartier non loin de Notting Hill, une petite maison dont le propriétaire, qui vivait à Hong Kong depuis des années, ne se souciait guère. Le toit fuyait, le chauffage ne marchait pas, les tapis étaient troués et, lorsqu'on prenait un bain, le trottoir se transformait en une sorte de nuage de mousse, ce qui ne manquait pas de déclencher les protestations de la voisine qui s'inquiétait pour ses rosiers. Cette absence de confort expliquait que le loyer ne fût pas très élevé. Fort heureusement, je bénéficiais alors d'une bourse du ministère de la Recherche français. La vie à Londres était très riche. Séduits par un brassage d'idées permanent, nous allions souvent au théâtre, au concert. Entre chercheurs, nous nous retrouvions tous les mois autour d'un café au lait et de petits biscuits, à l'Antibody Club, dans une vieille salle du Great Ormond Street Hospital, l'hôpital des enfants de Londres. Là, jusqu'à une heure avancée de la nuit, libérés de toutes contingences expérimentales, nous échangions nos idées sur la façon dont fonctionnent les anticorps. En revanche, ce séjour à Londres ne m'a pas appris à devenir un expérimentateur autonome.

La recherche consiste à traduire une hypothèse en un certain nombre d'étapes expérimentales qui permettront de répondre à une première question A, avant de passer aux questions B puis C, sachant que lorsqu'on sera arrivé à la question D ou E on aura, sinon validé le concept, du moins recueilli un faisceau d'arguments qui permettront alors de considérer que l'hypothèse est juste. Ou, au contraire, qui l'invalideront.

Si l'on réduit l'image que l'on se fait du chercheur à une personne qui dépose des gouttes dans des tubes avec une pipette, on ne peut appréhender en quoi consiste vraiment le fait de réaliser une expérience. Cela ne ressemble en rien au génie dont on s'imagine qu'il va démontrer une théorie ! L'expérience n'est jamais qu'une part de l'itinéraire expérimental. Elle apporte un argument qui soutient l'hypothèse de travail. L'expérimentation au laboratoire est nécessairement réductionniste. Elle ne saurait avoir l'ambition des concepts qu'elle véhicule.

À Londres, j'ai appris à poser des questions conceptuelles mais, en ce qui concerne la rigueur scientifique, j'ai vite perçu que je ne pourrais l'acquérir qu'aux États-Unis. Aussi ai-je choisi de poser ma candidature auprès de certains laboratoires américains en immunologie. En 1977, j'avais présenté les résultats de mes premiers travaux dans un congrès qui se tenait à Philadelphie, où j'avais eu l'occasion de rencontrer le professeur Frank Austen. Il m'avait interrogé sur mon travail et mes projets ; je n'en espérais pas tant ! Sélectionné pour travailler dans son laboratoire, j'y ai, pendant trois années, appris l'immunologie, mais aussi la rigueur dans la conduite d'une recherche.

L'immunologie, domaine de la médecine et de la biologie qui étudie les propriétés que possède un organisme d'être réfractaire à certains agents pathogènes, m'accompagne depuis maintenant trente ans. J'aimerais faire comprendre la place de cette science médicale et montrer comment elle se situe aux frontières de la science, de la découverte la plus fondamentale — qu'elle soit génétique, moléculaire, cellulaire — et de l'application clinique. Je voudrais faire ressentir combien, avec les outils de l'immunologie, nous pouvons aujourd'hui décrypter l'histoire de ce combat entre le virus du sida et l'hôte qui se déroule tout au long de la maladie.

J'aimerais faire partager mon sentiment qu'on est là dans une science pleine et entière, qui va du plus fondamental au plus clinique. Une science qui illustre le fait qu'il ne saurait y avoir de progrès clinique sans cette recherche fondamentale, qui démontre aussi qu'elle peut amener, d'une part, à comprendre ce qui se passe dans le processus d'une maladie et, d'autre part, à construire des stratégies thérapeutiques.

Longtemps, les médecins eux-mêmes ont vu l'immunologie comme une science complexe, distante de la médecine, alors que c'est maintenant une discipline qui se trouve au cœur du progrès médical. Qui n'a entendu parler des déficits immunitaires congénitaux, des bébés-bulle, auxquels l'absence de système immunitaire ne permet pas de se défendre contre le monde extérieur et qui représentent les premiers succès de la thérapie génique chez l'homme, des rejets de greffes liés à un conflit immunitaire? Ou encore des maladies dites auto-immunes, dont la prévalence est croissante, comme le diabète, la sclérose en plaques et d'autres maladies au cours desquelles le système immunitaire rompt la tolérance que chacun affiche à l'égard de ce qui compose sa spécificité, le soi? Qui ne connaît les réactions immunitaires excessives à certains antigènes environnementaux qui représentent les manifestations allergiques? Qui ne sait que le sida est lié à un déficit immunitaire acquis? Bien présente dans toute la médecine, l'immunologie n'en reste pas moins souvent, pour les étudiants et le grand public, un mythe par sa complexité, encore que je ne pense pas que celle-ci soit plus grande que celle du système nerveux central, par exemple. Comprendre les fondements biologiques et moléculaires des sciences cognitives, ceux de la mémoire, de l'intelligence, de l'expression, de la motricité, est certainement aussi complexe que comprendre les bases de la reconnaissance de l'environnement et du maintien de l'intégrité de l'individu qu'il assure.

Immunologie: le mot vient du latin *immunitas*, l'ensemble des privilèges. Qu'ils consistent à ne pas être poursuivi en justice comme le simple citoyen ou à être libéré de certains devoirs, ce dont jouissaient les sénateurs romains.

L'immunologie en tant que science des mécanismes de défense contre les microbes et contre l'infection est véritablement née à l'ère pasteurienne. Mais on ne peut oublier que le concept de vaccin est beaucoup plus ancien. En 1790, déjà, Edward Jenner s'était aperçu que les vachères pouvaient être protégées d'une variole, après guérison de cette maladie contractée au contact d'animaux.

Au XIXe siècle, les théories anthropocentriques nées de la Renaissance, une nouvelle conception de l'identification de l'homme à la capacité de penser issue de Descartes, Pascal et Kant et la vision de l'homme inscrit dans le contexte de la nature acquise à la fin du XVIIIe siècle se sont confrontées à de nouvelles théories. Darwin prônait qu'aucune espèce, y compris l'espèce humaine, n'était une entité statique, mais que toutes évoluaient en permanence en s'adaptant aux pressions extérieures auxquelles elles étaient confrontées.

La notion d'une évolution des espèces en biologie rendait difficile la définition même d'une identité de l'individu. Pourtant, la confrontation au monde extérieur implique que l'on appréhende les différences qui existent entre le «soi» et le «non-soi», «l'intérieur» et «l'extérieur», que l'on comprenne les mécanismes qui permettent, en même temps, d'identifier le soi et l'extérieur, ou le non-soi. Le système immunitaire, qui assure ce double rôle d'identification du soi et de reconnaissance de l'objet étranger dans ce que l'on pourrait assimiler à des fonctions cognitives, agit en cela comme le système nerveux central, qui permet l'appréhension de la conscience du soi.

Le système immunitaire agit également pour

préserver l'intégrité de l'individu, n'hésitant pas à détruire et/ou à éliminer les agresseurs étrangers, par exemple les microbes.

C'est dans les années 1870-1880 que l'on a reconnu les bactéries comme étant la cause des maladies infectieuses ; les premiers concepts en immunologie furent alors élaborés, en particulier par Élie Metchnikoff. Chercheur d'origine russe, il vint travailler en France et reçut le prix Nobel de médecine en 1908. Le premier, il énonça que l'immunité était le résultat d'une réponse élaborée par l'hôte à l'agression de l'individu par un agent infectieux. Dans les années qui suivirent, on apprit à reconnaître l'existence des anticorps et à entrevoir l'importance du rôle des cellules du système immunitaire dans la défense contre l'infection. Là encore, Metchnikoff, avec d'autres grands savants, Louis Pasteur, Emil von Behring et Paul Ehrlich, fut un pionnier. Puis l'immunologie entra dans une sorte de demi-sommeil, entre les années 1920 et 1950. Son évolution fut ensuite spectaculaire de rapidité et d'intensité. Les théories se succédèrent, en même temps que l'on réalisait des progrès considérables dans l'exploration des molécules et des cellules qui constituent le système immunitaire. Au fur et à mesure des avancées, les théories furent mises à l'épreuve. Certaines résistèrent, d'autres remplacèrent celles qui ne se trouvaient pas vérifiées. Ce qui caractérise la science, c'est bien la confrontation nécessaire de la théorie à l'expérience. Ainsi les connaissances progressent-elles et ne revient-on jamais en arrière, même si la science n'avance que trop lentement pour ceux qui attendent le progrès et la guérison de la maladie. « L'histoire des sciences est la plus irréversible de toutes les histoires », a dit Bachelard.

Macfarlane Burnet, au début des années cinquante, a véritablement établi l'immunologie en tant que science de la distinction entre le soi et le non-soi. Ce n'est pas une coïncidence si le terme a été si souvent utilisé dans des acceptions différentes en immunologie, comme il l'a été en philosophie où il a nourri tant de débats depuis Descartes. De fait, je pense que la confrontation des biologistes à la pensée philosophique et à la pensée sociologique a, petit à petit, forgé la conception que l'on a maintenant de l'identité de l'individu, non pas comme une entité biologique fixe, mais comme entrant dans le cadre d'une évolution culturelle et sociale permanente.

La recherche scientifique a permis assez rapidement de comprendre les mécanismes par lesquels le système immunitaire reconnaît un microbe, une bactérie, un virus ou un parasite, et sélectionne ainsi les éléments de la réponse qu'il faudra utiliser au moment de surmonter l'infection. Cependant, le concept que le système immunitaire puisse, à l'état « normal », reconnaître le soi, s'identifier dans ce que l'on appelle aujourd'hui « l'auto-réactivité », était encore impensable il y a seulement une vingtaine d'années. La plupart des immunologistes étaient convaincus que la définition même de l'identité de l'individu ne passait que par la défense de l'organisme contre les agents infectieux et le maintien de son intégrité. Maintenant, on sait que le système immunitaire permet de nourrir, en quelque sorte, une conscience biologique du soi ou, comme le dit Antonio Coutinho, de construire «la carte d'identité moléculaire de l'individu».

Le succès des vaccinations, avec l'éradication de la variole dans le monde, la quasi-éradication de la poliomyélite et l'horizon proche de l'éradication de l'hépatite B, est, on le percevra sans difficulté, une motivation permanente très forte pour les immunologistes. Les immenses progrès obtenus avec les antibiotiques dans le traitement et la prévention des infections bactériennes nous ont néanmoins rendus quelque peu euphoriques. Au point de nous faire oublier parfois que nous manquons encore de connaissances, de médicaments et de vaccins dans d'autres maladies infectieuses, en particulier celles dues à des virus. D'où, alors que nous arborions une certaine arrogance scientifique, le réveil brutal, l'inquiétude et le rappel à la modestie lors de notre confrontation soudaine au sida.

Au cours des vingt dernières années, nous avons bénéficié de progrès considérables dans notre connaissance des molécules et des cellules du système immunitaire à travers la chimie grâce à la possibilité d'isoler les cellules, de les mettre en culture pour les étudier, d'utiliser des techniques génétiques pour fabriquer des molécules recombinantes, grâce aussi à la physico-chimie et à la cristallographie pour étudier les molécules dans leur structure et la façon dont elles interagissent les unes avec les autres.

Nous avons également fait des progrès étonnants dans les modèles expérimentaux chez l'animal. Ainsi peut-on maintenant produire des souris transgéniques qui expriment un système immunitaire humain ou des animaux chez lesquels un gène d'intérêt a été éliminé. Le sida est arrivé dans cette période d'une science orgueilleuse qui avançait très vite, mais avait trop peu porté sa réflexion sur les maladies infectieuses, sur les grands fléaux parasitaires comme le paludisme, et sur les liens entre la santé dans le monde en développement et celle du monde développé. Il aura fallu que s'impose une épidémie planétaire pour que l'on prête attention au reste du monde et que l'on sorte d'ambitions technologiques uniquement centrées sur les besoins de notre monde développé.

La protection contre les microbes se fait grâce à l'immunité que l'on appelle innée (ou naturelle) et grâce à celle que l'on dit acquise (ou spécifique). Cela reflète le fait que le système immunitaire s'éduque progressivement en rencontrant les antigènes et, en fonction de ces rencontres, développe les réponses appropriées « acquises ». Ce mot me convient en ce qu'il sous-entend une forme d'éducation. Le mot « spécifique » traduit le fait que les lymphocytes* ou les anticorps sont, dans l'organisme, les seules cellules (pour les lymphocytes) et les seules molécules (pour les anticorps) douées de la propriété singulière de pouvoir reconnaître un antigène. Les Anglo-Saxons parlent plutôt, eux, d'immunité adaptative, mettant en avant la plasticité extraordinaire du système immunitaire au fur et à mesure du déroulement de l'histoire immunologique de l'individu.

Les propriétés du système immunitaire sont uniques dans l'organisme. Je citerai la spécificité, la capacité de reconnaissance, la diversité et la notion du répertoire, la mémoire, la spécialisation et l'«autolimitation», processus qui fait que le système immunitaire apprend à s'arrêter lorsque son intervention n'est plus nécessaire. Enfin, la capacité de ne pas agresser le soi, ou la tolérance au soi. En énumérant ces propriétés, je ne peux m'empêcher de penser, sur un plan à la fois médical et philosophique, aux implications qu'a sur toutes ces fonctions le sida, qui détruit les cellules du système immunitaire. La métaphore est ensuite facile, qui conduit des complications de l'infection par le VIH sur l'organisme à celles de la maladie sur la cohérence sociale.

On a reconnu l'importance de l'immunité spécifique et des lymphocytes à partir de l'observation des déficits de l'immunité. Ainsi, les enfants nés sans immunité cellulaire, ceux qui, pour des raisons génétiques, n'ont pas de thymus* qui leur permettrait de fabriquer des lymphocytes, vont mourir des mêmes infections opportunistes* qui surviennent au cours du sida.

La spécificité du système immunitaire tient à la capacité qu'a une molécule d'anticorps ou un lymphocyte de reconnaître un antigène particulier. Pour les anticorps, il s'agit de reconnaître la conformation particulière d'une protéine ; pour les lymphocytes T, il s'agit de reconnaître ce qu'on appelle un peptide*, c'est-à-dire un fragment de protéine composé d'un petit nombre d'acides aminés. On appelle épitope* la partie d'une molécule que reconnaissent le lymphocyte T ou les anticorps. Bien évidemment, un microbe, ou un virus comme le VIH, exprime un grand nombre d'épitopes, et la relation fonctionnelle qui s'établit entre les épitopes reconnus et le système immunitaire peut avoir des conséquences essentielles sur la susceptibilité ou la résistance à l'infection. Ainsi, les anticorps dirigés contre certains antigènes du VIH n'auront aucun effet sur le virus. D'autres, dirigés contre d'autres épitopes de VIH, pourront être protecteurs ; certains, enfin, pourront faciliter l'infection.

Cette capacité extraordinaire de reconnaissance très fine des lymphocytes et des anticorps est liée à des gènes capables de réajustements multiples qui font que nous disposons de milliards de lymphocytes et d'anticorps ayant chacun des spécificités de reconnaissance différentes. Ils nous offrent un répertoire de reconnaissance très large. Cependant, s'il est très étendu, le répertoire n'en comporte pas moins des manques. On peut dès lors le regarder soit comme étant merveilleusement considérable, ce qui nous permet de vivre à l'abri des infections, soit comme un répertoire qui a ses failles et ses limites. Si jamais arrive brusquement dans notre histoire un nouveau virus, l'individu dont le système immunitaire ne possède pas un répertoire lui permettant d'émettre des réponses efficaces deviendra infecté. Il mourra de la maladie et ne se reproduira pas. Les virus ont ainsi opéré de grandes sélections dans l'histoire de l'humanité. Au moment de l'invasion espagnole, dans l'ouest des États-Unis, les Indiens ont été décimés bien davantage par les virus que les conquérants ont apportés, notamment celui de la rougeole, auquel ils n'avaient jamais été confrontés, que par les mousquets et autres armes de l'époque. Au cours du sida, et à mesure que la maladie évolue, le stock de lymphocytes diminue. Le répertoire s'amenuise progressivement, vis-à-vis du virus VIH lui-même, mais aussi des microbes, jusqu'à ce qu'on ne puisse plus se défendre contre les infections qui surviennent. Elles sont dites opportunistes du fait de ce qu'elles prennent l'opportunité du déficit immunitaire pour se développer.

La mémoire est une autre propriété marquante du système immunitaire. Lorsqu'il identifie un antigène une première fois, le lymphocyte va se multiplier. Si, par exemple, on est vacciné contre l'hépatite B, le lymphocyte qui reconnaît le peptide vaccinal se multiplie en un grand nombre de lymphocytes identiques capables de reconnaître le virus en question. Ces lymphocytes seront stockés pour devenir des lymphocytes «mémoires» qui persisteront pendant des années, jusqu'à ce qu'ils rencontrent éventuellement le virus de l'hépatite en face duquel ils s'activeront. Le repérage étant d'autant plus rapide que le nombre de lymphocytes mémoires disponibles est important, la réponse immunitaire se développera, elle aussi, très rapidement. Ainsi, lorsqu'on injecte un antigène à un animal, il lui faut à peu près trois semaines pour fabriquer des anticorps; lorsqu'on lui injecte à nouveau cet antigène, il ne lui faut plus que cinq jours pour répondre, dès lors qu'il mobilise immédiatement ses cellules mémoires

La réponse du système immunitaire sera d'autant plus efficace, avec le temps, qu'elle s'affine et s'accroît au fur et à mesure que l'on est exposé de façon régulière à l'antigène. C'est, on le voit, un système très sophistiqué.

Autre propriété du système immunitaire : la spécialisation de ses cellules, qui peuvent exercer différentes fonctions. En présence de l'antigène reconnu, une partie des lymphocytes sera stockée sous forme de mémoire, tandis qu'une autre partie va subir une maturation selon un processus dit de différenciation. Les lymphocytes acquièrent ici des propriétés particulières et deviennent de ce fait « effecteurs ». Ils vont « effectuer » différentes fonctions dont l'objet est d'éliminer le microbe qui les a stimulés. Les lymphocytes B produiront des anticorps antimicrobes, alors que les lymphocytes T, face à un virus, deviendront des lymphocytes T CD8* cytotoxiques, c'est-à-dire des lymphocytes tueurs des cellules infectées par le virus.

Enfin, si le système immunitaire est capable de reconnaître ce qui est étranger à l'organisme, il apprend également à devenir tolérant envers lui-même et donc à ne pas se retourner contre le soi. Longtemps, l'immunologie a considéré que le système immunitaire était tolérant envers le soi parce qu'il l'ignorait, le répertoire des lymphocytes neufs qui sortent du thymus étant dirigé contre le monde extérieur, mais non contre le soi. On supposait qu'il y avait tolérance par ignorance. Or l'on ne peut être tolérant qu'à l'égard de ce que l'on connaît bien. La tolérance est une question d'éducation. Les concepts en immunologie sur ce point ont complètement changé au cours des dix dernières années. On sait maintenant qu'il y a dans le répertoire des lymphocytes des cellules d'un individu sain qui reconnaissent le soi, comme il y a des lymphocytes qui reconnaissent les microbes.

On ne mesure pas encore bien ce que la perte de ce répertoire de reconnaissance du soi, probablement aussi essentiel au maintien de l'intégrité de l'individu que le répertoire dont on dispose contre les microbes, peut avoir comme conséquences au cours du sida.

J'avais été absent pendant près de quatre ans, ce qui peut sembler long par rapport à la perception que l'on a du temps en France, où tout ce qui vous éloigne d'une trajectoire conventionnelle est souvent considéré comme du temps perdu. À peine passé le bac, les jeunes Français s'inscrivent immédiatement en classe préparatoire, alors que les Américains, eux, voyagent. Pendant une année, sac au dos, ils font le tour du monde. De retour chez eux, ils commencent par entreprendre des études universitaires générales qui n'ont souvent rien à voir avec l'école professionnelle vers laquelle ils se dirigeront par la suite. Ils n'abordent ainsi des études de droit qu'après trois ans de collège, ou des études de médecine qu'après une formation universitaire générale. En France, pour les étudiants en médecine, il n'est pas question de souffler. L'internat tout juste terminé, il est impératif de préparer le clinicat. À mon époque, on préréservait même sa place pour être chef de clinique dans certains services, se plaçant ainsi pour les carrières d'avenir. Partir quelques années pouvait paraître hasardeux ; cela le fut sans doute, mais j'ai toujours plutôt eu vocation d'apatride.

Aujourd'hui, il m'arrive encore souvent de me sentir apatride. Le mot avait d'ailleurs figuré sur mon passeport, je n'avais pas de nationalité. Je me souviens avoir entendu mes parents débattre à ce sujet. Devaient-ils garder leur statut de réfugiés politiques ? Devaient-ils se faire naturaliser français ? Ils n'ont fait ce choix qu'assez tard. Je n'ai moi-même eu conscience de mon statut de réfugié qu'à dix-sept ans, lorsque j'ai appris qu'il me fallait décider moi-même. À dix-huit ans, j'ai confirmé mon intention d'être français. Bien que je sois heureux sans réserve de ce choix de la France, il m'arrive parfois de souhaiter être resté réfugié. Par provocation sans doute.

Avec ma famille, nous avons vécu trois ans à Boston, plus précisément à Cambridge, dans un de ces nombreux logements sur le campus. Ville riche en musées, haut lieu de la guerre d'Indépendance et de la démocratie américaine, Boston n'a pour ainsi dire pas de secret pour moi. J'ai aimé m'y promener, y marcher, partir à la découverte, comme je me plais à le faire dans toutes les villes du monde. J'étais à Harvard, endroit raffiné, en tant que postdoctorant dans l'un de ses excellents laboratoires. Frank Austen était une véritable machine à produire de la science. C'est lui qui m'a appris à considérer en permanence les enjeux fondamentaux dans tout ce que l'on entreprend, le geste médical comme la démarche de recherche, au laboratoire ou dans l'acte d'enseigner. J'ai connu là-bas mes premières expériences en la matière, d'abord au plus bas échelon, *instructor* chargé d'enseignements dirigés, ou *tutorials*, comme on les appelle.

Pratiquée ainsi, la science apporte de nombreuses gratifications : il est passionnant de découvrir, de créer, de diffuser. Dans les réunions de laboratoire, j'ai appris de Frank Austen à exiger des chercheurs qu'ils posent des questions, qu'ils formulent des hypothèses, qu'ils apprennent à anticiper sur ce à quoi la recherche aboutirait. Quelles seraient les réponses aux questions posées ? Quel usage en ferait-on ?

Le raisonnement, qu'il soit dans la construction de l'hypothèse ou dans l'interprétation du résultat, est indissociable de l'expérimentation. On peut se représenter la science d'une façon simpliste : on pose une hypothèse, on essaie d'y répondre par une expérience ; celle-ci permet de conclure. En fait, la démarche scientifique n'est jamais aussi naïve, l'expérimentation n'est jamais vraiment indépendante du raisonnement qui l'engendre. Il n'y a pas d'expérimentation qui ne soit biaisée par la façon dont on raisonne ; à l'inverse, il n'y a pas de raisonnement qui ne se fonde sur un concept expérimental. Pendant mes années de recherche à Boston, j'ai appris cette intrication permanente et étroite du raisonnement et de l'expérience. Dans *Le Nouvel Esprit scientifique* [1], Gaston Bachelard, dont je suis un lecteur admiratif, écrit : « La preuve scientifique s'affirme dans l'expérience aussi bien que dans le résultat. » Ainsi, dire qu'une expérience a prouvé quelque chose

1. PUF.

ne relève pas du seul fait expérimental, mais également du raisonnement qui l'accompagne dans l'interprétation des résultats. « La preuve scientifique s'affirme dans l'expérience aussi bien que dans le raisonnement, à la fois dans un contact avec la réalité et dans une référence à la raison. »

Frank Austen était l'académicien des sciences par excellence. Persuadé de porter l'avenir du monde, il montrait dans la recherche qu'il poursuivait un sens permanent de la responsabilité à l'égard des enjeux. En laboratoire, chaque expérience, même le geste apparemment le plus anodin, devait être menée avec la même rigueur que celle que tout être humain attend de l'exercice de la pratique médicale. Il m'a appris l'exigence permanente. J'espère l'avoir à mon tour traduite dans mon laboratoire, avec mes collaborateurs et les étudiants. Cette exigence préside à la conception de l'expérience comme à la rédaction de l'article qui en est la synthèse.

Cette science que j'ai connue dans les laboratoires américains est véritablement celle qui apporte les connaissances qui durent, dont la validité et la véracité résistent à l'épreuve du temps et de l'examen critique. Je suis venu de l'extérieur, de l'immunologie, à la science du sida, domaine dans lequel des progrès extraordinaires ont été réalisés. Mais en ce qui concerne cette maladie, j'ai toujours été frappé, notamment au début des années quatre-vingt-dix, par les annonces choc que l'on peut lire dans les journaux et par le vent de panique qui souffle sur les rédactions lorsque arrive un communiqué de l'AFP annonçant la découverte dans un laboratoire aux États-Unis d'une molécule potentiellement importante. Les enjeux liés au sida font qu'il y a toujours un traitement particulier de l'information. Ainsi a-t-on pu voir, à côté de cette science qui avance, de façon sereine mais certainement trop lentement par rapport à nos exigences de l'immédiat, des résultats être publiés trop vite, ou présentés comme étant plus importants qu'ils ne l'étaient réellement. On a vu certains scientifiques arriver dans de grandes conférences sur le sida, entourés de journalistes, de caméras et de micros, comme les vedettes sur les marches du palais des Festivals à Cannes, et promettre le vaccin dans les deux ans à venir. On a vu aussi le public saisir des bribes d'information sans pouvoir en mesurer les enjeux: j'avais ainsi parlé sur TF1 d'un nouveau traitement, encore expérimental, qui serait à l'essai en France l'année suivante; presque aussitôt, j'ai reçu une lettre disant: «Docteur, je veux profiter de ce traitement que vous avez découvert...»

L'image du scientifique «vedettarisé» a effacé celle du scientifique dans son laboratoire. Elle n'a pas permis au public de se rendre compte du travail lent, laborieux qu'il effectue, et de ce que la progression des connaissances est en permanence validée par ses pairs.

Publier un article dans un journal scientifique est d'autant plus difficile que ce dernier est plus prestigieux. Il faut chaque fois être agréé par la communauté de ceux qui sont habilités à juger l'hypothèse formulée comme étant, dans l'état actuel des connaissances, intelligente, utile, pertinente. À eux d'estimer si les arguments apportés sont convaincants ou non, de valider ou d'invalider cette hypothèse. Ce travail n'évite pas toujours la fraude scientifique. Il n'empêche pas non plus de publier des hypothèses qui seront écartées ensuite, mais il apporte une validation solide de la démarche scientifique. Longtemps après, confronté à la médiatisation du sida, j'ai compris la facilité de la « une » de la presse grand public aux dépens de la presse scientifique.

3

Les résultats ne suffisent pas…

Le moment le plus riche, dans un travail de recherche, est sans aucun doute la période de rédaction de l'article qui présente les résultats. Depuis déjà un bon nombre d'années, je ne travaille plus moi-même à la paillasse. Cela ne me manque pas, mon rôle est autre. Je suis devenu, dans l'unité de recherche, celui qui aide à la conception des expériences, identifiant avec les chercheurs les hypothèses à tester, et celui qui mesure les progrès de la recherche avec un certain recul. J'aide aussi à analyser et à vaincre les difficultés ou à souligner un résultat intéressant.

Je me suis beaucoup investi dans ce rôle qui consiste à exposer et écrire : c'est pour moi un moment de bonheur que je comparerais volontiers à celui qu'éprouve le sculpteur lorsqu'il crée une forme à partir de la seule matière. La rédaction d'un article, la préparation d'une publication, ce n'est pas seulement mettre son travail noir sur blanc, sur le papier, c'est consigner l'expérience et le raisonnement, de sa conceptualisation à son interprétation.

Les résultats ne correspondent pas toujours à

ceux que le chercheur attendait et, de ce fait, l'ordre dans lequel il les présente n'est souvent pas celui dans lequel il a travaillé et réalisé l'expérience. Il est logique de refaçonner l'ensemble d'un texte à la lumière de ce qui s'est imposé comme étant la thèse à défendre, laquelle peut n'apparaître clairement que pendant le processus de rédaction. J'ai eu très vite un rôle didactique auprès des plus jeunes, du fait de mes années de formation aux États-Unis, où les chercheurs sont particulièrement conscients de l'importance de la communication en matière de recherche scientifique. Il ne suffit pas d'obtenir des résultats, il faut également savoir les mettre en forme et, dans la course aux communications, faire en sorte qu'ils soient publiés dans les meilleurs journaux. Ce système a ses défauts, mais dans l'ensemble il est satisfaisant. Tous, chercheurs ou étudiants, depuis le début des années quatre-vingt, ont connu ce que nous appelons des « rendez-vous d'écriture », sessions de trois à quatre heures au cours desquelles nous travaillons à la rédaction des articles.

Je suis d'autant plus pointilleux quant à la construction d'un texte scientifique que je tiens compte de mes habitudes de lecteur, me contentant parfois de lire le titre ou le résumé, selon l'intérêt et la proximité que je peux avoir avec le champ scientifique en question. L'introduction devient importante puisqu'elle expose le contexte dans lequel l'expérimentation va se dérouler. J'insiste pour qu'on y travaille en dernier, ce qui surprend toujours les étudiants qui, eux, la rédigent avant même de maîtriser leur sujet. Attentifs à ne rien laisser de côté, ils oublient que leur introduction doit se limiter à un ensemble de données pertinentes à la compréhension, ainsi qu'à l'interprétation des résultats qui va suivre. En aucun cas elle ne doit être un panorama global, une pétition de principe ou une dissertation comme celle que Thomas Diafoirus avait rédigée « contre les circulateurs » !

À l'hôpital Broussais, nous vivions régulièrement ces rituels de l'écriture, pour lesquels j'ai toujours trouvé temps et disponibilité. Ce sont pour moi des moments vraiment privilégiés. Un étudiant, un chercheur n'est jamais seul au laboratoire. Chaque jour, son directeur de recherche commente et discute ses résultats, reprend avec lui les raisons qui font qu'une expérience a pu échouer. Une fois par mois, environ, nous tenons un *lab meeting* au cours duquel chacun à son tour expose le travail qu'il a accompli depuis la réunion précédente, jusqu'à ce qu'on puisse sentir le frémissement d'une hypothèse menant à une conclusion intéressante.

Dans ce domaine de la rédaction d'un article scientifique, Frank Austen a vraiment été mon maître, dans le sens où un apprenti apprend auprès d'un maître. Je suis heureux d'avoir également joué ce rôle auprès de plusieurs générations de jeunes chercheurs ou d'étudiants. Austen m'a appris la rigueur de l'écriture, lui qui se plaisait à souligner : « Dans l'écriture scientifique, il ne faut surtout pas hésiter à dire, à tout dire, même si cela alourdit le texte. L'essentiel est que le message passe. » Au jeune Français amoureux des lettres que j'étais et qui se refusait à utiliser le même mot à quelques lignes d'intervalle, il opposait : «*If you mean it, why don't you say it?*» («Si c'est vraiment ce que vous voulez dire, pourquoi ne le dites-vous pas ?») Son seul objectif était : «Faire parfaitement comprendre ce que l'on souhaite exprimer.» En regardant en arrière, j'éprouve comme un sentiment d'étrangeté devant cette longue liste d'articles auxquels j'ai travaillé, et je ne peux m'empêcher de penser au nombre d'heures d'écriture besogneuse que cela a nécessité.

Dans les laboratoires américains, les relations dans le travail n'ont rien de celles que nous connaissons, elles ne sont pas tendres. En France, elles sont plus spontanées, moins contraintes par la compétition. Les chercheurs n'hésitent pas : «Me communiquerais-tu la technique qui me permettra de réaliser telle ou telle expérience ?» À Harvard, il m'est arrivé, dans mon propre laboratoire, de demander comment faire pour purifier telle ou telle protéine à partir du sang et de m'entendre répondre : «*It's published!*» Traduction libre : «Va donc voir à la bibliothèque !»

Un travail n'est facilement reproductible qu'à la condition que ses auteurs en expliquent la méthodologie. Cependant, les articles scientifiques publiés pratiquent, non sans une certaine perversité, l'art de la rédaction on ne peut plus discrète à propos des méthodes. Il faut être clair, on l'est. Sans plus. Or le partage des connaissances en science voudrait que ce que chacun publie puisse être reproduit par d'autres. Cela explique que, lorsqu'un article peut donner lieu à un brevet, ses auteurs commencent par déposer une demande au droit de propriété intellectuelle. Une fois publié, le sujet passe en revanche dans le domaine public et tout chercheur doit alors pouvoir, à l'aide des informations qu'il contient, reproduire ce qui est énoncé.

Pendant les *lab meetings*, Frank Austen notait tout. Il utilisait des *yellow pads*, bloc-notes de papier jaune sur lesquels il taillait sa mine en la frottant d'un air concentré, apparemment à mille lieues de ce qu'on disait, ce qui avait pour conséquence immédiate de déstabiliser son interlocuteur. De temps à autre, il levait la tête et, après plusieurs séances, un beau jour, il s'exclamait, l'air satisfait : « *This makes it a story !* » (« Ça y est, nous tenons une histoire ! ») Ce qui signifiait qu'on allait enfin pouvoir rédiger un article. On commençait alors par écrire un premier jet que l'on donnait à lire à notre tuteur qui, à son tour, le passait au patron, avant de le voir revenir avec un commentaire du style : « C'est une bonne tentative. » De quoi anéantir celui qui pensait tenir là un aboutissement ! L'article enfin jugé prêt, la séance de rédaction se déroulait exactement comme je la répète aujourd'hui avec mes étudiants et jeunes chercheurs.

Âgé d'une cinquantaine d'années, toujours impeccablement habillé d'un complet gris à rayures, Frank Austen était alors le prototype du professeur de Harvard. Il arrivait au laboratoire le matin entre sept et huit heures, visait son courrier avec sa secrétaire et, vers huit heures et demie, nous faisait appeler. Nous commencions alors, laborieusement, par traiter le chapitre Matériel et méthodes. Progressivement, l'article se construisait, tandis qu'Austen vivait ces moments d'enthousiasme créatif dont j'ai parlé plus haut. Il commençait alors à se détendre. Du moins on pouvait le supposer au fait qu'il retirait ses chaussures, puis sa cravate, un peu plus tard sa veste, un peu plus tard encore, son gilet. Lorsqu'il retroussait les manches de sa chemise, on pouvait se dire que la partie était gagnée. À la fin de l'après-midi, cet homme, qui avait la réputation de n'être pas indulgent, d'avoir des jugements secs, d'être toujours sérieux, de ne parler que de son travail, était dans un état second, sans chaussures, sans cravate, sans veste, au milieu de papiers qui, débordant de la corbeille, jonchaient le sol.

Je peux donner l'impression de me moquer, alors que je suis admiratif. J'ai beaucoup d'amitié à l'égard de Frank Austen, que je rencontre régulièrement. Nous dînons ensemble, sorte de rituel qui se déroule toujours dans un restaurant où nous commençons par parler de nos enfants, puis de nos voyages — dernièrement, il était ébloui par un voyage à Pétra, en Jordanie. Au bout d'une vingtaine de minutes, après un moment de silence, il parle de l'article scientifique sur lequel il travaille, qui traite de la purification de tel ou tel enzyme, et il n'est plus question de l'arrêter sur le sujet. J'aimerais lui parler de mes travaux, ce que je tente de faire. Il m'écoute poliment durant quelques secondes mais bien vite m'interrompt et, avec sa passion et son enthousiasme, reprend son récit sur ce qui se fait dans son laboratoire. La seule chose au monde qui ait un quelconque intérêt pour lui !

Je me souviens avoir été invité, à l'occasion du soixantième anniversaire de ce personnage étonnant, à une réception très américaine dans le ton et le déroulement. Dans un grand hôtel de Boston, hommes en smoking, femmes en robe du soir, nous étions quelque deux cent cinquante de ses anciens élèves, dont une bonne part sont devenus professeurs titulaires de chaire à travers le monde. Impressionnant ! Nous a-t-il tous marqués autant ?

J'ai bien d'autres souvenirs d'expériences de rédaction. L'une, notamment, est survenue à un moment de ma carrière scientifique où je travaillais plus précisément sur les protéines de l'inflammation que l'on appelle le « système du complément ». Il existe un modèle expérimental très pertinent pour l'étude de ces protéines chez l'homme, celui des circulations extracorporelles en chirurgie cardiaque ou du rein artificiel en néphrologie. Lorsque le sang passe au contact des membranes artificielles, le matériau étranger déclenche une réaction inflammatoire.

Il y a une quinzaine d'années, un chirurgien cardiaque hollandais d'une grande curiosité scientifique avait entrepris de rédiger un livre collectif de synthèse sur le thème des interactions entre le sang et les membranes artificielles. Dans ce but, il avait réuni divers spécialistes de la coagulation du sang, des membranes artificielles, de l'adhésion cellulaire, des chirurgiens cardiaques ayant l'expérience clinique des effets délétères de ces interactions, des spécialistes des cellules aussi, et le spécialiste de l'immunologie de l'inflammation que j'étais.

Nous étions un petit groupe, une dizaine de personnes venues de différents pays d'Europe. Notre confrère hollandais, extrêmement dynamique, avait bien fait les choses. Nous avons séjourné cinq jours à Fontvieille, le petit village du moulin de Daudet, dans une auberge qui n'a que onze chambres. Nous l'avons occupée un peu comme si nous étions chez nous. Le matin, nous prenions le petit déjeuner dans le jardin, thé et confitures maison, avant de nous mettre au travail dans une grande pièce au premier étage. À tour de rôle, l'un de nous faisait office de président de séance et donnait à chacun la parole pour présenter les notions qu'il aimerait exprimer dans le chapitre concernant son propre sujet.

Pour tout matériel, nous disposions d'un tableau noir et d'une craie. Ni diapositives, ni résumés d'articles qui aident dans l'argumentation et apportent des éléments qui la soutiennent, mais qui peuvent également détourner d'une vision synthétique et empêcher le message d'être compréhensible à des spécialistes d'autres disciplines. Il s'agissait de parler, sans notes, de son sujet, de façon que le chirurgien cardiaque, le spécialiste de la coagulation ou le chimiste qui prépare les membranes artificielles comprennent ce que les autres voulaient précisément démontrer. Ce style d'exercice oblige à aller à l'essentiel, à ne pas se perdre dans des détails techniques ou expérimentaux. Le rôle du président de séance, obligatoirement d'une autre discipline que celui qui faisait son exposé, étant de savoir l'arrêter : « Il semble que nous voilà arrivés à un concept intéressant. »

Nous travaillions ainsi jusqu'à l'heure du déjeuner, lequel précédait une promenade à pied ou à vélo sur la route des Baux-de-Provence, avant de nous remettre à nouveau au travail jusqu'à neuf heures du soir. Après le dîner, assis devant la cheminée, nous continuions à discuter de la science et de mille autres sujets. Cinq jours plus tard, nous sommes repartis avec la maquette d'un livre sur laquelle il suffisait que chacun remplisse les blancs qui revenaient à sa spécialité.

Harvard... Un nom qui fait rêver étudiants, chercheurs et enseignants du monde entier. C'est également le cadre d'une vie intellectuelle stimulante et d'un quotidien confortable, aussi avais-je été tenté d'accepter lorsque mon patron américain me proposa un poste de professeur assistant. Néanmoins, la question se posa de savoir ce que je deviendrais ensuite. Ma carrière n'allait sans doute pas se dérouler entièrement à Harvard. La perspective d'être un jour en poste dans l'Arizona ou le Nebraska ne me séduisait pas. L'idée m'effrayait de faire un jour partie du flot de ces retraités dont les États-Unis donnent des images étonnantes. D'autant que je ne pense pas que l'on puisse jamais être un exilé heureux. Je me souviens d'avoir écouté, en 1978, Soljenitsyne, qui était invité par l'université de Harvard à prononcer le discours du « commencement ». Il s'agit, comme son nom ne l'indique pas, de la cérémonie de clôture qui se tient chaque année à l'occasion de la remise des diplômes, sur la grande pelouse du campus. Une cérémonie dont les Américains sont fiers. Soljenitsyne avait émigré aux États-Unis. Il a commencé ainsi : « En 1974, il me fallait quitter la Russie communiste que j'ai dénoncée. L'Occident n'a jamais pris conscience du cauchemar et des atrocités qu'a traversés mon pays, aussi suis-je très reconnaissant à l'Amérique, terre de liberté, de m'avoir accueilli. » La première partie de son discours était construite sur le thème : « J'ai choisi l'exil. » Soudain, il changea de ton pour dénoncer : « Vous ne vous rendez cependant pas compte à quel point vos vies sont creuses. Vous n'écoutez pas de musique, vous ne lisez pas. Vous ne pensez qu'à vos intérêts particuliers, à votre sacro-saint dollar, moteur de vos activités quelles qu'elles soient. Prenez donc conscience de ce que vous allez vers la ruine de la civilisation [...] Le capitalisme, dans ce qu'en fait la société américaine, dans sa caricature, avec l'argent pour valeur unique, est une catastrophe pour l'homme [...] » Soljenitsyne est un tribun, il en a la stature et la voix. Lui qui avait choisi l'Amérique est cependant rentré en Russie quelque temps après la chute du mur de Berlin. On ne peut décidément jamais être un exilé heureux. On ne choisit pas l'exil. Je suis convaincu que l'intégration est impossible, du moins pour la première génération d'émigrés.

La vie en Europe me manquait. Bien que je me dise apatride, je ne pense pas que j'aurais pu faire le choix de vivre définitivement aux États-Unis, à moins que mon métier ne prime sur tout le reste. En écrivant ces mots, j'entends les ricanements et les commentaires de mes proches, familiers ou collaborateurs. Peut-être aujourd'hui ferais-je le choix de l'Amérique. J'ai été prudent, je ne le regrette pas.

Rentré en Europe, je me suis lancé dans la recherche d'un poste. Plusieurs propositions m'ont été faites, parmi lesquelles deux m'ont semblé présenter un intérêt particulier. L'une à Lausanne, ville que j'aime beaucoup, l'autre à Chicago. Après bien des hésitations, Paris l'a emporté. Aujourd'hui, peut-être serais-je plus téméraire. Le contexte de la recherche est différent, plus ouvert. Il s'est restreint aussi, les distances sont plus courtes, la recherche propose mille perspectives toutes plus passionnantes les unes que les autres, y compris dans le secteur industriel et pharmaceutique. À l'époque, il n'y avait pour moi aucun doute, mon aspiration était d'être médecin à plein temps dans un hôpital universitaire en France, ce qui permet d'associer recherche et soins à l'engagement dans le service public.

4

Un nouvel espace européen

J'ai aimé vivre à Harvard, comme j'aimerais vivre dans bon nombre de métropoles où je me sens chez moi, au point de pouvoir y jouer un rôle de guide. Rome, New York, Washington, Saïgon et, bien sûr, Moscou. Ainsi des collègues américains avec lesquels j'avais participé à un congrès en Israël m'ont-ils dit n'avoir réellement découvert la vieille ville de Jérusalem que lorsque nous l'avons visitée ensemble. Je n'éprouve pas de difficulté à m'intégrer dans une ville. Dès lors que j'y suis allé deux ou trois fois, que j'y ai marché une ou deux heures dans la nuit, seul, sous un ciel noir parsemé d'étoiles, entre les murs de pierre qui renvoient la chaleur et les parfums de la journée, je n'y suis plus un touriste mais un hôte, en quelque sorte. Aussi parfaitement à mon aise dans les musées que sur un marché ou dans un quartier particulier. C'est également ce qui me fait éprouver un sentiment de citoyenneté mondiale, même si, en fait, je me sens profondément européen.

Je crois à l'Europe et, dans les domaines qui me concernent, je m'applique à sa construction et au passage d'une échelle nationale à une échelle européenne. N'est-ce pas en Europe qu'est né l'humanitaire, mode nouveau d'intervention de la médecine qui renvoie à cette citoyenneté mondiale qui se construit ? L'intervention de l'humanitaire sur la scène internationale et le concept que Bernard Kouchner a avancé de « droit d'ingérence », auquel j'adhère fortement, ont changé beaucoup de choses. Je voudrais souligner que ce sont bien les médecins et les scientifiques — je pense tout particulièrement à Sakharov — qui sont à l'origine de cette notion, non pas les juristes et les politiques. Grâce à la diffusion de l'information, grâce au militantisme et aux associations qui combattent et témoignent contre la transgression de la justice, on ne peut plus mener une politique de discrimination, de ségrégation, d'exclusion sans qu'elle arrive sur la scène publique. Par le passé, il ne fut pas rare que l'État, quel qu'il soit, ait outrepassé ses droits au mépris du citoyen, les autres pays fermant les yeux. Aujourd'hui, le droit d'ingérence et la diffusion de l'information font qu'on ne peut plus passer cela sous silence. Dans son livre *Une voix vient d'une autre rive*[1], Alain Finkielkraut relate le témoignage terrifiant d'un Juif autrichien qui, en 1940, expliquait devant la Société des Nations qu'en Allemagne on chassait les Juifs. On emmenait les hommes. Présent à cette réunion internationale, Goebbels s'était contenté de répondre à peu près : « Ne vous mêlez pas de ce qui se passe chez nous. Nous sommes un État de droit, élu qui plus est, et

1 Gallimard, 2000.

nous faisons ce que nous voulons à l'intérieur de nos frontières.» Le risque d'une telle impunité dans le discours et dans les faits est, du moins je l'espère, aujourd'hui révolu; la ségrégation, l'exclusion, la violation des droits de l'homme ne peuvent plus être facilement occultées. Il aura pourtant fallu un temps considérable pour que l'on prenne enfin conscience de ce que signifie véritablement le sida en Afrique. Je comparerai cette ignorance du monde occidental du Nord pour le Sud à celle de certaines démocraties en 1938 à Munich, à la façon dont on ferma les yeux sur la dictature de Pinochet, ou encore, il y a peu, sur le statut des femmes afghanes. Il est évident que celui des femmes en Arabie saoudite ne doit guère être plus enviable, mais l'Arabie saoudite vend du pétrole...

J'adhère fortement aux termes du traité signé à Rome, en 1999, pour la création d'un tribunal permanent chargé d'instruire les crimes contre l'humanité. Personne ne peut plus impunément faire ce qu'il veut et être à l'abri de toute ingérence; ainsi le général Pinochet a-t-il été mis en état d'arrestation. Tout n'est pourtant pas si simple. Il existe une ambivalence remarquable de la communauté internationale lorsque au nom de la lutte contre les dictatures, la guerre est déclarée contre l'Irak et qu'en même temps cette intervention met en place un blocus désastreux aux plans sanitaire et humanitaire.

Peu après la chute du mur de Berlin, en 1990, dans le cadre de Médecins du monde, Bernard Kouchner a présidé, à Cracovie, une réunion à laquelle participaient des médecins de tous les pays d'Europe et des deux anciens blocs de l'Ouest et de l'Est. Tous, nous avons signé une charte définissant ce que devrait être une éthique médicale dans l'Europe qui venait de naître. Au cours de cette réunion, nous avons projeté un observatoire des violations des droits de l'homme qui, si elles ne se voient plus en France, sont encore fréquentes dans bien d'autres pays.

L'humanité et la citoyenneté mondiale dominent maintenant, ce qui peut sembler paradoxal à une époque où de petites nations se recréent, où renaît un certain régionalisme ; ainsi me semblerait-il vain de construire une nation européenne artificielle. En revanche, je n'ai pas de difficulté à imaginer que les intérêts des régions et des pays d'Europe puissent se regrouper en fédération européenne où chacun garderait son identité culturelle. Au nom de ces valeurs, on peut se permettre le droit d'ingérence, c'est-à-dire le droit de dénoncer, de témoigner, voire d'intervenir militairement, comme cela s'est vu au Kosovo. Je ne dis pas que dans ce dernier conflit les mobiles aient toujours été purs, que les méthodes aient toujours été celles qu'il aurait fallu appliquer ; conduire une guerre aérienne dans le but de détruire les uns tout en protégeant les autres est discutable. Toutefois, l'intervention militaire au Kosovo fut la démonstration que la conscience des droits de l'homme devenait universelle. L'État n'était plus le protecteur des droits de l'individu. L'ensemble de la communauté internationale est maintenant responsable des valeurs de protection de l'individu et de la démocratie et devient solidaire de ces valeurs que l'on peut porter devant les Nations unies en cas de désaccord. On peut avancer qu'une nation pluriethnique ou plurirégionale crée une communauté politique artificielle dans ses frontières au sein de laquelle l'expression d'opinions diverses, la démocratie pourraient permettre, et finalement garantir, les droits du citoyen. Cependant, on l'a souvent vu dans l'Histoire, la nation peut aussi être un lieu dans lequel ceux qui détiennent le pouvoir font ce que bon leur semble. Indifférentes, les autres nations peuvent alors prendre prétexte des barrières nationales et du respect des frontières pour justifier la non-ingérence dans les affaires d'autrui. De là à être complice, il n'y a qu'un pas. J'ai ressenti fortement le poids du silence, de l'indifférence et du cynisme de la communauté internationale à l'égard de dictatures. Notamment en URSS, où j'ai eu l'occasion d'animer deux séminaires clandestins avec des scientifiques qui prenaient des risques en organisant les réunions dans leur appartement. Du moins la situation était-elle nette, c'était la clandestinité.

Je suis fasciné par ce qu'on appelle la construction européenne. Dans ce processus, des États décident de se fédérer et, même si on ne sait pas précisément ce que l'on construit, on a bien le sentiment de construire. Lorsqu'on regarde en arrière, quel chemin parcouru ! Au début des années cinquante, Robert Schuman œuvra pour la création de la Communauté européenne du charbon et de l'acier. Ce fut le premier signe de cette capacité — incompréhensible au premier abord — de la France et de l'Allemagne de construire quelque chose ensemble, après tant de ruines et de souffrances. En 1957, le traité de Rome entérinait les accords constituant la Communauté économique européenne et la Communauté européenne de l'énergie atomique, puis il y eut le Marché commun, la Communauté européenne et maintenant l'Union européenne. Dans ce processus de la construction de l'Europe, les choses avancent prodigieusement vite, même si l'on ne s'en rend pas vraiment compte. Nous voici maintenant avec une monnaie unique, l'euro, et demain, probablement aurons-nous une défense et une politique étrangère communes.

Nous sommes à l'aube d'une ère nouvelle des rapports entre les pays, dans un nouvel espace que chacun appréhende tout naturellement, sans même avoir conscience du bouleversement que cela représente. Ainsi, chaque pays européen élaborait jusqu'à présent sa politique de recherche. Progressivement, nous avons appris à répondre aux appels d'offres annuels que l'Europe peut maintenant proposer à plusieurs partenaires, par exemple un laboratoire français, un laboratoire italien et un laboratoire allemand. J'ai participé avec enthousiasme à de tels projets européens, aux commissions de sélection de ces projets à Bruxelles, au comité chargé d'élaborer le programme-cadre. Je milite pour une mise en commun du potentiel de recherche au bénéfice de la santé, une Europe de la santé et une Europe sociale qui, malheureusement, me paraissent être au second plan par rapport à l'Europe économique.

À la fin de l'année 2000, Philippe Busquin,

nouveau commissaire européen à la Recherche, a rendu public un document, « Créer un espace de la recherche européen », concrétisant ainsi une nouvelle étape de la construction européenne. En juin 2000, à Bruxelles, j'ai eu la chance d'être désigné par un groupe d'experts pour rédiger un plan européen de recherche sur le vaccin contre le sida qui témoigne de cet effort de mise en commun des progrès de la recherche à l'échelle européenne. Jusqu'à présent, la Communauté européenne se contentait de lancer un appel d'offres et de financer les projets de recherche qu'elle estimait être les meilleurs. Au cours des dix dernières années, l'Europe a déjà financé pour le vaccin anti-VIH un certain nombre de programmes qui, plutôt que de fédérer un effort, se révèlent être parallèles à ceux que mènent les laboratoires en France, en Suède, en Angleterre, en Italie ou encore en Hollande.

Le vaccin préventif contre le sida est un objectif prioritaire dont on réalise tardivement qu'il est une urgence absolue de la recherche. Sans vaccin, il y aura dans le monde cent cinquante millions de personnes séropositives par le VIH d'ici douze à quinze ans. Ainsi, ce n'est plus de financement de projets scientifiques isolés que nous avons besoin mais, à l'échelle européenne et internationale, d'un dispositif de crise pour accélérer la recherche vaccinale.

Il y a deux façons de voir un nouvel espace européen. L'espace physique, qui permet d'aller d'un point à un autre sans frontière, sans même un feu rouge : espace conceptuel et politique, d'où naît une Union européenne de plus en plus supranationale et solidaire. Partout en Europe, en Grande-Bretagne, en Allemagne, aux Pays-Bas, en Italie, en France, les préoccupations sont les mêmes. Il suffit de parcourir un journal pour le constater : conditions de travail, grèves, revendications sociales font la « une », tout comme la mobilité, l'environnement, l'allongement de la durée de la vie. Les préoccupations de politique étrangère sont traitées de façon à peu près identique. C'est pourquoi nous le sentons bien réel, cet espace européen, qui se construit à partir de nations démocratiques, d'une mise en commun de forces qui devrait nous permettre d'aller dans le sens de ces résolutions que la communauté internationale a prises après la Seconde Guerre mondiale, avec la création de l'ONU et de tant d'autres agences. Je sens le bloc européen solidaire au plan technique, comme dans son intention de créer un espace démocratique. Cela peut paraître utopique et j'accepte qu'on puisse sourire en lisant ces lignes. Qu'importe ! Je crois en cet avenir européen. L'Europe est pour moi un enjeu, une cause pour laquelle militer. Je pense qu'elle doit être une priorité pour ceux de ma génération, maintenant que nous sommes à l'âge des responsabilités.

Je ne me suis jamais senti appartenir à une nation, mais toujours à une citoyenneté plus universelle. Culturellement et géographiquement, je suis avant tout européen. Lorsque je me trouve dans une ville de la savane africaine, dans un jardin japonais, dans la cordillère des Andes, en Californie ou au Rajasthan, face à un paysage magnifique, je ne me sens pas pour autant citoyen de ce paysage. Je me sens, en revanche, citoyen du paysage, quel que soit l'endroit où mon avion se poserait en Europe. Malgré son infinie diversité, je ressens combien l'Europe est homogène dans ce que je pourrais appeler son agencement géographique, comme dans sa culture.

Au cours des trois ans que j'ai passés aux États-Unis, j'ai vu l'automne dans le Maine. Comment oublier ces couleurs où le fauve domine, qui ne sont pas sans évoquer certains paysages de Derain ou de Van Dongen ? Mais plus je vivais aux États-Unis, plus je m'intégrais, plus j'apprenais de la civilisation américaine... plus je me sentais européen. Au début des années quatre-vingt, à chacun de mes voyages, j'ai éprouvé un petit pincement au cœur en arrivant aux États-Unis. L'immensité de la nature, celle de l'architecture, la taille des voitures, un ensemble de petites choses me mettait mal à l'aise. Pas d'autobus ni de train à la sortie de l'aéroport. On ignore les transports en commun à New York, à Miami, à Los Angeles, à Chicago, où ces sensations sont encore exacerbées tellement on se sent seul au milieu d'une foule bigarrée. Seul, parce qu'on arrive dans un autre monde. Un Nouveau Monde où les rapports avec les hommes et la vie publique ne sont pas ceux que nous connaissons en Europe et, malgré la fréquence de mes voyages, je continue à éprouver cette impression chaque fois que je vole de l'Est vers l'Ouest.

À l'inverse, lorsque de l'Ouest je vole vers l'Europe, que j'atterrisse à Bruxelles, à Paris, à Londres, à Copenhague, à Madrid ou à Stockholm, je me sens chez moi. On survole des villages, des routes, et, groupées autour d'un clocher, des maisons aux toits de tuiles rouges, à moins qu'ils ne soient gris ardoise, mais dont l'architecture est la même. En sortant de l'aéroport, on croise des gens dont la silhouette, la façon de s'habiller, de se comporter sont partout semblables, même si la retenue du Scandinave n'a rien à voir avec l'exubérance de l'Italien.

Allant d'Est en Ouest, je vais vers un autre monde. Allant de l'Ouest vers l'Est, je vais vers une communauté, la Communauté européenne.

Apatride ? Sans doute. Européen ? Certainement.

5

Une citoyenneté humanitaire

L'humanité est devenue une instance devant laquelle les gouvernements ont dorénavant à rendre compte de leurs actions. C'est une nouveauté dans l'Histoire à laquelle je suis d'autant plus attaché qu'elle est issue de la Seconde Guerre mondiale dont, on l'aura compris, je porte en moi une sorte de blessure chronique. Cette idée nouvelle de la citoyenneté partagée dans l'humanité a repris une force considérable avec la naissance, dans les années soixante-dix, de ces grands mouvements humanitaires, dont le rayonnement s'est encore élargi depuis les années quatre-vingt avec le développement de l'information. À mes yeux, c'est bien l'appartenance à l'humanité qui fonde la citoyenneté et non pas le concept de nation, dont il faut se méfier, le nationalisme ne pouvant que diviser les peuples. Les médecins et les scientifiques ont véritablement un rôle particulier dans l'élaboration de cette citoyenneté humanitaire nouvelle. La citoyenneté humanitaire s'oppose à l'hypocrisie si souvent présente en politique.

À l'occasion d'une mission au Chili, je me suis

trouvé, sans l'avoir voulu ni y adhérer, dans une position complexe. Le Chili est un pays que je connais bien pour être allé à Santiago un bon nombre de fois, dont la première en 1982, à la suite d'accords universitaires entre l'Université du Chili et l'Université de Paris. Cette année-là, en septembre, il nous a été demandé de partir en mission d'enseignement. La France boycottait alors le Chili et, un mois plus tôt à peine, François Mitterrand avait prononcé le discours de Cancùn sur le thème de la coopération comme partenariat entre les pays du Nord et les pays du Sud. Un discours magnifique qui soulevait beaucoup de questions. Fallait-il dès lors se rendre au Chili, quand le pays était en pleine dictature et que la France le boycottait ? Ne pas y aller aurait pénalisé nos collègues scientifiques qui s'opposaient à la dictature de Pinochet. Ce fut un dilemme mais, après un temps de réflexion, nous décidâmes de nous y rendre.

À Santiago, nous étions logés dans un petit appartement dans le quartier chic de Providencia, non loin de la résidence d'un membre de la junte militaire, l'amiral Merinos. Le matin, il nous arrivait d'être réveillés par des chars dont il était difficile de distinguer le grondement de celui des fréquents tremblements de terre. Nous vivions comme si de rien n'était. Dans la journée nous donnions nos cours et, le soir, nous nous réunissions entre amis, l'important étant d'être rentrés avant l'heure du couvre-feu. Au cours de ce séjour, nous reçûmes de la part de l'ambassadeur de France un carton par lequel il nous conviait à dîner. Cependant, la veille du jour prévu, un autre carton nous informait qu'il était désolé de remettre cette invitation, car il accueillait une mission parlementaire française. Lorsque, avec quelques collègues chiliens, nous nous sommes finalement retrouvés à sa table, il prononça un discours dans la lignée de celui du président Mitterrand à Cancùn. La soirée fut d'autant plus agréable que les Chiliens sont très attachés aux valeurs européennes, alors que la machine économique américaine est pourtant là, bien postée pour prendre possession de l'Amérique du Sud. Pour les Chiliens, une certaine forme de résistance consistait à afficher des préférences européennes. J'ai vu un professeur d'université rouler fièrement dans une vieille Peugeot, un autre porter un imperméable de sorte que l'on voie bien l'étiquette Galeries Lafayette. Malheureusement, le lendemain du dîner à l'ambassade de France, *El Mercurio*, journal qui, à l'époque, soutenait la dictature, publiait en première page une photographie du ministre de la Défense français serrant la main de son homologue chilien. En plein boycott politique, la France venait vendre des avions militaires au Chili !

En 1985, toujours sous la dictature de Pinochet, je me souviens d'une cérémonie donnée en l'honneur du professeur Jean Bariéty, alors chef du service de néphrologie à l'hôpital Broussais, nommé docteur *honoris causa* de l'Université du Chili. À cette occasion, nous avons été reçus avec beaucoup d'émotion par un de nos anciens patients chiliens qui ne savait comment nous remercier de lui avoir « sauvé la vie » en le transplantant à l'hôpital Broussais, alors qu'il était réfugié politique en France. Je l'avais examiné lorsqu'il était arrivé en urgence — j'étais de garde. À Santiago, l'accueil de cet homme fut très émouvant. Il nous a invités à passer une journée dans son hacienda et, le soir, pour marquer de façon plus extraordinaire encore la reconnaissance qu'il avait pour nous, il nous offrit ce qu'il considérait le mieux, c'est-à-dire de nous emmener dîner au cercle militaire situé dans la grande avenue de Santiago ! À l'extérieur et à l'intérieur du bâtiment, des soldats avec des bottes montantes dont les talons résonnaient, des mitraillettes que l'on sentait prêtes à tirer. J'en tremblais presque, non tant de peur physique qu'à cause des brutalités, des violences que cela évoquait. Peut-être aussi parce que, bien involontairement, je me trouvais dans ce que je pensais être une situation de complicité. Nous ne pouvions cependant rien manifester, au risque de blesser notre hôte.

Aujourd'hui, je me rends souvent au Chili pour donner des cours et animer des séminaires sur l'organisation des soins et la prise en charge des patients séropositifs. J'y suis plus à mon aise maintenant qu'un débat démocratique s'y est ouvert. Je connais bien Santiago, Valparaiso, les maisons de Pablo Neruda, dont j'ai lu une grande partie de l'œuvre en français, ce que je regrette de ne pouvoir faire en espagnol. J'ai souvent à l'esprit le titre d'un de ses ouvrages, *J'avoue que j'ai vécu* [1], qui pourrait tout aussi bien être le titre d'un livre signé par Cyril Collard, Hervé Guibert ou l'un de mes patients.

1. Gallimard, coll. « Folio », 1987.

Au Chili, la démocratie s'installe ; il aura fallu pour cela l'arrestation de Pinochet et les courageuses interventions des juges Garzón et Gusman. Il m'arrive souvent d'être étonné de la façon dont se comportent ceux qui ont été opprimés. À l'exception de quelques amis proches, personne à Santiago n'ose aborder le sujet. Le consensus est : « On ne parle pas de ces choses-là. » Une façon de les oublier. Ou de les effacer.

J'évoque toujours avec plaisir le Chili, Santiago, le petit parc Santa Lucia, le musée d'art précolombien, la place de la cathédrale où, en plein soleil de décembre, assis dans des traîneaux, des Pères Noël à la barbe de coton posent avec des petits enfants pour une photo souvenir. Je peux parler des bidonvilles de la banlieue de Santiago, du stade de sinistre mémoire, de mon ami Arturo, étudiant engagé dans la résistance. Au soir du coup d'État, sa femme et lui se sont volontairement exilés aux États-Unis. Abandonnant tout ce qu'ils possédaient, par deux chemins différents afin de ne pas éveiller l'attention, ils se sont rendus à l'aéroport. Ils ont pris l'un des derniers avions pour New York, où ils ont vécu vingt ans. Arturo, professeur associé à la New York University, travaillait en immunologie, jusqu'au jour où il a renoncé à l'exil : « Ma place est dans mon pays. » Lorsque je suis à Santiago, immanquablement, notre conversation revient sur les événements qui ont provoqué son départ. Les larmes aux yeux et la voix cassée, Arturo parle de ses amis disparus, dont personne ne sait ce qu'ils sont devenus ; certains ont peut-être été jetés à la mer ou dans le cratère d'un volcan.

Il aura fallu vingt ans pour effacer les impacts de tir sur la façade du palais présidentiel, encore fumant, écrasé sous les bombardements. Il aura fallu attendre vingt-cinq ans pour voir élever, sur la place de la Moneda, une statue de Salvador Allende. J'aime entendre la langue espagnole, que je comprends sans la parler. Aiguë, vive, chaude, passionnée, expressive, elle se prête à l'argumentation, mais non à la rhétorique, ce qui est le privilège de la langue française. Se prête-t-elle à la poésie ? Je ne peux pas en juger. Au fond de moi, je veux penser que si une langue se prête à la poésie, c'est bien la langue russe, plus que toute autre.

Lorsque, pour la première fois, les chars russes sont entrés en Tchétchénie, je me souviens avoir fait irruption dans le bureau du directeur de Médecins du monde pour crier mon indignation. Il fallait partir, tout de suite, il n'était pas possible de laisser des chars russes entrer en Russie, écraser d'autres Russes. Il n'était pas possible de laisser faire ce que l'on avait déjà laissé faire, à Budapest, à Prague.

Le bel objectif de l'OMS* n'est-il pas de lutter contre toutes formes de souffrances, qu'elles soient physiques, mentales ou sociales ? Le médecin qui se bat pour la santé mentale, pour la santé sociale, fait aussi acte de médecine. En 1998, parce que je n'acceptais plus notre impuissance à guérir le sida, j'avais pris un train pour Genève où Paul-Henri Lambert, que je connais bien, dirige les grands programmes de vaccination dans le monde.

« J'arrête, lui dis-je. Je ne veux plus me contenter de faire des ordonnances, je ne veux plus faire de paperasse. Je viens à l'OMS parce que je veux m'occuper de la lèpre. »

Deux heures plus tard, je repartais, la tête basse, Paul-Henri Lambert m'ayant expliqué que ce n'était pas aussi simple, et surtout que je serais bien vite déçu ; là aussi, je serais noyé sous la paperasse. Il ne fallait pas lâcher mais continuer, poursuivre encore. On verrait dans quelques mois. Je suis rentré à Paris.

Comme beaucoup, sans doute avais-je idéalisé l'OMS, dont l'attitude face au sida était restée ambiguë depuis les années quatre-vingt, évitant de s'engager en termes de courage, de prise de position face à l'introduction des traitements ; cela explique le programme créé en marge par l'Onusida*. Récemment, il est vrai, l'OMS s'est attachée à élaborer des recommandations quant à la façon d'administrer les traitements antirétroviraux* dans le contexte de pays en développement dont les ressources sont limitées, et s'est engagée vers l'Observatoire mondial des résistances acquises des souches circulantes du virus. Ainsi l'OMS réfléchit-elle à des méthodes moins coûteuses de suivi de patients en traitement. Malgré tout, alors que l'OMS bénéficie d'une crédibilité et d'une légitimité absolument indiscutables quand on voyage dans les pays du Sud, à Genève, le nombre de personnes se consacrant aux programmes du sida y reste modeste et n'est en aucun cas à la mesure de l'épidémie. L'organisation reste, dans ses ambiguïtés, dépendante de l'Assemblée générale où siègent tous les ministres de la Santé de tous les pays du monde. Et, dans ce vaste parlement où les enjeux politiques Nord-Sud, droite-gauche, prévention-traitement, malaria-sida, etc. font que les messages perdent de leur force, je ne sens toujours pas l'OMS à la pointe du combat qu'elle devrait mener.

Humanitaire... Le mot est beau. Ne fait-il pas espérer le bonheur, le bien-être de l'humanité et, avant même cela, diverses formes d'aide, d'assistance ? En 1994, j'étais dans les locaux de Médecins du monde lorsque nous avons appris par une dépêche que les habitants d'un village proche de Varsovie avaient brûlé la maison qu'un prêtre, le père Novak, avait fait construire pour accueillir des femmes séropositives. Spontanément, nous avons été trois ou quatre à décider de partir. Quelques heures plus tard, nous arrivions dans un village mort. Seul bruit dans le lourd silence, celui des étendards noirs accrochés aux volets fermés et aux réverbères que le vent agitait. Le père Novak nous conduisit jusqu'à la maison qui venait d'être brûlée. Là, devant les ruines encore fumantes, j'ai lu, en français, en anglais et en russe, un texte qui dénonçait ce qui venait de se passer. Pendant que je parlais, des gens sont arrivés, nombreux, sans bruit, et lorsque j'eus fini, que nous avons voulu monter dans nos voitures, une foule hostile, chacun brandissant un manche de pioche, s'est soudain dressée. Pendant quelques minutes qui nous ont paru extrêmement longues, nous avons pensé que nous ne pourrions pas passer, que nous allions être molestés, tabassés et nos véhicules confisqués, d'autant que nous ne bénéficiions d'aucune protection de police. Nous avons cependant pu rejoindre nos voitures, mais à peine y étions-nous montés que la foule commençait à en marteler le toit.

Cette déclaration terminée, nous devions regagner Varsovie où l'attachée de presse de Médecins du monde avait organisé une conférence avec des journalistes. Face à leurs questions, nous avons pu témoigner.

Le témoignage n'est-il pas l'une des formes d'engagement les plus efficaces ?

J'apprécie tout particulièrement la philosophie de travail de Médecins du monde, le fait que ce ne soit pas seulement une association d'intervention là où il y a conflit ou catastrophe naturelle. Outre le fait d'aller sur le terrain en cas d'urgence et de nécessité, les membres de Médecins du monde ont été les premiers à se pencher sur ce qui se passe autour de nous, chez nous, en créant la Mission France.

En 1987 et 1988, je suis ainsi allé une fois par semaine, chaque samedi, rue du Jura, dans le quartier des Gobelins, consulter dans un petit sous-sol où Médecins du monde avait ouvert le premier dispensaire, anonyme, de dépistage du VIH. Il faudra attendre encore quelque temps avant que l'État ne crée les centres de dépistage anonymes, que l'on trouve maintenant dans des quartiers ou dans des hôpitaux, et dont le dispensaire de la rue du Jura a été le modèle.

Les consultants, des hommes jeunes pour la plupart, venaient pour un entretien médical, qui ne s'appelait pas encore à l'époque *counseling* — un de ces mots venus des États-Unis à l'occasion de l'épidémie du sida —, prétexte pour aller plus loin et oser aborder le problème qui les amenait. Après l'entretien, on effectuait un prélèvement ; ils revenaient, ou ne revenaient pas chercher les résultats qui leur étaient rendus par un médecin dans le cadre de ce qu'on appelle maintenant le *counseling post-test*. De là est née la pratique, encadrée, éthique, du test de dépistage, parce qu'un second entretien suit toujours, même lorsque le résultat du test est négatif. Il semble que ce soit là l'une des actions les plus efficaces en matière de prévention.

Peu après, Médecins du monde a ouvert la Mission France, qui prend en charge les exclus, ceux qui n'iraient pas spontanément consulter dans le système de santé traditionnel, grâce aux bus d'information et de distribution de médicaments de substitution pour les usagers de drogue. Cette initiative a par la suite été relayée de l'associatif vers l'institutionnel par un processus tout à fait remarquable, la création du Samu social et des consultations de précarité dans les hôpitaux.

Outre cette activité, qui montre bien que Médecins du monde n'a pas pour seul but de distribuer du riz aux populations démunies, l'implication dans le témoignage m'a tout de suite intéressé et continue de forcer mon respect. Il est en effet très efficace, lorsque se produisent des comportements inacceptables au regard des droits de l'homme et de l'inégalité face à la santé, que ce soit une communauté internationale de médecins qui prenne la parole.

L'obsession d'être complice des atrocités qui se perpétuent dans le monde est pour moi une souffrance et une forte motivation d'engagement. Je reconnais à Médecins du monde de ne pas limiter son action à des interventions d'urgence, d'avoir conscience qu'on ne peut pas sauver l'humanité avec seulement des flacons de sang, mais de l'étendre à des témoignages militants.

De 1993 à 1998, je me suis occupé de la Mission de Moscou, née lorsqu'on s'est aperçu que, soudain, ce monde de l'Est basculait du tout-gratuit au tout-payant, quand on a vu, dans les deux ans qui ont suivi l'effondrement du mur de Berlin, de quelle façon brutale se scindait alors la société russe. En quelques mois, un petit nombre de gens devinrent richissimes en pratiquant la spéculation, le détournement, la corruption. Dans le même temps, les pauvres devenaient de plus en plus pauvres. Cette différence s'accentua encore et de façon si évidente que, après en avoir longtemps discuté au siège de Médecins du monde à Paris, nous avons souhaité intervenir. Il nous est clairement apparu que l'une des premières populations cibles devait être celle des personnes âgées et démunies.

Nous avons choisi de nous implanter dans deux quartiers centraux de Moscou qui étaient de plus en plus envahis par les bureaux. Les jeunes, eux, savaient qu'il était préférable de s'installer plus loin, dans les grands immeubles, au-delà de ces cercles concentriques que forment les périphériques, mais les personnes âgées tentaient de résister dans ces quartiers où elles vivaient depuis si longtemps. C'est ainsi que nous avons pu, avec l'aide des autorités communales, en recenser plusieurs milliers qui, en France, auraient relevé de la prise en charge à 100 % de la Sécurité sociale parce qu'elles souffraient de maladies chroniques.

Toutes étaient démunies et vivaient avec l'équivalent de moins de quinze euros par mois dans des appartements où, jusque-là, tout avait été gratuit, chauffage, électricité, eau, téléphone. Du jour au lendemain, tout devint payant. Et si les médicaments délivrés par les dispensaires de quartier continuaient d'être gratuits, les médecins ouvraient leur cabinet privé, ce qui leur laissait de moins en moins de temps pour la pratique publique. Ils n'y ont bientôt plus travaillé qu'à mi-temps. C'était une situation pathétique. Comment oublier cette vieille dame que ses voisins avaient voulu aider en calfeutrant de chiffons les fissures des murs et des fenêtres de son appartement ? Dans sa cuisine, elle n'avait qu'une cruche de lait et une miche de pain noir !

Notre mission a fait en sorte d'œuvrer en coordination avec quelques associations locales dont les membres, extrêmement dévoués, travaillaient bénévolement. Une cinquantaine d'infirmières donnaient, après leur service à l'hôpital, trois ou quatre heures de leur temps. Plus tard, on a pu les salarier, environ trente dollars par mois, une aubaine pour elles. Nous les avons tout d'abord payées en espèces car il a fallu attendre longtemps avant de pouvoir ouvrir un compte. Tout est toujours compliqué à Moscou.

La mission était animée par un pharmacien et une étudiante en médecine d'origine russe. Nous disposions de deux petits appartements. L'un était tellement sordide que nous l'avons quitté rapidement. L'autre, un rez-de-chaussée plutôt accueillant, dans un quartier du centre, faisait office de bureau de Médecins du monde en Russie. Nous disposions d'un télex et d'un téléphone, indispensable logistique des missions humanitaires à l'étranger.

Pour cette mission, nous étions venus de Paris avec une vieille Peugeot 305 qui était en train de rendre l'âme. Après bien des discussions et des calculs, Galina, une jeune femme russe, médecin responsable de la mission, me fit part de ses inquiétudes et nous décidâmes d'acheter une nouvelle voiture, une Lada. Ce fut douloureux, la Lada coûtait quarante mille francs et nous avions des scrupules à engager une telle somme. À peine en notre possession, la voiture tomba en panne. Le concessionnaire nous dit que, puisqu'elle était hors de son garage, ce n'était plus de son ressort. Nous la laissâmes alors dans la cour de l'immeuble du siège, en prenant soin de coller dessus de grands stickers : « *Vratchi mira* », Médecins du monde en russe, avec la colombe blanche sur fond bleu, et, par prudence, nous installâmes une canne antivol au volant. À peine rentré à Paris, je recevais un coup de téléphone de Galina, affolée : « La voiture a disparu. » Elle n'était pas encore assurée ! Dix jours plus tard, Galina fut convoquée au commissariat : « On a une piste pour votre voiture. » Avant même qu'elle ait le temps de se réjouir, les policiers ajoutaient : « Il faudrait que vous avanciez sept cents dollars. » Cash, bien entendu...

Cette mission en Russie a fonctionné pendant cinq ans. Aujourd'hui, malgré d'énormes efforts, Médecins du monde a bien du mal à trouver un relais, une organisation locale susceptible de reprendre ce dispensaire et de l'entretenir. Je me souviens avec émotion de ces réunions pendant lesquelles on buvait du thé avec les infirmières, en discutant des patients et de leurs difficultés, dans le local chargé de souvenirs, drapeaux rouges aux murs et médailles à l'effigie de Lénine qui avaient été données à cette section de la Croix-Rouge en reconnaissance de son dévouement. Étrange image aussi que celle de ces femmes, leur fichu noué sous le menton, qui attendaient leur rétribution en dollars, car, après la perestroïka, dans le nouveau système, le dollar fut bien vite « la » devise grâce à laquelle tout devenait possible. Je me souviendrai longtemps de cette étrange soirée où, avec Dimitri et Sacha, responsables d'une mission à Saint-Pétersbourg, nous comptions une à une les coupures que j'avais apportées dans un sac de sport, ayant eu la chance de passer la douane sans encombre. Il était une heure du matin et il fallait faire vite. Par la fenêtre, image inoubliable, on apercevait le bulbe d'une église éclairé par la lune. Nous étions en Russie. Le mot chante à mes oreilles.

En Russie, je ne me sens pas apatride, bien au contraire. J'éprouve toujours un vif plaisir à parler cette langue qui m'est familière. J'essaie de retrouver des saveurs dans de petites épiceries, des boulangeries où j'achète du pain noir et dans ces magasins qu'on appelle des *pelemeniniaya*, où je déguste ces *pelemenis* qui me rappellent mon enfance. Un rituel. Seul mon père était habilité à la préparation de la farce, mélange de viande et d'oignons hachés, tandis que ma mère roulait la pâte, jusqu'à ce qu'elle soit le plus fine possible.

Mon rôle consistait à y découper, avec un verre, des ronds sur lesquels, à l'aide d'une petite cuillère, mon père posait la quantité adéquate de farce. Il me revenait de les replier et de coller les bords afin d'en faire des demi-lunes ; encore fallait-il avoir les mains délicatement enfarinées, sinon la pâte restait attachée aux doigts. J'étais fasciné d'entendre mon père raconter comment, à l'époque de ses parents, on préparait de grandes quantités de *pelemenis* que l'on conservait dans des sacs sous la neige. Comme aujourd'hui on les mettrait au congélateur.

Lorsque je suis à Moscou, je recherche les sons, les odeurs qui ont marqué mon enfance et je m'exprime avec un plaisir qui se double d'un certain amusement devant la mine de mes interlocuteurs ; car si le russe que je parle leur paraît bon, ils notent cependant quelques expressions d'une langue moins rude que celle que l'on pratique aujourd'hui.

À Moscou, j'ai retrouvé des traces de ma famille, l'immeuble dans lequel vivaient mon père et les siens, l'appartement où il a passé son enfance et où il a vécu avec ses parents et ses sœurs, dont l'aînée composait de la musique pour enfants. En 1971, lorsque, pour la première fois, ma mère et moi nous sommes rendus en Russie, en touristes, nous avons pu prendre contact avec une parente, mais cette femme, qui avait toujours vécu dans la terreur, fut effrayée à l'idée de nous rencontrer. J'ai en revanche rencontré une cousine, fille de la plus jeune sœur de mon père. Valérie est microbiologiste. Nous nous écrivons, nous nous parlons régulièrement au téléphone. Elle m'a dit que pendant la dernière guerre sa mère avait reçu quelques lettres dans lesquelles mon père s'inquiétait de leur santé ; il disait qu'il allait bien et qu'il vivait en France. Après son retour de déportation, elle a détruit ces lettres qui pouvaient être prétexte à dénonciation. Loin de ces sordides réalités, Alexis, son frère, pianiste, vivait dans l'admiration d'Alexandre Scriabine, pour lui le seul compositeur.

Valérie a une fille, Irène, microbiologiste elle aussi. Les deux femmes habitent, dans les quartiers périphériques de Moscou, un petit appartement sur lequel règne un parfum de nostalgie autour des objets, des tableaux, des livres et autres nombreux souvenirs qui viennent de la famille. Irène a la chance d'avoir un ordinateur. Pour survivre, en Russie il faut exercer plusieurs métiers à la fois, aussi cette microbiologiste est-elle traductrice, le soir, une fois rentrée chez elle. Lorsque j'arrive à Moscou, on parle tard dans la nuit, autour d'un repas délicieux pour lequel je sais combien elles se sont privées. La vie là-bas n'a rien de commun avec celle que nous connaissons. Lorsqu'on mange une orange, on en garde la peau pour faire de la confiture et, lorsque je prends le thé chez mes cousines, je sais que, sous le canapé sur lequel je suis assis, il y a des bocaux de légumes qu'elles mettent en conserve après les avoir fait pousser, l'été, chez une de leurs amies qui a un lopin de terre. Ce n'est qu'à une cinquantaine de kilomètres de Moscou mais, pour s'y rendre, elles font quatre heures en autobus et douze kilomètres à pied !

6

Médecins du bout du monde

Depuis plus de dix ans, j'enseigne dans le cours d'immunologie des maladies infectieuses de l'OMS, qui, chaque année, accueille une vingtaine d'étudiants de pays en développement. Ils viennent du Kenya, du Botswana, du Brésil, de Cuba, du Cambodge, de Russie... jeunes médecins, cadres de santé d'une trentaine d'années qui, par la suite, s'orienteront vers des carrières universitaires ou administratives. À raison de un par pays, les candidats sélectionnés par l'OMS verront leur voyage pris en charge, ainsi que leur séjour à Lausanne, où ils resteront trois mois. Quel contraste, pour eux qui arrivent du Vietnam, du Venezuela ou d'Afrique, de se trouver soudain dans des rues où ne traîne pas la moindre boulette de papier, où les bus s'arrêtent plus de trois minutes au feu rouge, silencieux, moteur éteint ! Intéressés et studieux dans la journée, ils organisent le soir de grandes fêtes entre eux, les Cubains en particulier. Bien que n'ayant jamais un sou, mais possédant un esprit de clan très riche, ils se retrouvent toujours lorsqu'il s'agit de boire, de chanter et de danser.

Deux fois par an, à l'occasion de cette formation, je présente l'immunologie de la maladie du sida en huit à dix heures de cours à ces médecins du bout du monde. Et je m'émerveille, au cours des préliminaires sans lesquels les cours ne sauraient être ce lieu d'échanges spontanés, d'entendre : « Je viens d'Alexandrie où je m'occupe du laboratoire d'immunologie de l'hôpital... », « Je suis de Cotonou... », « Je viens de Mongolie... » La Mongolie était représentée par une jeune femme médecin passionnée par cette formation, bien qu'il n'y ait là-bas qu'une seule personne connue comme étant séropositive. Mais, comme dans les pays de l'ex-Union soviétique, la crainte qu'inspire cette épidémie devant laquelle tous se savent impuissants est telle que l'on y pratique les tests par milliers !

Tous les trois ans environ, ce cours se renforce d'une sorte de mini-cours compact qui se déroule sur une quinzaine de jours. Un cours de rafraîchissement, en quelque sorte, qui a lieu dans l'un des pays concernés et auquel participent les anciens élèves de la région des cinq dernières années. Ce sont eux qui choisissent les thèmes des conférences du matin. L'après-midi, ils exposent leurs sujets de recherche, soumis à la critique des professeurs dans le climat de confiance qui s'est établi entre eux lors de leur séjour à Lausanne. Il nous faut parfois aborder ces thèmes et les traiter avec subtilité, en fonction du contexte politique. En Indonésie musulmane, il ne saurait être question de mettre le sida à l'ordre du jour, la maladie est occultée. Si, à Téhéran, j'ai néanmoins réussi à faire un cours sur le sujet, il m'a fallu le déguiser, car la maladie est « inconnue » là-bas. Elle est bien évidemment présente, mais interdite par les gardiens de la révolution !

Je me suis rendu en Colombie, en Iran, en Inde, au Mozambique, à l'occasion de ces cours. Il est important de reprendre un contact réel avec les étudiants, de vivre et de parler avec eux, de participer également à des discussions autour de leurs travaux de recherche. Un échange toujours passionnant et d'autant plus enrichissant que je m'efforce, dans la mesure du possible, de voyager par les moyens locaux, trains poussifs ou vieux autocars brinquebalants. Ce qui provoque souvent l'étonnement des gens du pays et de certains de mes confrères. Qu'importe, je m'enchante des paysages que je découvre ainsi.

Lorsque je me rends en Amérique latine, quel émerveillement d'atterrir tôt le matin à Rio de Janeiro, toujours noyée de brume quels que soient le temps ou la saison ! Après une courte escale à Rosario, c'est un avion pratiquement vide qui repart pour Santiago du Chili et, pendant près d'une heure et demie, survole alors la pampa. Un monde plat avec de grands chemins où se dessine en imagination la silhouette d'un gaucho, poncho sur les épaules, surveillant un troupeau du haut de son cheval, ainsi que j'en avais vu dans les premières années où je me rendais régulièrement en Argentine. Située le long de la rivière du Plata, Rosario est une sorte de carrefour, ville étape du trafic de drogue du sud de la Colombie, du Pérou, de la Bolivie, une ouverture sur l'océan Atlantique où pratiquement toutes les personnes contaminées par le virus du sida sont des usagers de drogue par voie intraveineuse. Le paysage est désertique — même si on imagine ici ou là un arbre biscornu, un troupeau de bovins et un cavalier droit sur son cheval — jusqu'à ce qu'on aborde la cordillère des Andes et ses quelque quatre mille cinq cents mètres d'altitude, quand ce n'est plus. Soudain, on découvre une gamme de rouges, d'ocres, de cendrés, de bruns qui sont les signes d'une richesse minérale extraordinaire, jusqu'aux premières falaises rocailleuses de la cordillère dressées vers le ciel, ponctuées de sortes de vasques, de cratères au fond desquels on voit des lacs d'altitude d'un bleu-vert très sombre. Brusquement, on sort de ces montagnes arides pour survoler un paysage verdoyant et riche, un paysage agricole, jusqu'à la bande de terre qui forme le Chili. Une bande si étroite que, en partant de Santiago du Chili, en quarante minutes de route on peut rejoindre une station de ski, en une heure les stations de la côte du Pacifique.

Du Chili, j'ai pris l'autobus de Santiago jusqu'à Mendoza, en Argentine, au pied de la cordillère des Andes. La route monte en virages et traverse la cordillère sans être bordée du moindre parapet, à plus de quatre mille mètres d'altitude. Elle descend ensuite dans des vallées de rochers rouges, puis vers des collines verdoyantes et bientôt des vignobles, jusqu'à Mendoza, petite ville coloniale aux murs blancs, avec des églises, des barrières de bois et un marché andin.

L'année où le cours de l'OMS se tint en Colombie, je me suis rendu en car de Bogotá, où j'avais atterri, jusqu'à Cali. Un voyage de onze heures ! Quels fabuleux paysages, de Bogotá, dangereuse, impressionnante, ville de violence, de contrastes aussi, entre la richesse d'une partie de la population et l'extrême pauvreté de l'autre, jusqu'à Cali, à trois mille mètres d'altitude. Palmiers et cactus bordent les routes de crête, les profondes vallées sont bientôt suivies d'autres crêtes qui cheminent parallèlement, telles des nervures sur une feuille.

J'essayais de regarder le paysage. Ce n'était pas facile dans ces petits bus colombiens toujours bondés d'une foule colorée, qui transportent les denrées les plus hétéroclites. Sur le toit, des poulets, des légumes, les maigres produits de la culture, des ballots dont on ne sait trop ce qu'ils contiennent. À l'intérieur, une télévision criarde à l'écran brouillé projette une série un peu « piquante », juste ce qu'il faut pour maintenir en éveil les passagers qui, pour n'en rien perdre, ferment les rideaux des fenêtres. Moi qui n'avais pas choisi de faire ce voyage de onze heures devant une série télévisée, je les soulevais discrètement, pour vivre l'émotion que procurent les paysages étonnants que nous traversions.

Autre souvenir très vif, ce jour où, pour la première fois, toujours à l'occasion d'un cours de l'OMS, je me suis rendu à Bobo-Dioulasso. De Ouagadougou à Bobo, j'ai emprunté les autocars des Transports rapides burkinabés, auxquels il faut néanmoins près de cinq heures pour parcourir deux cents kilomètres. À la gare routière, assis sur des bancs en attendant le car sous un auvent de palmes séchées, des femmes allaitant leurs enfants, des vieillards, des aveugles, des jeunes gens en jeans, une radio à l'oreille, des paysans, un panier de légumes au bras. Chaque voyageur achète un ticket qui porte un numéro que le chauffeur appelle au moment de monter dans le véhicule. J'étais tout au fond, sur la longue banquette à l'arrière, assis à côté d'une volumineuse dame vêtue d'un superbe boubou. Elle serrait contre elle un bébé, un autre enfant à peine plus grand et un troisième, à peine plus grand lui aussi. Ensemble, nous sommes partis pour une longue aventure. En raison des fréquents contrôles de police, le car s'arrête souvent dans des villages où une foule débordante l'entoure aussitôt. Des enfants vendent de l'eau, des gaufres au miel, des oignons. On peut aussi acheter du pain, comme on en achèterait dans une boulangerie parisienne. On finit par avoir faim. Ma voisine m'a confié ses bébés, le temps d'aller acheter un bâtard dont elle m'a gentiment donné un morceau en disant: «Je romps le pain.» Il y avait là quelque chose du partage et de la solidarité. L'autocar traverse des paysages de brousse, des villages de cases au toit de paille. On croise des silhouettes de jeunes femmes, de jeunes filles qui, une jarre sur la tête, vont au puits ou en reviennent. Des hommes roulent sur des vélos ou des mobylettes, chargés des fagots de bois qu'ils rapportent dans leur case. Le Burkina est certainement le pays d'Afrique où l'on se déplace le plus à bicyclette. À Ouagadougou, la circulation des deux-roues est intense. Je n'hésite pas à louer une mobylette, comme je le fais souvent. Entre six heures et huit heures le matin, sur les sentiers piétonniers qui longent les routes, on voit des enfants de cinq à dix ans marcher en file. Ils ont de une heure et demie à deux heures de marche pour aller jusqu'à l'école, un cartable au bras, ainsi qu'un petit panier qui contient leur déjeuner : du manioc qu'ils mangent sur place. Le soir, ils reprennent la route en sens inverse et, une fois rentrés chez eux, ils aident leur famille avant de faire leurs devoirs.

En arrivant à Bobo où m'attendaient mes amis, comme d'habitude, je fus le seul étranger à descendre du bus.

Je suis toujours mal à l'aise d'être ce voyageur privilégié, face à la pauvreté, encore qu'en Afrique il s'exprime toujours une telle joie de vivre, ponctuée d'éclats de rire, que cela aide à ne pas trop ressentir les épreuves de la vie. Je ne peux m'empêcher d'éprouver des scrupules à être observateur. Observateur de la pauvreté, mais surtout du sida, devant lequel je ressens plus durement encore notre impuissance dans les pays en développement où l'accès au traitement est un privilège, sinon une chance. La réalité y est particulièrement douloureuse.

7

Une souffrance compassionnelle

La sensibilité de mes parents à ce qui relevait de la culture a très tôt suscité chez moi une grande attirance pour la littérature. Même s'il arrivait qu'elles fissent parfois figure de pensum car je n'étais encore qu'un enfant, je garde, précieux, le souvenir des séances de lecture auxquelles m'astreignait quotidiennement mon père. Habitude grâce à laquelle j'éprouve toujours beaucoup de plaisir à lire, relire, feuilleter les livres, pénétrer page à page dans un texte et me laisser emporter par le rythme de l'écriture, pour moi aussi fort que celui de la musique.

En musique, mes goûts ont beaucoup évolué. Dans mon enfance, on écoutait les versions grandioses des œuvres de Jean-Sébastien Bach, Haendel ou Beethoven, dirigées par Herbert von Karajan. Ou leur interprétation par Sviatoslav Richter. Depuis, les interprètes ont fait un travail de clarification, d'analyse, mes goûts ont changé.

C'est bien évidemment la musique russe, celle du XIXe, celle du XXe siècle également, qui m'a éveillé à l'art musical. Les quatuors de Tchaïkovski, le trio en *la* mineur avec piano — je crois savoir qu'il n'en a écrit qu'un — qu'il composa à la mémoire de Nicolas Rubinstein, l'opus 50 également, sont pour moi des œuvres d'une beauté lyrique sans égale. Des œuvres bouleversantes, avec des entrées de violoncelle et de piano qui éveillent la nostalgie. Comme si l'âme et l'individu, à partir de l'expression d'une souffrance ou d'une tristesse, allaient ensuite s'ouvrir sur l'ensemble de l'humanité.

La musique m'accompagne, elle illustre ma vie. Je travaille avec de la musique. En avion, dans le train, dans ma voiture, je me déplace avec de la musique. J'entends tous les genres, tous les styles. J'écoute cependant avec plus de plaisir la musique baroque, depuis Schütz, Bach, le baroque italien qu'on est en train de redécouvrir, les opéras de Cavalli, encore qu'en matière d'opéras ceux de Haendel m'enchantent plus que ceux d'aucun autre.

La musique baroque est pour moi d'une beauté immédiatement perceptible. L'émotion qu'elle provoque ne se ressent qu'après que l'on a été bouleversé par son esthétique, alors que, à l'écoute de la *Quatrième Symphonie* de Brahms, de la *Septième* de Bruckner, du concerto pour violoncelle de Schumann ou encore des dernières sonates comme des quatuors tardifs de Beethoven, l'émotion vous saisit, immédiate. Outre la beauté, le baroque est aussi l'organisation, le relief, le rôle dévolu à chaque soliste. Une construction et un équilibre parfaits. Certains ont perçu Haendel comme un musicien qui produisait beaucoup, quand il ne reproduisait — mais ne le faisaient-ils pas tous ? Dans son œuvre, les grands opéras mystiques, *Saul*, *Esther*, et plus encore le dernier qu'il ait écrit, *Theodora*, sur le thème du martyre, sont d'une violence inouïe et d'une beauté saisissante. Puis... j'aurais tendance à dire « plus rien ». À faire un saut jusqu'à *Eugène Onéguine*, pour moi la quintessence du romantisme, ce en quoi je me montre plus russe que français ! Si, en France, Tchaïkovski est généralement considéré comme occidental, en Russie, il est « le » compositeur qui exprime toute l'âme du peuple.

J'irais à l'Opéra voir *Madame Butterfly* pour le plaisir esthétique — et quelque peu sensuel — que procure la musique de Puccini. Le plaisir aussi d'aller au spectacle. Je suis fasciné par cette surimposition des formes d'art, la mise en scène, le décor, la musique et, par-dessus tout, enchanteresse, la voix humaine, sans laquelle il ne saurait y avoir d'opéra. Leur conjonction, tant elles sont complémentaires et forment le plus prodigieux des vecteurs d'émotion. Mais l'émotion que l'on ressent lorsque l'on assiste à une représentation de *La Bohème* ou de *La Traviata* est brève et théâtrale. Celle que suscitent l'écoute, le spectacle, d'*Eugène Onéguine*, et qui ne tient pas seulement à Tchaïkovski mais aussi à Pouchkine, est durable. Ce n'est plus le seul plaisir intellectuel, mais celui de se laisser imprégner par une belle œuvre. *Eugène Onéguine* devient bientôt une sorte de composante de sa propre vie émotive, tant la force de l'ouvrage est bouleversante. Comment ne pas voir dans l'innocence de l'amour de Tatiana pour Eugène ce qui donne toute sa puissance à la littérature russe, qui met en scène des personnages tellement beaux, tellement purs ? Parfois même tellement innocents : le prince Mnouchkine, de *L'Idiot*, et aussi le prince André, de *Guerre et Paix*.

J'aime les contes de Tchekhov que j'ai si souvent lus et relus, comme son œuvre théâtrale : *Les Trois Sœurs*, *Oncle Vania*, *La Cerisaie*, dont j'ai vu au moins six représentations, en russe, en français, en anglais. Et toujours s'impose à moi le personnage de Firs. Au moment de quitter la Cerisaie et ses habitants auxquels il a consacré sa vie, le vieux serviteur dévoué ne peut que constater : « La vie est passée, c'est comme si je ne l'avais pas vécue. » Mais les hommes de sa condition vivaient-ils seulement, à cette époque ? J'oppose cette petite phrase que Firs prononce si timidement, pour lui seul, ce « comme si je ne l'avais pas vécue », au « J'avoue que j'ai vécu... » de Pablo Neruda. Deux façons si différentes, opposées, de regarder la vie.

La musique, toute la musique, depuis la Renaissance, depuis Monteverdi, Scarlatti père jusqu'à Poulenc, me bouleverse par cette fusion immédiate de la beauté et de l'émotion, au sens lyrique du terme. Ce sont ces états, ces instants privilégiés, que je retrouve devant la peinture de la Renaissance, la sculpture baroque, l'art abstrait également, alors que, en regardant une peinture impressionniste, un merveilleux Sisley, un Utrillo ou un Manet, si je suis bien évidemment frappé par la beauté, je n'éprouve pas d'émotion.

Mon attrait pour la période baroque vient de ce qu'elle traite d'un thème qui me touche tout particulièrement et qui n'est sans doute pas innocent à ma vision de la médecine, le *Stabat Mater*. Je n'en ai, hélas, que trop croisé, de ces regards de mères, de proches aussi, qui me rappellent immanquablement ceux que l'on voit dans les Crucifixions de la peinture italienne, du XIVe jusqu'au début du XVIe siècle, période de l'art que je considère sans égale. Les personnages sont discrets. Tassés sur eux-mêmes, effondrés ou levant les yeux vers la Croix, non pas dans une exaltation mystique, mais dans une souffrance compassionnelle. « En sommes-nous vraiment là ? », « Où est le Dieu ? », « Le monde n'est-il vraiment que dans cette souffrance ? » semblent-ils dire avec d'autant plus de force que la peinture italienne du début de la Renaissance manifestait dans les formes une harmonie, celle d'un paysage toscan, qui les raccorde au divin. On en oublie l'angoisse.

Au XVIe siècle, on regarde l'objet de l'extérieur, avec le jeu de la perspective qui le réduit à une apparence. Après 1650, avec l'arrivée du baroque, il s'opère une véritable transposition à l'existentiel. Du baroque surgira le regard de l'âme.

L'art chrétien du Moyen Âge, les chapiteaux, les premières peintures, donnent le sentiment que l'homme est voué à la finitude. Le voici replacé, au sens de ses capacités, de ses potentialités, de façon telle que l'on a presque le sentiment qu'il est capable d'immortalité. Après le Moyen Âge, qui range les bons d'un côté, les mauvais de l'autre, l'Enfer à droite, le Paradis à gauche avec, pour maître d'œuvre, le diable, qui, d'une pique dans le derrière, pousse le pion que vous êtes, la Renaissance apporte enfin la conscience de la beauté, de l'autonomie de l'homme. Avec le baroque, on entre dans l'existentiel, dans l'art de la conscience. On passe du personnage dépeint à l'ange transfiguré.

Auprès d'une personne que l'on aime, on souffre de sa souffrance que l'on voudrait prendre sur soi, afin de la lui épargner. Que ce soit dans un itinéraire qui va vers la mort ou qui ira, quelques semaines plus tard, vers la guérison, je garde l'image de la personne souffrante, du patient, mot à la fois juste dans son étymologie latine et beau dans son acception contemporaine. Celui qui « souffre » et non pas celui-là qui « attend ». Avec la fatalité de la maladie, on ne peut qu'être patient.

Le contact de la souffrance à l'hôpital exprime la pérennité des sentiments. Des mères retrouvent leur fils après qu'un itinéraire de vie les a séparés. Elles ont alors cette même attitude que l'on voit dans les peintures italiennes de la Renaissance. Elles sont généreuses et émouvantes. Je pense à la *Déposition de croix* du Pontormo qui se trouve dans une petite chapelle de l'église Santa Felicità à Florence, dont un détail — des mains, celles de la mère ? — illustre la couverture du livre de René de Ceccatty, *L'Accompagnement*[1]. Gestes de compassion et de tendresse. Je pense à ce Christ si beau, peint par Giovanni Bellini, pour moi l'un des plus grands, que l'on peut voir à la Galleria Brera, à Milan. À ses côtés une mère, souffrant elle aussi, ne fait pas que recevoir le corps, elle transmet également. C'est l'art de ces peintres du XIVe au XVIe siècle italien — la sublimation de l'esthétique —, qui vont des anonymes,

1. Gallimard, coll. « Folio », 1996.

Duccio, Simone Martini à l'époque siennoise, Giotto, Fra Angelico et, plus tard, Piero della Francesca et les Vénitiens, Mantegna, Giovanni Bellini et aussi Titien. Ces silhouettes, je les retrouve chaque jour dans la dure réalité de mon service. Je les retrouve à travers ces hommes, jeunes pour la plupart, qui, dans leur dignité extrême, semblent dire : « Ne souffrez pas pour moi. C'est mon itinéraire, je suis lucide. »

Je vois ces phases durant lesquelles les accompagnants souffrent pour l'autre, lui qui a cette capacité de sublimer sa maladie, de dépasser son corps meurtri ou handicapé. À travers sa dignité, il trouve le pouvoir de s'abstraire, de surmonter sa souffrance et son handicap, jusqu'à devenir soudain lumineux.

« Je ne suis pas cette espèce de loque douloureuse que j'ai l'impression de percevoir dans votre regard », semble-t-il dire. Après, en retour, dans la mort, ou au moment de la mort, ses proches souffriront pour lui. Ils entreront à leur tour dans cette abstraction, dans cette sublimation de l'amour. Ils auront cette même attitude qu'a la Vierge dans les pietà ou au pied de la Croix.

Elle n'est pas seulement désespérée, elle sait donner.

8

Une question médicale et non morale

C'était un couple apparemment sans histoire. Mariés depuis une trentaine d'années, ils menaient une vie active et confortable en Afrique où ils exploitaient une plantation de bois précieux. Ils semblaient de ceux auxquels tout réussit jusqu'à ce que, sans raison apparente, leur état de santé devienne préoccupant. Ils maigrissaient, ils avaient de la fièvre, des infections répétées. Aucun des médecins consultés n'avait pu établir de diagnostic précis.

Ils arrivèrent en France en mars 1983, en rapatriement sanitaire, dans l'unité dont j'étais responsable à l'hôpital Broussais, une unité d'immunologie au sein du service de néphrologie où je m'occupais des maladies que l'on appelle systémiques. Maladies complexes, souvent longues et difficiles à diagnostiquer avec précision.

Les médecins qui les avaient examinés en Afrique les avaient adressés avec une arrière-pensée de maladie de système. *A posteriori*, il est clair qu'il s'agissait de manifestations d'un stade déjà avancé du sida : ils présentaient tous deux un déficit immunitaire profond et des infections opportunistes. À cette époque, on ne disposait pas encore des tests qui auraient permis de faire le diagnostic. M. et Mme de Vouvray sont morts tous les deux, quelques semaines plus tard. Ils furent les premiers patients atteints de sida auxquels je me suis trouvé confronté.

On venait d'identifier la maladie chez des homosexuels en France, quelque temps après les premiers cas observés dans la communauté homosexuelle de la côte ouest des États-Unis. En 1981, des médecins de San Diego, en Californie, s'étaient étonnés de constater, chez des homosexuels, de nombreux cas de sarcome de Kaposi, symptôme rare, apparaissant sous forme de taches violacées sur la peau. La maladie fut bientôt appelée le *cancer gay*. On savait déjà que le sarcome de Kaposi survenait chez les personnes atteintes d'un déficit immunitaire, par exemple chez des patients ayant reçu une greffe de rein, du fait de la dépression immunitaire induite par les médicaments contre le rejet. Cette épidémie de sarcome de Kaposi parmi les homosexuels de Californie a rapidement amené à l'hypothèse que le déficit immunitaire dont ils souffraient était lié à un agent transmissible ; la recherche s'est alors orientée vers celle d'un virus. En 1983, Françoise Barré-Sinoussi et ses collaborateurs, dans l'équipe du professeur Montagnier, à l'Institut Pasteur, ont mis en évidence le virus VIH dans un ganglion prélevé chez un patient atteint des mêmes symptômes que ceux des premiers malades décrits aux États-Unis.

Il est *a posteriori* intéressant de constater qu'au

moment où la maladie était identifiée parmi les homosexuels — qui, avec les toxicomanes, ont fait partie dès les débuts de l'épidémie de ce que l'on a appelé les « groupes à risque » — les premiers patients que j'ai vus étaient, eux, hétérosexuels. On peut penser que M. de Vouvray avait été contaminé avant de contaminer sa femme à son tour. Il faudra attendre encore deux ou trois ans avant de savoir que cette maladie se propageait également chez les hétérosexuels et qu'elle était épidémique en Afrique.

Dans les premières années, on parla du Grid — *Gay Related Immuno-Deficiency* —, dans l'ignorance où nous étions de la réalité de l'épidémie chez les hétérosexuels en Afrique ainsi que des autres modes de transmission du virus, comme la contamination de l'enfant par la mère pendant la grossesse. À la fin des années quatre-vingt, on apprit que la maladie pouvait largement toucher les femmes. Aujourd'hui, elles représentent plus de la moitié des personnes infectées dans le monde. On est loin de la maladie des quatre « H », homosexuels, hémophiles, héroïnomanes et Haïtiens, communauté atteinte très tôt aux États-Unis, dont on parlait au milieu des années quatre-vingt. Derrière chacun de ces quatre « H », il y avait un rejet, un refus de la réalité de la part d'une société qui cherchait à se protéger en se réfugiant derrière un certain nombre de mythes. Ne s'agissait-il pas d'un mystérieux virus qui serait né au cœur d'un énigmatique laboratoire américano-soviétique ? Les plus folles idées ont germé dans le but d'écarter le fait que cette maladie était sexuellement transmissible et pourrait concerner toutes les couches de la société, dans tous les pays du monde. Elle sera longtemps restée la « maladie de l'étranger ».

Ce genre de jugement hâtif a conduit à de nombreux excès dans la façon de concevoir le dépistage et dans sa mise en place. Ne serait-il pas possible de limiter l'épidémie en identifiant les porteurs du virus ? Il suffirait pour cela de les confiner dans quelques endroits bien définis, ou encore de les poursuivre au plan pénal. Ces mesures — éthiquement inacceptables — auraient été inefficaces. Elles auraient signifié confusion entre « contagieux » et « transmissible ». Si une maladie contagieuse, la tuberculose par exemple, se transmet passivement, dans le cas d'une maladie transmissible, en revanche, en dehors des situations de contrainte, donneur et receveur partagent la prise d'un risque. Une prévention responsable et efficace devait informer les personnes susceptibles d'être contaminées, d'où les campagnes appelant à la vigilance et à la responsabilisation de tous dans la population générale : « Le sida ne concerne pas que les autres. »

Assez tôt, il est devenu évident que la promotion du préservatif dans les populations sexuellement actives, celle de l'utilisation de seringues propres représentaient les bonnes stratégies de prévention du risque. Mais il a fallu des années pour que ces mesures s'inscrivent dans l'esprit collectif et deviennent effectives. Maintenant, après vingt ans d'épidémie et plus de six années de trithérapies parfois mal comprises dans leurs enjeux par l'opinion publique, le recours au préservatif recule. Une certaine lassitude apparaît à l'égard de la prévention, dans un climat de moindre perception du danger de transmission de la maladie — à laquelle l'opinion est d'ailleurs devenue plus tolérante. Cela tient sans doute à ce qu'elle est mieux informée qu'auparavant. On sait que le virus ne peut se transmettre que par voie sexuelle, au cours de rapports non protégés entre homme et femme ou entre deux partenaires masculins, de la mère à l'enfant pendant la grossesse, l'accouchement, l'allaitement, et par voie sanguine lors du partage de seringues ou d'une exposition accidentelle à du sang, des liquides biologiques ou du matériel contaminés. Il persiste pourtant une grave méconnaissance sur ces risques de transmission dans l'opinion ; prenons pour exemple les rumeurs qui courent quant à l'implication du siège des toilettes ou d'une piqûre de moustique ! En fait, n'est-ce pas là une façon pour la société de se défendre contre des menaces qu'elle ne veut pas reconnaître ?

Les enquêtes menées par l'Onusida ont montré qu'en Afrique, dès lors qu'on s'éloigne des capitales, la méconnaissance de la maladie — le fait qu'elle est liée à un agent transmissible — est totale. Il reste encore à accomplir une tâche considérable d'éducation et d'information. On estime que l'épidémie était stable en France dans la seconde moitié des années quatre-vingt-dix, quand environ cinq à dix personnes se contaminaient chaque jour, soit près de deux à trois mille par an. Les enquêtes réalisées montrent que le danger du sida est maintenant perçu comme étant moindre et, surtout, que les comportements de prévention se relâchent, en particulier chez les plus de quarante-cinq ans et les jeunes de dix-huit à vingt-cinq ans. On observe de fait un certain nombre de signes qui annoncent une reprise de l'épidémie et une augmentation de l'incidence de l'infection. On peut toujours blâmer les politiques de prévention, les trouver insuffisantes, mal ciblées et peu efficaces. Mais la prévention est devenue aujourd'hui singulièrement difficile à mener, du fait que, plus sournoise que dans les premières années, l'épidémie évolue dans une population hétérosexuelle très large et dans des portions de la population qui ont peu accès à l'information.

L'opinion, dans sa majorité, condamne la personne infectée qui contamine. Mais qu'est-ce qu'une société qui porte des jugements sur une maladie, une société qui élabore des schémas discriminatoires plutôt que d'élaborer des schémas de protection de santé publique ? Il faut veiller à ce qu'une maladie sexuellement transmissible (MST) ne déplace pas le débat médical vers un débat moral ou répressif. Et ne pas oublier que les maladies sexuellement transmissibles sont avant tout combattues par la responsabilisation des personnes susceptibles d'être contaminées. La façon de penser est dès lors différente, face à une maladie comme le sida, où un seul rapport sexuel peut bouleverser une vie.

Comment ne pas évoquer Jean-Louis, dont le temps était partagé entre son travail et quelques rares sorties ? Jean-Louis s'est contaminé à l'occasion de sa première relation sexuelle. Une seule relation suffit à la transmission du virus du sida. Il suivit alors un itinéraire singulier. Tout d'abord effondré après l'annonce de son infection, il venait aux consultations du soir le plus discrètement possible et, dans les premiers temps, ne voulait en aucun cas parler des conditions de sa contamination. Il se limitait à des questions techniques :

— Dans combien de temps ?

— Comment se manifesteront les symptômes ?

Après la première infection opportuniste, une rétinite à cytomégalovirus* qui exigeait des traitements lourds, Jean-Louis se révolta. Il osa :

— Je vais parler.

Il eut alors l'audace de devenir un personnage public en se confrontant à des millions de téléspectateurs lors du Sidaction de 1994. Il sut se faire entendre, témoigner, « dire », tout simplement.

Jean-Louis, toujours si timide, prit publiquement la parole, avant de s'effondrer à nouveau.

9

La première rencontre du virus avec le système immunitaire

Un jour, soudain, le monde s'écroule, l'avenir se limite. On vient d'apprendre sa séropositivité parce qu'on est enceinte et qu'on accepte de faire un test de dépistage. On vient d'apprendre sa séropositivité parce qu'on pensait avoir pris un risque, parce qu'un de ses partenaires est positif. Comme, il y a quelques années, on pouvait apprendre sa séropositivité alors qu'on entrait dans une clinique pour une intervention banale et qu'un test était fait à son insu. « On ne devient pas malade du jour au lendemain. En fait on a commencé par l'être et par ignorer cet état que nous souhaitions d'instinct n'être qu'une forme transitoire de la mélancolie. Et puis la médecine vient, trop tôt ou trop tard, nous avertir de l'étendue des dégâts. Alors une vague de solitude déferle à l'horizon », écrivait Gilles Barbedette dans ses *Mémoires d'un jeune homme devenu vieux*[1].

La description des premiers cas de la maladie, en 1981, et l'identification du VIH, en 1983, ont

1. Gallimard, 1993.

suscité dans les vingt dernières années une mobilisation scientifique et médicale sans précédent. Douze ans seulement après qu'on eut découvert que le VIH était l'agent responsable de la maladie, les efforts des chercheurs auront permis que les trithérapies empêchent la multiplication du virus au point de le rendre pratiquement indétectable dans le sang et redonnent un espoir de vie aux personnes infectées.

L'étude de la confrontation du virus et du système immunitaire nous aura beaucoup appris sur les capacités que possède une personne infectée de pouvoir freiner la multiplication du virus, sinon le combattre définitivement ; ce qui ouvre dès maintenant les perspectives de l'immunothérapie* et, un jour peut-être, celles d'un vaccin. Je ne me lasserai pas de le répéter, il ne saurait y avoir de soins sans un souci permanent de la recherche. La recherche que l'on appelle clinique est partie intégrante du soin dans une démarche quotidienne du médecin. Cela est particulièrement vrai dans le domaine de l'infection par le VIH où les connaissances progressent sans cesse, où tout acte thérapeutique est en même temps un acte de recherche, car dans cette maladie si récente on n'a que peu de recul et pas vraiment d'expérience de l'acquis. La maladie est vécue en temps réel. Nous apprenons à la comprendre au fur et à mesure que nous la voyons évoluer. Les malades d'aujourd'hui représentent une première génération. À travers eux, et avec eux, nous voyons maintenant comment ce virus s'attaque au système immunitaire et apprend à réagir aux nouveaux médicaments issus de la recherche.

Une double dialectique s'engage devant nous, d'une part entre le virus et le système immunitaire, et, d'autre part, entre le virus et les chercheurs, qui mettent au point de nouveaux médicaments dans une lutte d'influence où la victoire des uns reste encore souvent passagère pour se trouver rapidement contournée par l'autre.

Les patients demandent souvent : « Ce traitement restera-t-il vraiment efficace ? Et pendant combien d'années ? » « Pendant combien de temps vais-je me sentir bien ? » Comment répondre, alors qu'il est trop tôt pour que nous sachions !

Les traitements antirétroviraux auront bouleversé l'évolution de la maladie. Avant qu'ils ne deviennent disponibles, ou avait appris que l'infection par le VIH se déroule en trois phases bien distinctes :

— Une phase de primo-infection correspondant à la période des deux ou trois premiers mois qui suivent le contact infectant avec le virus.

— Une phase appelée de latence clinique qui s'étend sur dix ans en moyenne, pendant laquelle l'infection se présente comme une maladie insidieuse, sans provoquer de symptômes. Dans les premières années de l'épidémie, on appelait porteurs sains du virus ceux qui étaient dans cette phase de la maladie, ignorant généralement leur séropositivité et transmettant le virus. Le système immunitaire aura, en effet, été incapable d'éliminer le virus au décours de la primo-infection. Ce dernier persiste dès lors dans l'organisme et continue de s'y multiplier. L'infection par le VIH diffère ainsi de la plupart des maladies virales telles que la rougeole, la rubéole, les oreillons, où le système immunitaire élimine définitivement le virus de l'organisme. On connaît cependant les exemples d'autres virus, comme ceux de l'herpès ou de l'hépatite C, que le système immunitaire ne peut éliminer. Ils vivront avec lui une longue cohabitation. Ce qui différencie néanmoins le VIH de ces virus, c'est que, en s'intégrant dans le patrimoine génétique de l'hôte, comme le font les rétrovirus, il échappera particulièrement bien aux mécanismes de défense immunitaire.

— Enfin, la phase dite avancée de la maladie, le sida, qui se caractérise par un déficit sévère de l'immunité et la survenue d'infections et d'autres maladies appelées opportunistes.

La primo-infection est une période déterminante pour l'avenir de la personne qui s'est infectée; mieux le système immunitaire résistera au virus pendant ces premières semaines, meilleures seront les chances de pouvoir ensuite limiter les conséquences de l'infection pendant des années.

Dans la grande majorité des cas, le virus se transmet par voie sexuelle. On connaît maintenant les événements qui surviennent dans les jours qui suivent la contamination par l'analyse de l'infection expérimentale chez le singe, réalisée en inoculant au singe femelle, par voie vaginale avec du sperme de singe porteur du virus SIV, l'équivalent simien du VIH. Le virus traverse d'abord la couche superficielle de l'épithélium vaginal. Dans ce que l'on appelle la sous-muqueuse, il est ensuite capté par des cellules appelées dendritiques qui vont le transporter jusque dans les ganglions qui drainent la sphère génitale, où il peut être trouvé dans les dix jours qui suivent son inoculation intravaginale. Il aura dès lors quitté le compartiment génital pour se multiplier dans les organes lymphoïdes et disséminer l'infection. La réponse immunitaire locale dans le compartiment génital, réponse de l'immunité muqueuse*, est essentielle dans le contrôle de ces premiers événements de l'infection.

La pertinence de cette réponse immunitaire génitale est récemment apparue dans des études menées par des chercheurs anglais et kényans sur un groupe de prostituées de Nairobi. Bien qu'elles soient très exposées au VIH, du fait de rapports sexuels non protégés, ces femmes restaient pourtant séronégatives. Non parce qu'elles étaient génétiquement résistantes au virus, mais du fait d'un rôle protecteur de la réponse immunitaire génitale vis-à-vis de la pénétration des virus. Un certain nombre d'entre elles se sont en effet séroconverties dès lors qu'elles se sont moins exposées au virus en modifiant leur activité sexuelle, comme si le contact permanent avec le VIH entretenait chez elles une réponse immunitaire muqueuse protectrice. On sait maintenant que, dans le compartiment génital, s'élaborent des lymphocytes T CD4 et T CD8 et des anticorps contre le VIH. Il est possible, dans certaines circonstances, que cette réponse génitale soit suffisante pour limiter l'infection au compartiment génital et empêche qu'elle se dissémine dans le reste de l'organisme. Comprendre ce processus permettrait de concevoir une vaccination muqueuse dont l'objet serait de déclencher une immunité protectrice dans le compartiment génital. Arrivera-t-on, un jour, à disposer de vaccins muqueux, d'administration locale, intravaginale ou intrarectale ? On peut l'espérer. Dès 2003, les premiers essais d'inoculation muqueuse auront débuté en France et aux États-Unis. Une approche totalement originale et différente de celle, actuelle et conventionnelle, des vaccins que l'on essaie de mettre au point : ces derniers ne bloqueraient pas nécessairement la pénétration du virus dans l'organisme. Ils empêcheraient en revanche sa multiplication une fois qu'il a gagné le compartiment sanguin et les organes lymphoïdes.

Première cible dans cette maladie, le système immunitaire ne reste pas néanmoins passif face au virus. Dans les premières semaines qui suivent l'infection, il élabore une stratégie complexe reposant avant tout sur la mobilisation d'une population particulière de globules blancs, les lymphocytes T, qu'on appelle T CD8 ou cytotoxiques, ou lymphocytes T tueurs, et qui tenteront de se débarrasser des cellules de l'organisme déjà infectées par le virus. Le système immunitaire élaborera également des anticorps anti-VIH avec, cependant, un décalage de deux ou trois semaines après la réponse immunitaire cellulaire initiale.

La réponse immunitaire limite considérablement la multiplication du virus durant les premières semaines de l'infection. Elle reste cependant insuffisante pour l'éliminer. Après avoir transité par les ganglions, le virus gagne le compartiment sanguin et se dissémine dans l'organisme. Cette phase de dissémination se traduit par une ascension importante de la « charge virale » dans le sang et les ganglions qui culmine environ six semaines après le contact infectant. Puis la quantité de virus dans le sang diminue, conséquence directe de l'efficacité de la réponse immunitaire, en particulier de l'action des lymphocytes T CD8. La réponse immunitaire au cours de la primo-infection permettra ainsi que la « charge virale » dans le sang baisse en quelques jours de cinq cents à cinq mille fois, une diminution au moins aussi importante que celle que l'on observe avec les traitements les plus efficaces dont on dispose actuellement. Cette capacité qu'a le système immunitaire de contrôler l'infection à ses débuts représente une source d'espoir. Elle permet de penser qu'on pourra un jour le stimuler par un vaccin, afin qu'il protège l'organisme de la multiplication du virus.

Pour que les lymphocytes T CD8 tueurs s'arment contre le virus, il faut d'abord qu'ils aient été instruits à le faire par d'autres lymphocytes, les lymphocytes T CD4, qui leur permettront de se différencier pour devenir efficaces à combattre les cellules infectées. Les lymphocytes T CD8 ont trois façons de lutter contre le virus. Ils produisent naturellement un facteur soluble, une molécule tout récemment identifiée, active à empêcher la multiplication du virus ; ils produisent également d'autres facteurs, les chimiokines, qui protègent contre l'infection en se liant sur les cellules aux récepteurs qu'utilise le virus pour les pénétrer. Enfin, les lymphocytes T CD8, par leurs propriétés cytotoxiques, détruisent les cellules infectées. Malgré l'efficacité remarquable de la réponse immunitaire, le VIH parvient cependant à lui échapper

Pourquoi le système immunitaire n'arrive-t-il pas à complètement dominer le virus ? Il y a plusieurs explications possibles à cela. La première est que, au cours de sa dissémination dans l'organisme, le virus gagne ce que l'on appelle des réservoirs où il deviendra inaccessible à la réponse immunitaire. On sait, par exemple, que, dès les premiers jours de l'infection, quelques lymphocytes T CD4 intègrent du virus dans leurs chromosomes en le stockant dans des cellules dans lesquelles il ne se multiplie pas. Ces stocks de cellules réservoirs échappent à la reconnaissance par les lymphocytes tueurs T CD8.

Par ailleurs, la réponse immunitaire qui s'élabore dans les premières semaines de l'infection se révèle être très étroitement adaptée et limitée aux premières souches du virus que rencontre l'organisme. Dès qu'une souche virale que l'on appelle mutant d'échappement apparaîtra, c'est-à-dire un virus qui se modifie sous la pression du système immunitaire pour échapper à sa reconnaissance, elle prendra rapidement l'avantage et se répliquera activement malgré la réponse immunitaire.

Une troisième raison de l'incapacité du système immunitaire à éradiquer le VIH au cours de la primo-infection tient à ce que le virus détruit très tôt une grande partie des lymphocytes T CD4 anti-VIH, qui sont indispensables à l'élaboration d'une réponse efficace des lymphocytes T CD8. Lorsqu'ils reconnaissent le virus et s'activent, les lymphocytes T CD4 permettent, on l'a vu, à des lymphocytes T CD8 de s'armer et de se différencier pour lutter contre l'infection. Mais lorsqu'on les surcharge avec une grande quantité d'antigène, soudain trop sollicités, au lieu de répondre efficacement, ils vont mourir comme s'ils étaient étouffés. Ils ne peuvent donc plus aider les lymphocytes T CD8 à se différencier en cellules tueuses et, parce qu'il manquera de lymphocytes T CD8, le système immunitaire deviendra incapable de contrôler l'infection.

La qualité et l'intensité de la réponse immunitaire précoce contre le VIH influeront considérablement sur le cours de la maladie en déterminant le niveau résiduel de la « charge virale » auquel on aboutit au décours de la primo-infection. Plusieurs groupes de chercheurs ont montré, à la fin des années quatre-vingt-dix, que les personnes susceptibles de limiter efficacement la multiplication du virus au cours de la primo-infection, et dont la « charge virale » est basse dans les semaines qui la suivent, se porteront relativement bien dix ans plus tard en l'absence de traitement. Pour celles qui, au contraire, ne se débarrasseront que peu de leur virus durant cette période, la maladie évoluera plus rapidement vers le sida.

Si l'une des causes de l'échappement du virus à la réponse immunitaire initiale est qu'il détruit précocement les lymphocytes T CD4 antiviraux, on peut imaginer qu'en administrant très tôt une trithérapie au cours de la primo-infection on éliminerait une grande quantité de virus en complémentarité de ce que fait le système immunitaire et on éviterait ainsi que les lymphocytes T CD4 se trouvent asphyxiés. C'est ce qu'un groupe de chercheurs américains du Massachusetts General Hospital à Boston a montré. Chez des personnes traitées pendant la phase de primo-infection par une trithérapie, ils ont mis en évidence des lymphocytes T CD4 et T CD8 spécifiques contre le VIH qui persistent plusieurs semaines après la primo-infection. Les cellules ont été protégées. Le recul est encore insuffisant pour savoir si ces patients précocement traités pourront arrêter leur traitement dans quelque temps sans que la maladie évolue. Plusieurs d'entre eux ont déjà pu l'interrompre pendant de nombreux mois sans modifier leur statut immunitaire. D'un point de vue pratique, ces constatations justifieraient que l'on cherche à reconnaître la primo-infection pour entreprendre un traitement précoce. Or, dans la grande majorité des cas, la primo-infection passe inaperçue, bien qu'elle se manifeste par différents symptômes, de la fièvre, des douleurs articulaires, une angine, des ganglions... Généralement, les patients se souviennent *a posteriori* de ces symptômes qui, dans la plupart des cas, les ont amenés à consulter. Rares cependant sont les cas où le médecin pense à la possibilité d'une primo-infection par le VIH et demande au patient si, dans les jours qui ont précédé, il a pu s'y être exposé.

Si le traitement d'une primo-infection doit être entrepris, il est critique qu'il le soit très tôt pour préserver la destruction des lymphocytes T CD4. Il faudrait dès lors diagnostiquer la primo-infection à un stade où il n'y a pas encore d'anticorps anti-VIH dans le sang, où les personnes ne sont pas encore séropositives, la séropositivation n'intervenant que vers la sixième semaine après la contamination.

La difficulté de ce diagnostic est bien illustrée dans le cas d'Anna.

Elle avait dix-neuf ans et vivait avec un ami héroïnomane. Ils étaient suivis par le même médecin, qui connaissait la séropositivité de l'homme dans le couple. Sur ses conseils, Anna est allée faire un test dans un centre de dépistage anonyme et gratuit. Le résultat téléphoné était douteux, ce qui signifiait qu'Anna commençait à avoir des anticorps, qu'elle commençait à se séropositiver. En d'autres termes qu'elle était en période de primo-infection.

« Cela peut être un faux résultat, un problème de laboratoire, mais aussi une primo-infection VIH. Il faut absolument rechercher la présence du virus dans le sang d'Anna », répondis-je au médecin qui m'avait appelé.

Celui-ci a immédiatement fait part à Anna de son inquiétude et de la séropositivité de son ami. Contraint, dans cette situation particulière, au non-respect du secret professionnel, il réussit à la convaincre de ce qu'il fallait faire, très vite, un nouveau prélèvement. Le soir même, les résultats des examens confirmaient la primo-infection ; dès le lendemain matin, je voyais Anna et lui conseillais de débuter une trithérapie.

Tout cela fut très éprouvant pour cette jeune fille isolée qui entretenait des rapports difficiles avec sa famille, qui la considérait à la dérive. Anna a suivi son traitement pendant quelques mois, puis elle a fini par se lasser. Elle a alors vécu seule et, pour subsister, travaillait dans une cantine scolaire du 14e arrondissement. On a ensuite perdu sa trace jusqu'au jour où ses parents se sont aperçus qu'elle avait utilisé une Carte bleue pour tirer de l'argent, à Montpellier. Son père est immédiatement parti à sa recherche et a fini par la trouver au milieu d'un groupe de jeunes gens qui campaient autour de la fontaine des Trois-Grâces. Il l'a ramenée avec lui à Paris ; elle a accepté de consulter et de reprendre un traitement. Pendant quelque temps, elle a habité chez ses parents, mais très rapidement leurs relations se sont à nouveau dégradées. Anna supportait mal leur attention permanente, leur angoisse, leur façon de l'infantiliser aussi : « Prends-tu bien régulièrement tes médicaments ? » « Fais-tu tout ce qu'il faut pour te soigner ? » Elle les a quittés.

Anna a maintenant un nouvel ami, séropositif lui aussi. Ils vivent ensemble dans un petit appartement, elle est à la recherche d'un travail et suit attentivement son traitement.

L'histoire d'Anna illustre qu'il est possible de reconnaître les primo-infections par le VIH. Elle soulève également le problème éthique difficile de la rupture du secret médical par un médecin et fait comprendre qu'il ne suffit pas de dire : « Il faut débuter un traitement », alors que le patient n'y est pas préparé. L'annonce de la séropositivité et l'urgence du traitement auront bouleversé cette fille jeune dont la vie a soudain basculé. En quelques heures, elle apprenait qu'elle était séropositive parce que son ami l'était, elle rompait avec lui et commençait une trithérapie.

Les médecins sont maintenant bien informés

de l'intérêt du diagnostic précoce des primo-infections. Ils savent qu'il existe des services de garde dans les hôpitaux pour les accidents d'exposition sexuelle impliquant un risque d'infection par le VIH. Les personnes qui consultent peuvent se voir offrir un traitement précoce s'il y a un risque raisonnable d'avoir été en contact avec le virus. Toutefois, les consultations et les traitements d'urgence sont beaucoup moins fréquents que ne le sont les situations à risque ; ainsi savons-nous que les ruptures de préservatifs sont, en chiffres, bien supérieures aux consultations qu'elles suscitent. Même si le risque est jugé faible, c'est pourtant dans les premiers jours de l'infection que se joue un scénario déterminant entre le virus et le système immunitaire.

10

Dix ans entre infection et maladie

Une fois passé le temps de la primo-infection, une longue cohabitation va s'instaurer entre le virus et le système immunitaire. Il n'existe pas de symptôme, on ne souffre pas, on ne ressent nulle fatigue, on est ce qu'on appelait, au tout début de la maladie, « porteur sain » du virus. Tout au plus, à un stade plus avancé de cette longue période dite de latence clinique, apparaissent quelques manifestations susceptibles d'attirer l'attention, des ganglions ou des candidoses buccales, c'est-à-dire des infections à levures de la bouche, ou encore un zona.

S'il ne se passe pour ainsi dire rien sur le plan clinique, la maladie n'en est pas moins active. Lorsqu'on mesure la « charge virale », on s'aperçoit qu'elle est toujours présente, plus ou moins élevée en fonction de ce qu'aura été son abaissement initial au décours de la primo-infection. Que la « charge virale » soit toujours détectable signifie que le virus continue de se multiplier dans l'organisme sans pour autant se manifester, semblable à un volcan que l'on peut penser au repos. Il a été calculé qu'à ce stade de la maladie une personne produirait de un à dix milliards de nouvelles particules de virus par jour ! La conséquence de cette production intense est la destruction des lymphocytes T CD4, dont le nombre va diminuer avec le temps.

De nombreuses questions restent encore non résolues. Par quels mécanismes les lymphocytes T CD4 disparaissent-ils chez les personnes infectées par le virus ? Pourquoi, alors que la réplication* virale se poursuit, la rapidité avec laquelle les lymphocytes T CD4 baissent diffère-t-elle d'un individu à l'autre ? Pourquoi leur nombre diminue-t-il ? D'une part ils sont détruits, d'autre part ils ne sont plus produits ou le sont en quantité moindre, ce qui ne suffit plus à compenser leur perte. Le VIH a l'intelligence stratégique à la fois de détruire et d'empêcher les capacités de récupération du système immunitaire et, ce faisant, il se comporte comme une sorte de cheval de Troie. On se souviendra que l'on se défend contre le virus avec les lymphocytes T CD8 cytotoxiques qui reconnaissent les cellules infectées. Dans le cas du sida, ce processus de défense est détourné pour se retourner contre l'hôte. Il s'agit bien là d'un véritable génie pathogène. En tuant les cellules T CD4, le virus empêche que l'hôte élabore une réponse T CD8 cytotoxique antivirale.

Par ailleurs, le VIH ferait en sorte que le système immunitaire ne produise plus de nouveaux lymphocytes T CD4. Dans la moelle osseuse, des cellules souches vont donner naissance, lorsqu'elles se différencient, à toutes les cellules sanguines, en particulier à des globules blancs qui deviendront des lymphocytes T. Ces cellules migrent dans un organe, le thymus, où elles acquerront toutes les propriétés des lymphocytes, avant de ressortir, pour certaines lymphocytes T CD4, pour d'autres T CD8, qui migreront à leur tour, iront dans les ganglions et recirculeront en permanence entre le sang et le compartiment lymphatique.

Or le virus infecte le thymus. Il bloque ainsi la maturation et la production de nouvelles cellules T CD4 qui sortent du thymus, et que l'on appelle cellules T CD4 naïves parce qu'elles n'ont encore jamais rencontré l'antigène. Ce sont elles qui vont circuler dans le sang et les ganglions pour essayer d'y repérer un antigène. Après l'avoir reconnu, elles s'activent et constituent un stock de cellules dites cellules mémoires. Les cellules naïves sont donc celles qui assurent le répertoire immunitaire, et plus on empêche leur production, plus on détruit ce répertoire. La réduction du répertoire rétrécit le champ des activités immunitaires possibles de l'individu qui devient alors de plus en plus sensible aux infections.

Il se passe environ dix ans entre le moment où les personnes se contaminent et celui où elles entrent dans la première manifestation du sida. En suivant à San Francisco des patients dont on savait à peu près la date de l'infection, on a pu constater qu'un petit pourcentage d'entre eux entrait dans le sida après deux ans. Après cinq ans, ils étaient 20 %, 50 % après dix ans, 75 % après quinze ans. Tout laisse à penser qu'après vingt ans, 95 % seraient entrés dans la maladie si les traitements n'étaient pas là pour interférer avec l'histoire naturelle de l'infection. On dispose maintenant de données semblables en Asie du Sud-Est où, là aussi, le temps «sans sida» est d'environ dix ans en l'absence de traitement. Il est vraisemblable qu'en Afrique la maladie progresse plus rapidement parce que, nombreux, d'autres facteurs interfèrent. Ce sont les infections, le paludisme, des maladies parasitaires, un fond de malnutrition et, plus encore, la tuberculose que l'on peut contracter avant même que les chiffres de T CD4 soient très bas.

Pour quelles raisons la maladie évolue-t-elle de façon différente d'un individu à l'autre ? Cela tient sans doute au système immunitaire qui serait plus ou moins protecteur, plus ou moins efficace, selon les individus. Certains virus VIH pourraient par ailleurs être plus agressifs que d'autres. Si on n'en a pas la preuve directe, on dispose, en revanche, d'arguments en faveur de cette hypothèse chez le singe.

Ainsi, si l'on infecte un macaque avec du virus SIV, équivalent du VIH chez le singe, on constate qu'il apparaît chez ce macaque une maladie en tout point semblable à celle de l'homme et qui évolue sur deux ans. Qu'on injecte alors du sang de macaque prélevé au moment de la primo-infection à un autre macaque, à son tour ce dernier déclenchera une maladie deux années plus tard. Lorsqu'on renouvelle l'expérience en prenant un virus tardif du premier macaque que l'on injecte à d'autres macaques, ceux-là feront une maladie très rapide. La pression de sélection du système immunitaire chez le premier macaque donne ainsi un avantage réplicatif au virus, qui apprend comment lui échapper. Le virus plus tardif est plus agressif, puisqu'il est fait de souches qui ont été sélectionnées pour apprendre à échapper au système immunitaire, ce qui expliquerait que certaines personnes progressent plus rapidement que d'autres : sans doute ont-elles été infectées avec des virus déjà sélectionnés eux-mêmes comme étant plus pathogènes.

On sait maintenant que, chez les personnes dont la maladie évolue lentement, le système immunitaire est plus efficace à se défendre contre le virus. Chez certains patients, ceux que l'on appelle *long term non progressors*, on trouve dans le sang des lymphocytes T CD8 contre le virus en quantité plus importante ; c'est pourquoi nos efforts pour trouver un vaccin concentrent les moyens d'induire des lymphocytes T CD8 plutôt que des anticorps, puisque, on le sait, ils ont un rôle critique pour la protection contre l'infection. Ces cellules permettent une évolution plus lente et l'élimination plus rapide du virus au début de l'infection. Il y a donc bien un composant immunitaire à la résistance relative contre la maladie, comme on a pu l'avancer à une époque où on s'interrogeait beaucoup pour savoir quels déterminants faisaient que la maladie évoluait plus rapidement chez certains que chez d'autres, qui se targuaient d'avoir un moral à toute épreuve ou de prendre des vitamines... Une enquête bien menée est venue s'opposer à ces idées.

En 1994, dans les années les plus difficiles de l'épidémie, lors de la conférence mondiale du sida qui s'est déroulée à Yokohama, on vit confirmé l'échec de la monothérapie par l'AZT. Il n'y avait pas de données convaincantes sur les bithérapies, et les trithérapies, quant à elles, ne devaient arriver que deux ans plus tard. À l'époque, aucun argument ne permettait d'avancer que certains virus pouvaient être plus pathogènes que d'autres et on analysait encore fort mal les réactions du système immunitaire. Act Up-New York mena une enquête chez les personnes séropositives d'après leur profil psychologique et, contre toute attente, les réponses à un questionnaire sophistiqué ne montrèrent aucune différence significative entre les progresseurs lents et les progresseurs rapides, si ce n'est que ces derniers faisaient mieux face aux situations de crise. Cela m'avait d'autant plus frappé que la façon de prendre en compte sa maladie, d'en être conscient, de décider de lutter, est un facteur important pour ceux qui verront le soin comme une aide à vivre. Ils seront alors plus attentifs à leurs symptômes, à leur façon de se nourrir. Il est cependant bien évident que ces facteurs psychologiques n'interviennent pas dans l'évolution d'une maladie et n'influencent en rien la progression plus ou moins rapide du virus.

À Yokohama, je me souviens également que les débats sur la recherche, l'opportunité des essais thérapeutiques, ont donné lieu sur le podium, face à des milliers de personnes, à un dialogue singulier entre un médecin hollandais et le président d'Act Up-New York.

— J'espère que nous disposerons très vite de médicaments, dit le premier, et, si j'étais séropositif, je les prendrais tous pour tenter de détruire le virus.

— Moi qui suis séropositif, j'œuvre afin que l'on fasse de la recherche, que l'on avance pas à pas à travers des essais scientifiquement menés avec des groupes « contrôle », a rétorqué le second.

Il y a quelques années, un chercheur américain a calculé, avec un groupe de mathématiciens, la vitesse à laquelle le virus se multiplie et celle à laquelle les cellules T CD4 sont à leur tour détruites. Il en a construit un modèle très révélateur, même s'il est encore en partie controversé. Le virus infecte des lymphocytes T CD4 et, libéré à la suite de leur destruction, il infecte de nouvelles cellules. Les médicaments antirétroviraux freinent ce processus en empêchant que le virus se multiplie dans les cellules qu'il infecte. À côté de ce compartiment de multiplication et de renouvellement très rapide du virus, une petite fraction des lymphocytes T CD4 va constituer un réservoir pour le VIH en l'intégrant, sans qu'il s'y multiplie. Le mot « réservoir » signifie bien qu'il y a là un stock de virus que n'atteignent pas les médicaments. Si les cellules réservoirs venaient à être activées à leur tour, le virus s'y multiplierait. Il serait libéré et viendrait nourrir le compartiment général, c'est-à-dire relancer le processus de la maladie à tout moment.

Quelques mois seulement après l'arrivée des trithérapies, en 1997, un espoir important naquit lorsqu'il fut dit qu'il faudrait environ trois ans pour débarrasser totalement l'organisme du virus. C'était ne pas tenir compte de ce concept de réservoir, lequel se remplit dès que le virus vient à se multiplier dans l'organisme. Tant que l'on ne saura pas purger le réservoir, il n'y aura aucune chance d'éradiquer le virus. Les scientifiques sont maintenant convaincus que, si puissants soient-ils, les médicaments antirétroviraux dont on dispose actuellement n'y suffiront pas. Les chercheurs auront ainsi besoin de beaucoup d'imagination. Seul le système immunitaire serait susceptible d'avoir l'intelligence de reconnaître où les cellules dissimulent le virus. Encore faut-il savoir comment l'engager dans cette voie.

Les calculs les plus récents suggèrent qu'il faudrait soixante ans de trithérapie, ininterrompue et efficace, sans que jamais les réservoirs se remplissent, pour éliminer le virus de l'organisme d'une personne infectée. Ce qui est impensable ! On le constate presque chaque jour, lorsqu'on mesure la « charge virale » des patients sous trithérapie, même lorsqu'elle est très basse, il suffit d'une grippe passagère pour provoquer un petit pic de virémie qui va disséminer le VIH et remplir à nouveau le réservoir. On se trouve face à un cycle sans issue et sans répit. On se doit de constater que, dans l'état actuel de nos connaissances, les médicaments n'arriveront pas à l'éradication du virus. Un élément supplémentaire vient encore compliquer la situation : le virus ne se multiplie pas à la même vitesse dans toutes les parties de l'organisme. Il existe encore des sous-compartiments. Le fait que la « charge virale » soit indétectable dans le sang ne signifie pas qu'elle l'est dans le compartiment génital. Ce qui a, on l'imagine, des implications sur le risque de contamination du virus par les personnes traitées.

Quel est, dans ce contexte, l'objectif des traitements antirétroviraux ? Ce n'est pas, on l'a vu, dans l'état actuel des choses, l'éradication virale. C'est surtout de faire en sorte que les personnes qui suivent un traitement restent sans symptôme le plus longtemps possible, bien qu'elles n'aient pas pour autant éliminé complètement le virus de leur organisme. Les personnes qui répondent bien au traitement après cinq ans de trithérapie prennent du poids. Elles échappent aux infections opportunistes et mènent une vie physique, sociale et affective normale. Même si elles demeurent des porteurs du virus avec les implications que cela suppose, c'est-à-dire le risque potentiel qu'un jour le cycle infernal se remette en marche, qu'apparaissent des résistances et que le traitement échoue. Avec le risque aussi de continuer à être transmetteur.

Administrées assez tôt, avant que le système immunitaire ne soit totalement anéanti, les trithérapies permettent au patient de poursuivre sa vie sans rupture. En l'absence de traitement, la maladie évoluerait vers la phase dite avancée de l'infection par le VIH, que l'on appelle le sida.

Le sida se caractérise par un déficit immunitaire important. En pratique, cela signifie un nombre de lymphocytes T CD4 inférieur à deux cents par millimètre cube. Ce chiffre traduit un seuil en deçà duquel les capacités de défense de l'organisme sont dépassées. Les personnes sont alors à risque de contracter une maladie opportuniste. Ce sont souvent des infections pulmonaires que l'on appelle les pneumocystoses et que l'on savait prévenir chez les personnes en déficit immunitaire par l'administration de Bactrim ; ce peut être la toxoplasmose cérébrale, les infections à cytomégalovirus et/ou des tumeurs, en particulier le sarcome de Kaposi. Aujourd'hui, le fait que la majorité des personnes qui sont suivies dans nos hôpitaux bénéficient d'un traitement empêche cette évolution vers les infections opportunistes. Pour cela, encore faut-il avoir été dépisté et se savoir séropositif

Dépister... Le mot sous-entend une certaine défiance. Il est sans aucun doute important, lorsque l'on est séropositif, de le savoir. Dans les pays riches, cela signifie que l'on peut avoir accès aux traitements ; dans les pays en développement, cela permet de mieux établir une stratégie de vie, d'être plus attentif à tel ou tel symptôme, de réagir face à une fièvre que l'on aurait tendance à négliger et, s'il s'agit de soigner une infection intercurrente, de faire que l'attention qui y sera portée sera différente. C'est pourquoi l'Onusida et l'OMS, dans le cadre des actions de prévention, mais aussi dans l'objectif d'un bénéfice individuel et collectif de santé publique, encouragent fortement les personnes qui pensent avoir été à risque à faire pratiquer un test diagnostique. Lorsqu'elles sont détectées séropositives, elles reçoivent des conseils sur la façon de vivre avec le virus ; si le test est négatif, c'est l'occasion de se faire expliquer les moyens de se protéger. Il n'y a donc que des avantages à faire la démarche du test ; je souligne « faire la démarche » car, pas plus que lorsqu'il est imposé, le test à l'insu n'a jamais été satisfaisant. Ce point a suscité de longues discussions en France, concernant des opérés ou des femmes enceintes dans les maternités. Je n'ai jamais compris l'attitude de ceux qui prônaient le dépistage systématique. Comme si le fait de savoir qu'un opéré était positif allait accroître les précautions qui s'imposent à toutes les personnes qui sont en contact avec le sang !

Cependant, offrir la possibilité aux populations dans les pays en développement d'être dépistées sans aucun espoir de traitement les met, à juste titre, dans une position intenable. C'est bien là un argument fort pour affirmer que prévention et traitement ne s'opposent pas mais sont des stratégies à mener de pair, l'une confortant l'autre. L'espoir de traitement encourage à la prévention, comme cela a maintenant été démontré au Brésil après la mise en œuvre d'un vaste programme d'accès au traitement de la population.

11

Un temps de répit

Le sida a engendré en France un climat de tension extrême avant 1996, date de la mise à disposition des trithérapies. Aujourd'hui, si elle reste forte, cette tension est néanmoins différente. On est passé de la mort programmée à l'incertitude. J'ai vu bien des patients s'étonner de constater, après dix ans de maladie, qu'ils aient pu connaître le 1er janvier 2000.

Sommes-nous pour autant dans un temps de répit ? Que représente la maladie aujourd'hui ? Quelle est l'efficacité des traitements dont nous disposons ? S'agit-il d'une pause ? Ou d'une véritable bouffée d'espoir ? Sommes-nous sur le chemin de l'éradication du virus grâce aux traitements ?

Jusqu'à l'arrivée des trithérapies, en 1996, les malades du sida vivaient en permanence avec l'angoisse d'une mort annoncée. Comme nous tous, diraient certains. Mais, à moins d'être très âgé, il est rare que l'on y pense. Dans le sida des années quatre-vingt, il semblait qu'il n'y aurait pas de futur pour les personnes infectées. L'espoir venait se briser à l'angoisse de mort qui réapparaissait immanquablement, à l'occasion d'une fête du calendrier, d'un anniversaire. Les jours étaient comptés. Maintenant c'est différent: «On vit avec», dit Zahia, que je soigne depuis 1986, avant d'ajouter: «Et ce n'est pas facile.»

Depuis six ans, Luc vit avec un profond déficit immunitaire. Il n'a pratiquement plus aucun lymphocyte T CD4 dans le sang. Il n'en a pas moins beaucoup d'énergie et se sent relativement bien. Il occupe un poste de responsable dans une grande entreprise. Deux fois par semaine, il prend des cours de danse, ce qui signifie qu'il a la force de faire des exercices à la barre, des jetés et autres figures.

Le fait de ne plus avoir de lymphocytes ne rend pas malade en soi. Le déficit immunitaire rend, en revanche, vulnérable aux risques de maladies opportunistes. Et il est toujours difficile de se savoir menacé quand on est séropositif et bien portant, que l'on n'éprouve aucun symptôme, aucune fatigue. J'utilise souvent une métaphore météorologique pour indiquer aux patients, alors qu'ils ne ressentent aucun symptôme, pour quelles raisons je leur conseille de débuter un traitement préventif par le Bactrim, un antibiotique de prise quotidienne. La probabilité qu'il pleuve est, bien évidemment, beaucoup plus forte lorsque le ciel est gris que lorsqu'il est bleu! On peut dès lors sortir sans parapluie et avoir la chance de passer entre deux averses. Mais le risque de se faire mouiller est malgré tout plus faible quand on emporte son parapluie.

Aujourd'hui, parmi les soixante-quinze mille personnes traitées en France, de 5 % à 10 % d'entre elles sont en échec de traitement. Les malades entrés dans un déficit immunitaire profond avant la trithérapie ou ceux qui, comme Luc, sont en échec de traitement ne retrouveront pas une immunité pour autant. Ils risquent, selon toute probabilité, une infection opportuniste prochaine. À l'ère de la trithérapie, l'histoire de Luc, qui vit « normalement » malgré un nombre de lymphocytes T CD4 extrêmement bas depuis plus de six ans, corrobore ces témoignages que l'on recueille dans les congrès : même lorsqu'elle échoue à baisser la « charge virale » circulante, la trithérapie apporterait néanmoins un mieux et stimule certaines capacités de se défendre des infections.

En quoi consistent aujourd'hui exactement les traitements antirétroviraux ? Le premier médicament efficace disponible a été l'AZT, en 1987. Tous les essais que l'on avait pu faire jusqu'alors avec d'autres médicaments s'étaient soldés par des échecs. La monothérapie par l'AZT suscita un espoir d'autant plus fort que ce médicament se révélait être un bloqueur puissant de la multiplication du virus in vitro. Le premier essai avait été mené en 1986 chez des patients à un stade très avancé de la maladie, et que l'on avait partagés en deux groupes. Le premier recevait de l'AZT, le second, un placebo. En quelques mois, la mortalité du groupe traité avait si fortement baissé par rapport au groupe contrôle que les responsables des essais estimèrent qu'il ne serait pas éthique de le poursuivre en donnant un placebo à la moitié des patients.

Les traitements par l'AZT se sont alors rapidement généralisés. Cependant, on observa aussitôt certains effets secondaires de ce médicament que l'on prescrivait à fort dosage et qu'il fallait prendre régulièrement, toutes les quatre heures, jour et nuit, et qui provoquait des anémies importantes, parfois des atteintes douloureuses des muscles. Entre 1988 et 1992, des essais importants menés aux États-Unis et en Europe montrèrent l'inefficacité de l'AZT sur le long terme lorsqu'il est prescrit en monothérapie. On comprit qu'un seul médicament ne suffirait pas à enrayer le virus et que l'échec de l'AZT tenait probablement à la sélection par des souches de virus résistantes, bien que l'on ne sût pas encore, à l'époque, les mettre en évidence. À partir de 1992, on eut recours à des bithérapies, associant à l'AZT un autre médicament, la ddi ou la ddc. Ces deux derniers produits sont dotés du même mécanisme d'action antivirale bloquant la transformation de l'ARN viral en ADN, après que le virus a pénétré dans la cellule. Chaque nouvelle étape de la recherche fut difficile. D'abord considérés comme des médicaments « recours » que l'on aurait seulement proposés en cas d'échec de l'AZT, la ddi et la ddc ont été petit à petit associées à l'AZT. De nombreuses questions restaient ouvertes quant aux effets secondaires de ces associations, car on craignait de cumuler les toxicités.

Bithérapie et monothérapie se sont révélées aussi bien tolérées l'une que l'autre. On entrevoyait dès lors la possibilité d'un traitement efficace contre le virus ; ainsi certains des patients qui ont débuté des bithérapies dans les années 1993-1995 se portent bien, avec toujours le même traitement. Le nombre de leurs lymphocytes T CD4 est remonté à des valeurs normales, tandis que les « charges virales » restent basses, au vu des moyens d'analyse dont on dispose actuellement. Depuis près de quinze ans, je soigne Antoine. Ce journaliste cultivé et brillant est venu consulter très tôt dans la maladie, il a débuté une bithérapie en 1993. Aujourd'hui, il continue de ne prendre que deux comprimés matin et soir d'une bithérapie et le nombre de ses lymphocytes reste normal. Ces personnes sont cependant bien rares, et la trithérapie est maintenant le traitement de référence.

Les premiers résultats des trithérapies annoncés en 1996-1997 furent spectaculaires. Les trithérapies associent trois médicaments dont deux d'entre eux appartiennent aux familles de médicaments que l'on utilisait jusque-là, les inhibiteurs de la transcriptase inverse*. Le troisième est une antiprotéase*. Avec ces traitements, la « charge virale » s'abaissait au-dessous des seuils de détectabilité. Elle devenait ainsi indétectable, les gens reprenaient du poids, retrouvaient une activité normale et guérissaient des infections opportunistes. Des malades atteints de sarcome de Kaposi voyaient s'estomper leurs symptômes tandis que l'on pouvait arrêter des traitements très lourds, par perfusion, chez ceux qui souffraient de rétinites à cytomégalovirus, sans qu'il y ait rechute pour autant. Il a également été possible d'arrêter le Bactrim en traitement prophylactique de la pneumocystose. En quelques mois, les lymphocytes T CD4 s'élevaient au-dessus des seuils de risque. On était manifestement en possession d'outils extrêmement puissants sur le virus.

Les premiers essais de trithérapies avaient été effectués avec l'Indinavir, première antiprotéase mise sur le marché, auquel on adjoignait deux médicaments inhibiteurs de la transcriptase inverse : AZT et 3TC. Après un an de traitement, pour 90 % des patients, le nombre de lymphocytes T CD4 se trouvait multiplié d'un facteur deux à cinq. Ce fut un succès considérable. Ceux qui prenaient du seul Indinavir présentaient des résultats intermédiaires. Pour ceux qui prenaient AZT et 3TC sans antiprotéase, ils voyaient remonter, légèrement, le nombre de leurs lymphocytes T CD4 en début de traitement, mais bien vite il redescendait. Les résultats de la trithérapie venaient bouleverser ce que nous avions connu jusque-là.

Ces résultats furent annoncés en février 1996, à l'occasion de la conférence américaine annuelle sur le sida à Washington. Ce fut un moment vraiment émouvant. Ce dimanche soir marquait une grande avancée qu'il était urgent de faire connaître : « On n'a peut-être pas encore guéri le sida, mais on est sur le point d'y arriver. » Le message est passé sur France Inter dès le lundi matin.

Dans les deux mois qui suivirent, nous fûmes partagés entre l'enthousiasme suscité par les résultats et une incertitude pénible quant à la mise à disposition des médicaments. Nous ne savions pas si les firmes pourraient les fournir en quantité suffisante. Arriveraient-ils jusqu'en France ? Seraient-ils contingentés ? Seraient-ils accessibles pour tous les patients ? Et à quel prix ? Le Conseil national du sida ayant pris position pour un tirage au sort, au cas où les trithérapies seraient en nombre limité, les associations manifestèrent dans la rue. À l'Assistance publique de Paris, le directeur général, Alain Cordier, prit la décision courageuse de débloquer les budgets nécessaires. Les trithérapies furent mises à la disposition de tous ceux dont l'état de santé le nécessitait, dès mars 1996. Les premiers patients à être traités furent ceux qui étaient à une phase avancée de la maladie et à haut risque de mourir dans les deux ans. Quelques mois plus tard, dès la fin de 1996, une grande majorité d'entre eux allait mieux. En France, entre 1996 et 1998, on a vu baisser la mortalité liée au sida de plus de deux tiers.

En 1998-1999, constatant combien ces médicaments étaient efficaces, l'idée est venue de les utiliser assez tôt dans la maladie afin de diminuer la « charge virale » dans l'organisme de l'individu. On espérait ainsi reculer le moment où surviendrait le déficit immunitaire, d'où le slogan « *hit hard and early* », « frapper tôt et fort ». Les trithérapies ont alors débuté de plus en plus tôt.

En même temps que les systèmes de mesure, le vocabulaire a évolué. Ainsi, en 1996, on disait : « 90 % des personnes qui prennent des trithérapies ont une quantité de virus dans le sang qui devient indétectable » à propos de patients dont la « charge virale » était au-dessous d'un seuil de détection de dix mille copies d'ARN viral par millilitre de sang. À partir de 2001, nos tests se sont améliorés, ils se sont affinés jusqu'à pouvoir détecter cinquante copies ! Il est évident que plus la « charge virale » est basse, meilleur sera, *a priori*, l'avenir pour les patients. On voit cependant que les chiffres peuvent être pervers. Revisités avec les techniques de 2002, ceux qui créaient la joie et l'enthousiasme des médecins et des patients en 1996 sont alors entrés dans la catégorie des échecs. Parmi ceux qui avaient moins de dix mille copies à l'époque, un grand nombre en avait peut-être moins de cinquante, mais sans qu'il soit possible de le mesurer. Depuis, on a appris que, même chez ces patients-là, le virus persiste. Il continue de se multiplier.

Entre les années 1997 et 2002, le nombre des médicaments disponibles a augmenté. On dispose maintenant d'une quinzaine de médicaments qui appartiennent à trois familles différentes d'antirétroviraux, mais c'est encore trop peu parce qu'une personne dont le virus devient résistant à un membre d'une famille d'antirétroviraux l'est très souvent aux autres au sein de la même famille.

Le bénéfice apporté par les trithérapies persiste à plus de six ans de leur introduction. Nous avons progressivement appris à aborder bon nombre de problèmes nouveaux surgis depuis l'ère des traitements. Nous savons mieux analyser les résistances au virus qui entraînent l'échec thérapeutique. Les 10 % de patients qui ne répondent pas au traitement, c'est-à-dire ceux qui sont en véritable échec, demeurent, eux, menacés par le risque de survenue de maladies opportunistes.

Il faut également parler de nouvelles complications qui atteignent près de 50 % à 60 % des personnes traitées : l'élévation des graisses et du sucre dans le sang et le risque de maladies cardio-vasculaires, le syndrome de lipo-atrophie, un déplacement de graisse disgracieux autour de la taille contrastant avec un amaigrissement du visage et des membres.

Confrontés aux complications provoquées par la trithérapie, nous sommes amenés à reconsidérer le moment où un traitement antirétroviral sera débuté. Il semble maintenant préférable d'attendre puisque l'on sait, même lorsque la « charge virale » est importante, que le fait d'être au-dessus du seuil de deux cents lymphocytes T CD4 donne plus de chances de bien répondre au traitement. Le retarder jusqu'à ce seuil permet de préserver l'avenir et de réserver des médicaments qui prendront éventuellement le relais si les premiers perdaient de leur efficacité. Autant de points qui impliquent l'élaboration d'une véritable stratégie.

Si l'on met d'un côté le poids du pouvoir pathogène du virus chez un patient traité et de l'autre le poids des facteurs de protection de l'hôte et les traitements, on se trouve confronté à un équilibre complexe à trois variables. Le système immunitaire de l'hôte, le virus et les médicaments, chacun de ces éléments influant sur les deux autres dans un jeu complexe. Il est clair que, plus les médicaments sont efficaces, mieux le système immunitaire est régénéré. Lorsqu'ils le sont moins, la

« charge virale » remonte et le nombre de lymphocytes T CD4 risque de baisser. Bien que nous soyons dans une phase de succès incomparable, les inconnues restent nombreuses.

À l'arrivée des trithérapies, bien des patients furent soudain déroutés par l'efficacité du traitement. Ils ont dû apprendre à faire « le deuil de leur deuil ». L'annonce de la séropositivité étant dans la plupart des esprits synonyme de mort, il a fallu revenir sur cette mort programmée que chacun attendait. Les gains acquis depuis le début des trithérapies demeurent encore fragiles. Si la mortalité due au sida a fortement diminué en France avec les trithérapies, on sait que le virus continue à se multiplier lentement chez les personnes atteintes. On est donc, dans l'état actuel de nos connaissances, amenés à les traiter indéfiniment, sans être capables d'éradiquer le virus, donc le risque de transmission. Nous nous trouvons confrontés à de nouveaux défis : les complications du traitement peuvent obliger à l'arrêter ; de même, la possibilité d'échappement d'un virus devenu résistant. La course s'engage entre les risques d'échec thérapeutique et l'arrivée de nouvelles molécules qui pourront combattre les résistances, être plus efficaces que les médicaments actuels. Plus simples à prendre, les nouveaux médicaments qui arrivent sur le marché sont mieux tolérés. Ils sont plus actifs contre les virus résistants, mais ils appartiennent toujours à l'une des mêmes familles dont on dispose déjà et ne sont donc pas adaptés au cas des patients en échec de traitement. À l'exception toutefois de la nouvelle famille des inhibiteurs de fusion* comme le T 20, premier représentant d'une nouvelle famille de médicaments qui préviennent la pénétration du virus dans les cellules.

Du point de vue de l'immunologiste, la nouveauté marquante des années récentes est la constatation de la remontée, avec la trithérapie, du nombre de lymphocytes T CD4 dans le sang et la compétence retrouvée du système immunitaire. Avec le traitement, le déficit immunitaire du sida n'est donc plus irréversible ; on peut regagner des lymphocytes T CD4 même lorsque leur chiffre est très bas. Cette reconstitution, ou restauration, du système immunitaire justifie tous les efforts pour trouver de nouveaux médicaments. Si l'on intervient avant que les T CD4 baissent au-dessous du seuil dangereux, les personnes infectées par le virus évitent d'entrer dans la zone de risque de survenue des maladies opportunistes.

La reconstitution du système immunitaire débute dès les trois premiers mois d'une trithérapie. Elle fait intervenir des lymphocytes T CD4, dits naïfs, nouvellement produits par l'organisme, et des T CD4 dits mémoire, c'est-à-dire qu'ils ont déjà vu des antigènes et conservent la mémoire immunitaire de l'individu. Reconstituer un stock de lymphocytes T CD4 naïfs signifie que le sujet retrouve la capacité d'adaptation et la diversité de son répertoire, ce qui intrigue les immunologistes. On sait en effet que pour fabriquer des lymphocytes naïfs, les cellules précurseurs des lymphocytes quittent la moelle osseuse pour aller dans le thymus acquérir leurs caractéristiques et sortir à nouveau, mais on pensait jusqu'alors que le thymus ne fonctionnait plus après la puberté. On sait maintenant qu'il reste fonctionnel à l'âge adulte, à un degré moindre toutefois. Chez le sujet âgé de plus de cinquante ans, le processus de fabrication de lymphocytes naïfs est plus lent et plus aléatoire que chez le sujet jeune et la reconstitution immunitaire sous traitement sera plus difficile.

Entre les contradictions que soulèvent les incertitudes sur les traitements et leurs succès, le patient vit actuellement sa maladie en dents de scie. Quelles sont les pistes d'espoir, d'avenir et de recherche ? Comment se développent-elles ? La course aux nouveaux traitements est menée dans les laboratoires de recherche et par les grandes firmes pharmaceutiques, sur lesquels reposent les espoirs de la communauté internationale. On ne peut se sentir qu'amer en entendant le discours des firmes lorsqu'elles avancent que les obliger à vendre à prix bradés des médicaments dans le Sud ne leur permettrait plus d'investir dans la recherche et le développement pour découvrir de nouveaux médicaments pour le Nord. Argument que nous sommes nombreux à récuser ! Pourquoi ces firmes ne pourraient-elles vendre à prix coûtant, dans le Sud, tout en continuant à faire dans le Nord des bénéfices qui iraient dans l'investissement de la recherche des médicaments ?

Parallèlement à cette recherche de nouveaux médicaments antirétroviraux, il existe plusieurs autres approches du traitement de l'infection par le VIH. Parmi elles, l'immunothérapie m'intéresse tout particulièrement, qui a pour objet d'aider le système immunitaire à jouer le rôle qui est le sien. L'immunothérapie se développe dans deux voies.

La première consiste à administrer des cytokines*, c'est-à-dire des molécules stimulantes que le système immunitaire produit naturellement. On a ainsi développé l'interleukine 2* (IL-2), sorte d'hormone que produisent les lymphocytes T CD4 qui aide à fabriquer de nouveaux lymphocytes T CD4, à les activer jusqu'à obtenir leurs pleines fonctions. Le traitement est donné tous les deux mois, en injections sous-cutanées, durant cinq jours consécutifs, matin et soir. Des patients qui avaient entre trois et quatre cents lymphocytes T CD4 ont vu ceux-ci remonter à six cents, neuf cents, douze cents, avec l'interleukine 2. Mais certains ne tolèrent pas toujours bien le traitement même si d'autres, il est vrai, continuent de vaquer à leurs obligations professionnelles. Je pense notamment à ce patient qui est tantôt videur dans une boîte de nuit, tantôt mécanicien en haut d'une tour où il travaille sur des échafaudages, s'agrippant de la main gauche tandis que de la droite il visse des boulons !

Il reste maintenant à savoir s'il est utile, en termes de coût et de tolérance du traitement par l'IL-2, de faire atteindre six cents, neuf cents lymphocytes T CD4 à la population des patients qui ont entre trois cents et quatre cent cinquante lymphocytes T CD4, autrement dit des patients qui représentent des succès du traitement antirétroviral et ne se trouvent plus dans les zones de risque d'infections opportunistes. Est-il préférable d'avoir un stock de lymphocytes et un répertoire immunitaire plus large, malgré le coût, l'astreinte et la tolérance de l'IL-2, en l'état actuel des choses ? On peut se demander pourquoi les individus sains séronégatifs ont eux-mêmes tant de lymphocytes T CD4, alors que la zone de risques à l'égard des infections est seulement à deux cents. De fait, le système immunitaire est très redondant et offre de nombreux circuits de sécurité avant d'en arriver à la catastrophe. Ainsi peut-on se permettre de perdre cinq cents lymphocytes T CD4 sans pour autant aller mal, c'est pourquoi d'ailleurs la moyenne de temps qui sépare l'infection de l'entrée dans la maladie sida est de dix ans. Je suis convaincu que l'objectif du traitement de l'infection par le VIH, l'objectif de la recherche, doivent rester l'éradication du virus. Avant que nous ne disposions de traitements éradicateurs, faisons en sorte que les gens aient le nombre de lymphocytes T CD4 le plus élevé possible, pour les mettre à l'abri des complications cliniques. En effet ce n'est pas la « charge virale » mais le nombre de lymphocytes T CD4 qui détermine le risque de voir survenir une complication de la maladie.

La seconde option en immunothérapie est ce que l'on appelle la vaccination thérapeutique, ce qui est encore un concept plus qu'une réalité. L'idée est de recourir à des candidats vaccins chez les personnes séropositives et consiste à stimuler les défenses immunitaires contre le virus, faisant ainsi renaître des lymphocytes T CD4 et T CD8 qui viendraient, en complément de l'action des médicaments antirétroviraux, participer à l'élimination du VIH. La trithérapie fait retrouver des lymphocytes capables de tuer les agents responsables des maladies opportunistes comme le cytomégalovirus et le virus responsable du sarcome de Kaposi et d'éliminer les cellules infectées par la bactérie de la tuberculose. Cependant, pour des raisons encore inconnues, la trithérapie ne restaure pas l'immunité anti-VIH. Serait-ce lié, sorte de péché originel dont j'ai déjà parlé, au fait qu'au cours de la primo-infection le virus éliminerait une grande partie des T CD4 qui lui sont spécifiques ? La vaccination thérapeutique se heurte à la difficulté de savoir si le système immunitaire chez des patients infectés par le VIH depuis longtemps pourrait être à nouveau stimulé à répondre contre le virus. Serait-il capable d'exercer des effets cytotoxiques et de contrôle sur des cellules infectées par des virus qui, ayant échappé à sa reconnaissance, lui sont en quelque sorte devenus résistants ? Entre le système immunitaire et le virus s'installe en effet la même dialectique qu'entre les médicaments antirétroviraux et le virus. Il se crée des mutations d'échappement qui rendraient le vaccin rapidement inefficace si les souches virales lui échappaient.

À côté du traitement antirétroviral des personnes infectées, la recherche a fait également des progrès déterminants dans le domaine de la prévention de la transmission du virus de la mère à l'enfant. En 1994, soit deux ans avant l'arrivée des trithérapies, un grand essai américain et français appelé ACTG 076/ANRS 024 a montré que si, pendant les trois derniers mois de la grossesse, on donnait de l'AZT à la mère, puis de l'AZT en perfusion pendant l'accouchement, et enfin de l'AZT à l'enfant pendant un certain temps, soit un protocole assez lourd mais dont la tolérance est bonne, on diminuait le risque de transmission de la mère à l'enfant qui, de 20 % en Europe et aux États-Unis, tombait alors à 8 %, voire à 5 %. Les résultats de ce protocole ont encore été améliorés en recommandant de pratiquer des césariennes. Grâce à quoi, en France, en 2002, il ne naissait pratiquement plus d'enfant infecté de femme séropositive.

De 1996 à 2000, les chercheurs se sont attachés aux problèmes du tiers-monde, où naissent environ mille cinq cents enfants infectés chaque jour ; il y aura près de quarante millions d'orphelins du sida en Afrique en 2010. La prévention doit être pensée au sens large du terme, en ne se limitant pas uniquement aux campagnes de promotion du préservatif, mais en considérant l'éducation et l'information, et en concevant des stratégies d'intervention actives, qui dépassent le seul comportement individuel. Ainsi la prévention mère-enfant agit-elle comme une sorte de vaccin pour l'enfant.

Au cours des années qui viennent de s'écouler, il a été montré que l'on pouvait se satisfaire de protocoles beaucoup plus simples que l'on appelle des régimes « courts ». Administré seulement dans les dernières semaines de la grossesse chez la mère, l'AZT diminue de pratiquement 40 % le risque de contamination périnatale de la mère à l'enfant dans le contexte africain. Un médicament, la Névirapine, a encore permis des progrès. Un comprimé administré à la mère et un autre à l'enfant au moment de l'accouchement est pratiquement aussi efficace que l'AZT, même en régime « court ».

L'ANRS a terminé avec succès à ce propos un essai intéressant : à Phnom Penh, où il n'y a aucun suivi prénatal, 85 % des femmes séropositives qui sont enceintes viennent consulter pour la première fois dans les quatre semaines qui précèdent l'accouchement. On y a testé la faisabilité, l'acceptabilité et l'efficacité d'interventions que j'oserai appeler « minute », puisqu'elles se pratiquent dans les dernières semaines, parfois même seulement trois jours avant la naissance. On propose dans ce contexte un test rapide à la mère, à laquelle on administre, s'il le faut, de la Névirapine, avant d'en administrer à l'enfant, à la naissance. Bien qu'ils se déroulent dans un contexte difficile, les femmes n'étant jamais suivies pendant leur grossesse, ces moyens d'intervention prouvent leur efficacité.

L'allaitement, en revanche, pose un problème pour l'instant non résolu. La femme africaine — pour qui c'est un geste primordial — ne conçoit pas de ne pas allaiter son enfant. Il ne faudrait pas que ces obstacles culturels occultent les obstacles pratiques qui s'opposent à l'allaitement artificiel. Notamment, l'eau, qui n'est pas potable, provoque des diarrhées et des maladies infectieuses qui font que les enfants meurent tout autant que s'ils avaient été contaminés par le virus du sida.

Ces problèmes sont ainsi loin d'être résolus en matière de prévention de la transmission du virus de la mère à l'enfant et les implications doivent être pesées. Il devrait être possible, dès maintenant, de mettre en place des interventions à grande échelle dans les pays en développement, afin de prévenir la transmission périnatale du virus de la mère à l'enfant. On verra cependant apparaître les limites de ces traitements, celles liées à l'allaitement maternel, celles aussi liées à l'acquisition de résistance aux antirétroviraux. Ainsi a-t-on pu voir, chez certaines femmes qui ne prennent pourtant qu'un seul comprimé de Névirapine, le virus lui devenir résistant. Enfin, il faut prévenir à large échelle la transmission du virus à l'enfant et se rappeler que, tant qu'il n'y aura pas de traitements disponibles à large échelle pour les adultes, on verra croître le nombre des orphelins dans les pays en développement.

Si dans les cinq prochaines années ces traitements se généralisent dans les pays en développement, il faudra affronter des obstacles et des difficultés que l'on pressent déjà mais qui ne devraient en aucun cas être des prétextes pour ne pas intervenir. En mars 1996, devant cette chance qu'apportaient les trithérapies, on ne se posait pas dans les pays du Nord la question des résistances à ces médicaments, pas plus que celle de la « charge virale », que l'on ne savait pas mesurer ! Ni celle de savoir ce qu'on ferait si le malade devenait résistant à la trithérapie, pour laquelle on n'avait qu'une seule modalité. Et, malgré les difficultés potentielles découvertes par la suite, des centaines de milliers de vies ont été sauvées. Il ne faudrait pas appliquer de doubles standards moraux, les uns pour les pays du Nord, les autres pour les pays du Sud. Les difficultés et les limites possibles aux interventions par les antirétroviraux dans le Nord ne doivent pas empêcher d'aller de l'avant. Simplement il faudra, au fur et à mesure, apprendre à les reconnaître et à les combattre.

12

La consultation du soir

La première consultation du soir fut créée en 1988, à l'hôpital Broussais, dans un lieu que l'on nous concédait pour six mois, presque de façon expérimentale. L'idée, née de nos conversations avec Jean-Paul Baggioni, alors président d'Aides-Île-de-France, était d'offrir un accès aux soins à des heures telles que les consultants n'auraient pas, dans le cadre de leur travail, à justifier leurs absences répétées liées aux consultations et aux examens à l'hôpital, à une période où le sida était source de discrimination. Nous nous sommes installés dans les murs de la polyclinique, un peu comme des malfaiteurs parce qu'il nous fallait attendre pour consulter qu'elle ait fermé ses portes et que le personnel hospitalier de la journée soit parti. La consultation ayant lieu de dix-huit heures à minuit, il était impensable de demander leur participation à des infirmières qui avaient déjà effectué leur journée de travail.

L'association Aides s'est immédiatement jointe à cette aventure ; ses bénévoles furent nombreux à participer, avec beaucoup de générosité et d'efficacité. Prenant en charge l'accueil et la gestion des rendez-vous, ils ont également cherché à rendre le local chaleureux. Dans la salle d'attente, des boissons fraîches et du café étaient proposés, une musique discrète permettait de parler librement, sans être entendu par d'autres que ses propres interlocuteurs. Bien vite, cette consultation du soir est devenue un lieu de vie et de paroles, hors du contexte purement médical. Pour la plupart, nos visiteurs venaient consulter, mais certains passaient simplement dire bonsoir, boire un café, ou encore discuter, s'exprimer, poser des questions, écouter aussi. De semaine en semaine, des liens et des habitudes se sont tissés, cet endroit anonyme est devenu un véritable lieu de socialisation. La consultation se terminait très tard, souvent après le dernier métro et, parce qu'il nous était toujours difficile de nous séparer après les heures tendues et le temps lourd d'émotion que nous venions de vivre, consultants et bénévoles, il nous arrivait d'aller, ensuite, dîner ensemble dans un bistrot du quartier.

« De part et d'autre du couloir vide, les malades se taisent, acceptent d'accorder une trêve à leur douleur, à leur rapport au monde, même si c'est pour nouer en eux de multiples écheveaux d'angoisse au matin inextricables... [1] », écrit René de Ceccatty.

J'ai toujours été désireux que les patients perçoivent différemment l'hôpital. Que ce lieu ne soit pas uniquement celui de la gravité ou de l'urgence. Cela est particulièrement important dans

1. *L'Accompagnement, op. cit.*

une maladie qui dure de nombreuses années, une maladie où l'hôpital a la double face, de la gravité et de la mort d'un côté, de l'espoir et du progrès de l'autre. L'itinéraire de vie du patient sera bousculé par les chiffres des T CD4, tantôt en baisse, tantôt en remontée. L'angoisse et l'espoir, tantôt l'une, tantôt l'autre, s'inscrivent désormais dans son parcours de vie. Cela implique qu'avec le soignant ils cheminent ensemble, dans des conditions de confiance qui se créent avant tout dans un dialogue individuel. Le cadre n'y est pas étranger. Combien m'ont dit : « Je sais que je n'y échapperai pas. Je sais qu'un jour je serai hospitalisé », ou encore, alors que nous passions devant une chambre : « Est-ce donc ici que je mourrai ? »

À vingt-huit ans, Franck est un de ceux qui se sont infectés en 2001. Parce qu'il savait mener une vie à risque, il fit effectuer, en mars de cette année-là, un test qui s'est révélé négatif. Quelques jours après une soirée dans une *back room,* il eut tous les symptômes d'une angine pour laquelle le médecin consulté prescrivit des antibiotiques qui n'eurent aucun effet. Il était difficile de penser qu'il pouvait s'agir d'une primo-infection par le VIH. Une fatigue anormale, traînante, chez un garçon de son âge, alerta Franck. Il décida de faire à nouveau un test. Il était bien séropositif.

Lors de sa première consultation, encore sous le choc, Franck, qui venait d'apprendre sa séropositivité quelques jours auparavant, me dit l'immense effort que lui demandait le fait de venir à l'hôpital consulter un médecin spécialiste du sida. Encore un exemple qui me conforte dans la volonté de faire de l'hôpital un lieu qui doit conduire à ce que s'instaure un climat de confiance entre le médecin et les patients. Il ne saurait être question que ces derniers s'y sentent bien, eux qui, soudain, viennent d'entrer dans la tragédie, mais il est possible de faire en sorte qu'ils parlent de la maladie en confiance, sans réticence. Qu'ils acceptent d'entendre aussi qu'ils ne sont qu'au début d'un itinéraire dont on sait qu'il sera jalonné d'échecs, de succès, de chocs, d'espoirs à nouveau. Bien que le contexte soit aujourd'hui différent de ce qu'il était dans les années quatre-vingt, où il représentait alors, pour tant de nos malades, le couloir de la mort, l'hôpital n'en reste pas moins celui de la maladie grave. Et s'il reste l'endroit où l'on viendra sans doute mourir, il ne faut cependant pas oublier que c'est aussi celui de la recherche qui conduit aux progrès et aux nouveaux traitements. N'est-ce pas là qu'arrivent les nouveaux médicaments ? Que s'effectuent les protocoles de recherche ? Qu'arrive l'espoir, aussi ? Au début de l'ouverture de l'hôpital Pompidou, dans le grand hall, un panneau fléché indiquait : « Caisse, Sécurité sociale, Chambre mortuaire ». La chambre mortuaire est une réalité de la vie hospitalière, mais il y a néanmoins une façon plus humaine de planifier les itinéraires. Il faut faire en sorte que l'hôpital soit le lieu où le malade puisse reprendre espoir s'il est anxieux. Le lieu également où l'on replace devant la responsabilité de sa maladie le patient qui cherche à la nier. Il est important que ce cadre lui permette aussi de s'adapter à sa nouvelle vie.

Mettre en place cette consultation du soir, qui bénéficie d'un certain confort, de musique, de peintures aux murs, me semblait indispensable afin que le patient puisse en quelque sorte s'approprier ce lieu. Je dis cela avec une extrême prudence pour ceux qui seront contraints d'y séjourner, ceux auxquels leur séropositivité impose une médicalisation de leur vie. Ils ne peuvent pas, ils ne doivent pas se faire d'illusions, ils n'échapperont sans doute pas à l'hospitalisation. Il ne faut pas penser pour autant que c'est le destin qui conduit un patient à l'hôpital. C'est son choix de s'y soigner, voire d'y mourir. Ce qui signifie une sorte d'appropriation d'un lieu qui devient familier pour une maladie qu'il faut bien accepter comme l'étant, elle aussi. C'est pourquoi il est normal, lorsque l'on doit passer un examen, venir en consultation, de s'y sentir en terrain connu, d'y avoir ses repères. Accepter ce lieu, c'est accepter la réalité de sa maladie.

J'ai longtemps bataillé pour qu'un pharmacien soit présent dans le service et dispose d'un local afin de pouvoir délivrer les médicaments immédiatement après la consultation. Ce fut perçu comme un grand progrès. Les prescriptions sont généralement astreignantes ; à la fin de la consultation, souvent déprimé parce qu'on vient de lui annoncer que les résultats ne sont pas bons, obsédé par une baisse des T CD4, une montée de la « charge virale », le patient n'écoute plus ce qu'on lui dit. Il ne participe plus. Je pense à Mona, qui vit à Casablanca et vient consulter régulièrement. Elle avait appris sa séropositivité cinq ans auparavant, lors du décès de son mari, du sida, et avait aussitôt consulté à l'Hôtel-Dieu un médecin qui lui avait prescrit des antirétroviraux qu'elle a si mal supportés qu'au bout d'une semaine seulement elle avait arrêté le traitement. Deux ans plus tard, lorsqu'elle a décidé de consulter à nouveau, le chiffre des T CD4 était pratiquement tombé à zéro. Je l'ai vue à ce moment-là. Elle a suivi pendant environ un an et demi le traitement que je lui avais prescrit et qui semblait lui convenir. Cependant, lors de sa dernière consultation, la «charge virale» était en hausse, les chiffres des lymphocytes T CD4 en baisse. Parce qu'elle repartait pour quelques mois dans son pays d'origine, je lui ai prescrit un nouveau traitement. Pendant une dizaine de minutes, j'ai pris grand soin de lui expliquer comment elle devait le prendre. C'est long, dix minutes. Et pourtant, dès le lendemain elle me téléphonait. Elle ne se sentait pas bien, et pour cause! Elle avait pris cinq comprimés alors que je lui avais conseillé de n'en prendre qu'un. Obnubilée par les résultats de ses analyses, elle n'avait rien entendu de mes explications.

On comprend alors l'importance d'une discussion possible avec le pharmacien dont, une fois passé le choc d'une annonce d'échec toujours difficile à accepter, on écoute mieux les prescriptions. En tête à tête, le calme revenu, il peut expliquer en détail la posologie et apporter ainsi son aide à une meilleure observance.

«Pourquoi une consultation du soir?» me demande-t-on souvent, alors que la question qui se pose me semble être: «Pourquoi n'y a-t-on pas pensé plus tôt?»

Le patient qui consulte le soir n'a pas à s'absenter de son lieu de travail. Il n'a pas d'excuse à donner, pas à dire, chaque mois : « Je vais à l'hôpital » à un employeur, à ses collègues de travail. Ce qui ne manquerait pas de susciter des questions : « N'as-tu pas maigri ? » Des bavardages aussi : « X s'absente régulièrement, où va-t-il ? » Et, bien sûr, des suspicions : « N'aurait-il pas le sida ? », ce qui pouvait, il y a quelques années, entraîner la perte de son emploi. La consultation du soir permet de mener une vie professionnelle normale. Elle permet de continuer à travailler tout en se faisant soigner, sans en parler à quiconque.

Pendant une longue période nous y avons consulté sans blouse, ce qui donne au patient et au médecin l'impression d'être plus proches, dans cette maladie qu'ils affrontent ensemble. Synonyme d'hygiène lorsque l'on fait des pansements ou les petits gestes qui accompagnent le soin, changée régulièrement, la blouse est toujours propre. Le bénéfice qu'apporte l'hygiène ne nécessite néanmoins pas forcément que nous la portions en permanence. Et pourtant, sans qu'il y eût jamais une politique arrêtée, que l'on eût pris la décision, je constate que, petit à petit, nous avons recommencé à porter une blouse. À moins que, tout simplement, nous oubliions de l'enlever avant de débuter la consultation, après notre journée de travail auprès des patients hospitalisés !

Au cours de l'été 2000, lors de notre arrivée à l'hôpital européen Georges-Pompidou, infirmières, responsables, surveillantes et médecins, personne ne portait de blouse pour la seule raison qu'elles n'avaient pas encore été distribuées.

Il aura fallu quelques semaines et que chacun reprenne son rôle pour que nous endossions à nouveau la tenue qui nous définit. Car il y a un code : sur la blouse du médecin, le nom est brodé en rouge. Il l'est en bleu sur celle de l'infirmière, en vert sur celle de l'aide-soignante ou de l'assistant de laboratoire. Grâce à quoi le patient sait exactement quelle est la fonction de son interlocuteur.

Détaché de l'urgence, l'hôpital devient un lieu naturel, presque familier. Il apporte une forme particulière de socialisation dans laquelle le malade rencontre différents intervenants professionnels et d'autres malades. Cela se fait progressivement, lentement, parce que les patients sont en retrait, souvent freinés par une certaine timidité jusqu'à ce que, du moins pour ceux qui ont plus d'expérience dans la réalité de la maladie, ils dialoguent plus facilement.

Il est intéressant de voir les réactions d'autres patients qui ne sont pas séropositifs. Ils viennent consulter pour des maladies du système immunitaire. À la consultation du soir, ils sympathisent, au sens social du terme, avec les patients séropositifs et se fondent bientôt dans cet espace. Ce qui pourrait sembler étonnant dans certains cas, dans un lieu où la séropositivité, l'homosexualité et la toxicomanie font partie de la vie de tous les jours. Chacun entre dans l'univers des autres et certains racontent combien ces échanges les aident. Les infirmières, par leur gaieté, leurs attentions, leur absence d'attitude compassée, contribuent à cette évolution de la relation. Le médecin reste plutôt en dehors de cette connivence. Il est celui qui, un jour, risque de dire ce qui est difficile à entendre. Celui qui viendra déséquilibrer un certain rythme de vie auquel on semblait s'être habitué.

Progressivement, les nouveaux patients font connaissance avec d'autres, qui sont à un stade plus avancé de la maladie. Si, au début, les relations sont distantes, peu à peu, les uns et les autres deviennent des compagnons, presque au sens de partage. Comment oublier Adrien, qui souffrait d'une tumeur au-delà de tout espoir thérapeutique ? À son arrivée à l'hôpital, il était terriblement angoissé et présentait de graves difficultés respiratoires. Quatre à cinq jours plus tard, il avait si bien compris la situation, si bien assimilé son état, qu'il put me dire, après m'avoir entendu m'exprimer au cours d'une émission à la radio : « Docteur Kazatchkine, c'est vraiment bien ce dont vous avez parlé. C'est bien pour les petits gars qui suivent ! » Ce qui, pour moi, est toujours véritablement insoutenable à entendre. Je n'exerce pas mon métier pour « les petits gars qui suivent », mais pour la personne que j'ai en face de moi. Elle seule compte. Mais lorsqu'elle vous assène sa compréhension par vous insoupçonnée de la réalité de son état, on s'aperçoit qu'elle est à des années-lumière en avance sur vous. J'ai toujours beaucoup de mal à accepter que celui qui est en face de moi va mourir.

La mort, même quand elle prend la forme d'une mort naturelle par épuisement, par destruction de toutes les réserves d'énergie de vie, est scandaleuse. Elle remet radicalement en question le savoir, la médecine et ce que les érudits ou la sagesse populaire ont pu avancer à son sujet.

1988-2000. Douze années de consultations du soir à l'hôpital Broussais, chaque semaine. Autant d'habitudes, d'interrogations, d'inquiétudes, d'écoute aussi, puis bientôt d'espoir, avec l'arrivée des trithérapies. Douze années durant lesquelles chaque mercredi aura été un jour particulièrement fort et émouvant. Au fil des consultations, nous nous sommes attachés à ce lieu qui devenait de plus en plus riche d'émotion, ce qui explique, même si nous y avions vécu des moments épouvantables, combien il nous fut difficile, presque douloureux, de quitter Broussais pour emménager à l'hôpital Pompidou.

La consultation est un dialogue qui permet de recevoir un avis expert d'une personne avec laquelle se noue un lien de confiance. C'est un échange. Bien que je préfère pour ma part que le consultant vienne seul, parfois certains s'imposent ; cela peut être le mari qui accompagne l'épouse, le frère aîné son cadet, ou encore l'amant. Dans ces situations, le patient se compose toujours un personnage quelque peu différent de celui que l'on connaît. Je ne sens jamais la relation aussi franche entre le patient et moi. Quoi qu'il en soit, je dois recueillir l'avis des deux personnes. Parfois, je me tourne vers le seul patient, faisant par là comprendre à l'accompagnant que son opinion n'est pas demandée. Mais, dans l'ensemble, je m'efforce de m'adresser aux deux. Par exemple lorsque je mets en garde : « Ce médicament pourrait provoquer des allergies », tout en ayant conscience de ce que cela peut déresponsabiliser la personne malade qui se reposerait alors sur celle qui l'accompagne.

Jusqu'en 1996, jusqu'à l'arrivée des trithérapies, nous avons vécu un drame permanent. Comme si on traversait une période de guerre. À côté des drames, nous avons cependant connu de belles, de grandes histoires d'amour. Celle de ce couple qui s'était formé au hasard d'une rencontre. Coup de foudre réciproque. Une nuit ensemble... Mais le lendemain matin, il avait disparu, sans même laisser un mot. Les années passèrent, pas le souvenir. Quatre ans plus tard, toujours le hasard, lorsqu'ils se croisèrent dans la rue, il osa l'aborder :

— Il ne faut pas croire que j'aie disparu... Mais, je n'ai pas osé te dire...

— Me dire quoi ? Que tu ne m'aimais pas ? ironisa-t-elle, sur un ton qui pouvait laisser supposer que sa blessure n'était pas refermée.

Il faillit couper court. Puis il a osé, il a lancé :

— ... que j'étais séropositif !

Un silence et c'est la voix cassée qu'à son tour elle aussi, sans le regarder, elle a osé :

— C'est dommage ! Je l'étais, moi aussi...

Cela fait plus de dix ans qu'ils sont mariés.

Hôpital Broussais, mercredi 5 juillet 2000.

Ils sont nombreux, plus d'une trentaine, qui s'interpellent parce qu'ils se connaissent ou, tristesse, pudeur, préfèrent ne pas communiquer. Assis tout au bout d'une banquette sur laquelle il est pourtant seul, Pierre interrompt régulièrement sa lecture. Il râle.

— Pourquoi donc l'attente à la pharmacie est-elle si longue aujourd'hui ?

Tim, de l'association Aides, lui rappelle que les ordonnances sont un peu plus complexes que d'habitude. Ce soir, à la veille des vacances, on délivre les médicaments pour trois mois. Mais surtout, avant le transfert à Pompidou, c'est la dernière consultation dans cet hôpital où ils viennent tous, plus ou moins régulièrement, souvent depuis une quinzaine d'années. D'ailleurs, ce qui justifie leur attente à tous, ce n'est pas le temps que prend la délivrance des médicaments, mais celui de faire leurs adieux à la pharmacienne qui, elle, ne suit pas à Pompidou.

« Je ne la reverrai sans doute jamais, dit Sonia. Alors je veux lui dire un mot gentil. Gentille, elle l'a si souvent été avec moi. »

Sonia a vingt-huit ans, un mari et deux enfants. « Deux petites filles à la gloire de la chanson française », plaisante-t-elle. Mathilde est née en 1993, Laura au début de l'année 2000, alors que sa mère se savait séropositive depuis 1994. Sans doute parce qu'elle vit cette dernière consultation à l'hôpital Broussais comme un petit déchirement, Sonia ne peut s'empêcher de manifester une certaine agressivité.

— Laura va bien. Elle va même très bien... me lance-t-elle sur le ton de la provocation.

Je n'ai pas le temps de lui exprimer ma satisfaction, elle poursuit :

— Je sais que vous n'étiez pas d'accord...

Là, je l'interromps immédiatement. D'accord, je n'avais pas à l'être ou pas. Mais si je comprenais leur désir, à son mari et à elle, d'avoir un autre enfant, je me devais cependant de les mettre en garde. De leur souligner les risques que lui prenait en ayant avec elle des rapports non protégés. De leur exposer aussi les effets secondaires que les médicaments que je prescrivais à Sonia pourraient avoir sur l'enfant à venir.

Mettre en garde... Est-ce seulement possible?

J'ai l'impression d'être une sorte de rabat-joie en m'entendant dire:

— Il faut continuer de surveiller sa tension.

Son mari, lui, s'enthousiasme. Il regarde Sonia avec amour:

— N'est-ce pas qu'elle est belle?

Sonia est-elle belle? Selon les canons de la beauté d'aujourd'hui, sans doute pas. Elle est petite, les cheveux ramassés en une lourde tresse, et la large chemise qu'elle porte flottante sur ses collants noirs ne dissimule aucunement son excédent de poids. Mais son rayonnement, son ardeur à vivre, le regard chargé d'amour qu'elle a pour son mari, sa volonté d'élever leurs petites filles sont tels qu'elle est superbe!

Étonnante aussi. Ce dernier soir, dans la salle d'attente de l'hôpital Broussais, Sonia ose exprimer à voix haute ce qu'elle a sur le cœur depuis tant d'années.

— Ici nous pouvons parler. Mais des lieux comme celui-ci, il n'y en a pas assez. D'ailleurs, on ne parle jamais assez. Si on m'avait parlé, si on m'avait dit, à l'époque, j'aurais fait attention, j'aurais fait saigner ma plaie. Mais personne n'a jugé bon de m'alerter. Moi, j'étais loin de soupçonner ce qui me guettait.

Sonia avait vingt-trois ans, elle était infirmière. Elle s'est blessée en faisant un soin à un malade, à une époque où le sida ne pouvait arriver qu'aux autres. Elle ne s'est pas inquiétée. Quelques années plus tard, à l'occasion d'un examen de routine, la jeune femme apprit qu'elle était séropositive.

Elle poursuit :

— J'avais une petite fille, et aussi un mari que j'aimais, avec lequel je faisais l'amour. J'avais pu, je pouvais, leur transmettre le mal. Oui, j'aurais pu contaminer les deux êtres auxquels je tenais le plus au monde. Peut-on imaginer l'horreur que cela signifie ? Peut-on imaginer les questions, les angoisses aussi, que cela génère ?

Ce soir, Sonia parle. Elle fait ses adieux à la pharmacienne, souhaite gaiement « bonnes vacances » autour d'elle et rejoint son mari. Vite il leur faut retrouver Mathilde et Laura, leurs deux petites filles. Tant désirées. Tant aimées. Tant exposées aussi.

13

Les mots justes

Nombreux sont les malades qui ne veulent pas, qui ne « peuvent » pas, parler de « leur » infection. Ils viennent néanmoins en consultation « pour cela ». Mais ils n'abordent jamais le sujet « en face ».

Ainsi, j'entends souvent :

— Avant que je sache que j'avais ce problème…

— Je ne veux pas parler de cela…

— Tout ce que je peux faire, c'est savoir que « cela » existe…

Rien n'a changé. Ou si peu, depuis les premières années où j'entendais à la fois que l'on évitait certains mots et la pertinence de ceux que choisissait le patient pour exprimer ses émotions. En 1993, Gilles Barbedette écrivait : « Mes pieds parfois hésitent à l'abord d'une marche, mes mains tremblent lorsque je cherche ma clef dans la porte d'entrée. Je me souviens de ce que, très jeune, on avait dû me faire un plâtre sur une cheville foulée. J'avais seize ou dix-sept ans, j'étais assis sur une chaise roulante dans la salle d'attente d'une clinique et devant cet être bronzé aux cheveux longs que j'étais, quelques paroles m'étaient revenues en mémoire: "Si jeune pour être malade"[1]. »

Cet appel à la vieillesse, « lancinant et presque rassurant... », reflète ce que j'ai pu constater auprès de nombreux patients sur les multiples identités de l'individu qui se succèdent, au fur et à mesure de la progression de la maladie. « Sur ma carte d'identité, poursuit Gilles Barbedette, j'affiche encore une certaine complicité avec la jeunesse de mes vingt ans. Mais tout cela est bien illusoire... Sommes-nous, au fil du temps, la même personne ? »

« Suis-je au fil du temps la même personne ? » s'interroge le patient, tandis que la maladie l'envahit jour après jour, jusqu'à ce que les dernières vagues finissent par le noyer. Alors, il ne vit plus que le présent immédiat, un présent sans futur, il ne voit plus qu'un ciel qui ne peut se déployer.

Ces mots, ces faits m'émeuvent profondément et me confortent dans les choix et les combats, comme dans les façons de les mener, que j'ai voulu mettre en place. Je partage ce témoignage, cette souffrance aussi, et je ne me rends à aucun des arguments que l'on pourrait avancer en prétendant vouloir protéger le malade. « La vérité lui serait douloureuse... » Bien évidemment, elle lui serait douloureuse ! Mais comment pourrait-il jamais pardonner les fausses promesses et, pis encore, le mensonge, qui ne peut qu'être destructeur de l'identité de la relation que l'on a créée avec lui ? La confiance qui peut s'établir entre le

1. *Mémoires d'un jeune homme devenu vieux*, *op. cit.*

médecin et le patient permettra à celui-ci de cheminer en paix, dans cet itinéraire du sida hier irréversible, aujourd'hui semé d'embûches.

« On a fait venir un médecin qui m'a soulagé avec un comprimé morphinique, avant de me diriger vers l'hôpital, où je suis habituellement soigné, avec l'équipe du professeur que je considère être mon véritable médecin [...] il s'intéresse autant à ma vie qu'à mon corps. Il défend qu'on me maltraite abusivement. Il sait que la médecine a pour tendance naturelle de priver les gens de leur identité et de n'accepter comme d'authentiques interlocuteurs que leurs organes débiles[1]. »

En ramenant la maladie à ses dimensions organiques, viscérales, la médecine entre dans un faux débat. Un débat biaisé et mensonger, où tout est à l'avantage du médecin auquel le patient est alors contraint de s'en remettre. Plus il se sent démuni, plus il éprouve le besoin d'être pris en charge et se livre alors au pouvoir médical, ce qui accentue encore une dissymétrie de la relation médecin-patient contre laquelle je m'élève. Bien sûr, il y a des circonstances où elle ne peut être évitée. Par exemple, dans le cas d'un malade en réanimation. À l'occasion d'une réunion du groupe de réflexion éthique de l'Assistance publique sur un thème introduit par un invité, la question avait été posée : « Y a-t-il une éthique de la réanimation ? » J'avais répondu « non ». Nous avions alors longuement débattu. À mon avis, il ne peut y avoir une éthique que lorsque le débat est partagé. Le choix du début ou de l'arrêt d'un traitement, le débat

1. *Mémoires d'un jeune homme devenu vieux*, *op. cit.*

sur l'euthanasie, sur l'avenir d'un embryon, ou encore sur le choix d'entrer dans un traitement, autant de points qui impliquent une discussion entre deux ou plusieurs personnes. Le patient, sa famille, le médecin... Il ne saurait y avoir de débat avec un malade qui se trouve en réanimation.

Le commentaire de l'un des réanimateurs présents à cette réunion m'avait frappé : « Lorsque le malade arrive on se précipite, on a les premiers gestes de réanimation. On intube, on met les perfusions... On ne se pose de questions qu'après. » Plus tard, on peut ouvrir un débat, soit avec le patient s'il va mieux, soit avec sa famille, mais je ne vois pas d'éthique dans la décision de réanimer. D'ailleurs, on ne décide pas, on réanime !

Toutes ces années de confrontation au sida ont été des années de débat éthique. La difficulté de la prise de responsabilité, lorsqu'un débat éthique s'établit, est que la réponse n'est jamais simple. C'est dans tous les cas une réponse singulière, dans un contexte qui aboutit à la prise de risque d'une décision, toujours trop complexe pour se limiter à un simple « oui » ou « non ».

« Mon médecin défend qu'on me maltraite abusivement », écrivait Gilles Barbedette à mon propos. Mais je ne suis pas né doué de vertus angéliques. Je n'ai appris ce comportement que durant ces dernières années. À l'école du sida, j'ai su tenir compte des révoltes du malade, de ses dérobades aussi. Devant un traitement dont il ignore ou ne comprend pas la raison, le patient ne voit que des gestes qui souvent l'agressent. Gilles Barbedette était, comme beaucoup le sont, un malade exigeant et délicat. Chaque acte, chaque prise de sang, chaque piqûre, devait être négocié, alors qu'en France on n'avait pas pour habitude d'expliquer. Jusque dans les années quatre-vingt, il était normal pour le personnel soignant d'entrer dans la chambre d'un patient, seringue à la main pour faire une «petite» prise de sang, une «petite» ponction lombaire... En terme de vocabulaire, cela n'a guère changé. Prises de sang, ponctions lombaires et autres sont toujours «petites», comme si le qualificatif minimisait l'importance de l'acte. Sous prétexte qu'ils œuvrent pour le bien du patient, les soignants ont tendance à infantiliser ce dernier. Mais ce qui est «bien» pour le patient, c'est le traitement dont le médecin lui aura expliqué les effets, bons ou mauvais, c'est ce dont ils auront débattu ensemble, avant d'opter pour telle ou telle stratégie. Il n'y a pas de prise de sang naturelle et simple. Il n'y a pas d'acte dont le médecin ou l'infirmière puisse affirmer: «C'est bon pour vous», avant même que le patient puisse donner son avis. Et pourtant, combien de fois n'a-t-on pas entendu ce discours? Ce qu'exprime parfaitement René de Ceccatty, lorsqu'il évoque mon comportement: «Plus que d'optimisme, peut-être valait-il mieux parler d'absence de défaitisme, de volonté de vaincre. C'est lui qui utilisait volontiers le terme d'accompagnement.»

J'ai appris à essayer de ne pas imposer. Tout comme j'ai appris à éviter, alors qu'il se sent mal, qu'un patient soit transporté ou soumis à un examen contraignant, sans que cette décision ait été partagée.

Je sais que cette attitude n'est pas sans susciter des critiques et des caricatures. Dans les années les plus dures du sida, il m'est arrivé de faire irruption à la consultation d'ophtalmologie parce que l'on n'avait pas encore reçu l'un de nos patients qui attendait depuis plus de trente minutes ! Ou parce que je ne comprenais pas qu'on ait pratiqué une angiographie sur un patient sans lui en avoir parlé auparavant. Lorsque je ressortais, les médecins haussaient les épaules : « C'est Kaza ! Il est complètement fou ! Il suffit de laisser passer l'orage... » On peut toujours voir les choses ainsi.

Un mot me met mal à l'aise lorsqu'on l'applique à des patients, celui de client, qui m'est difficile à accepter car il suppose un lien d'argent. J'entends les arguments que l'on peut m'opposer, à savoir que dans une consultation privée la relation est choisie par le patient, qui peut la rompre s'il le désire. Le choix du médecin est une forme de responsabilisation liée à la contractualisation financière qui n'existe pas à l'hôpital. On avance parfois que le médecin libéral serait plus attentif, qu'il consacrerait plus de temps à son patient, autant d'arguments que je n'accepte pas. Ce n'est pas le système public qui est en cause lorsque l'on tient ces propos, mais la façon dont la médecine hospitalière est ou a été insuffisamment bien exercée. Si le fait de payer une consultation peut responsabiliser le patient, qui devient alors client, cela ne suffit néanmoins pas à me convaincre, tant je suis certain que la collectivité doit apporter au citoyen la santé, comme elle doit lui apporter l'éducation. Il me paraît naturel que le service de santé soit un service public.

Le mot client m'a aussi dérouté lorsque je l'ai entendu dans la bouche de Claude Olievenstein, un ami, un homme que j'admire pour la finesse de sa réflexion et la rigueur de ses principes, même si je ne les partage pas toujours. Il a été l'un des premiers à attirer l'attention des pouvoirs politiques, la conscience de la société, de ce que les usagers de drogue sont des malades et non des délinquants. Lorsque nous avons décidé de travailler ensemble, Claude Olievenstein parlait de clients, alors que dans le service nous parlions de patients — un patient étant une personne qui endure une souffrance. Dans le soin aux usagers de drogue, les médecins négocient en quelque sorte un marché avec celui qui souhaite ou approche un sevrage : « Lorsque vous serez hospitalisé, vous serez à l'abri de la drogue, on vous donnera les médicaments qui apaisent le manque. Mais, pendant une semaine, vous ne devrez pas franchir les limites du service, ni communiquer avec l'extérieur, sinon le contrat serait rompu. » Ce qui implique une même responsabilité partagée entre le patient et l'hôpital dans le contrat qui pourrait les lier. Pour autant, le mot client continue de ne pas me convenir. De même, je préfère le mot patient à celui de malade, qui pour moi revient à ramener à un objet cette entité souffrante qu'est la personne malade. Je n'aime pas davantage le mot usager dont les droits ont aujourd'hui remplacé « la charte des malades ». On peut toujours modifier le sens des mots, mais ne serait-il pas préférable de s'en tenir à leur signification profonde ? Hôpital est synonyme d'hospitalité et d'accueil. Le malade est une « personne » malade, il est patient.

Qu'elles soient consuméristes ou autres, les dérives pourraient nous entraîner vers la pratique d'une médecine telle qu'on la voit souvent aux États-Unis. Heureusement, les associations sont là qui veillent. Un certain activisme, notamment le militantisme généré par le sida, a bouleversé les relations entre le médecin et le malade. Les associations ont profondément modifié la relation entre la société et le monde médical. Parce que ceux qui étaient atteints du sida ont eu le courage de faire face aux *a priori*, de s'imposer : « Nous ne sommes pas des objets, nous ne voulons pas mourir. Vous nous opposez que notre survie est délicate, que tel médicament va arriver... Nous refusons d'entendre que c'est compliqué. Nous vous demandons de faire en sorte que ce médicament arrive. »

Les associations ont également changé les rapports du malade avec le monde scientifique. Plus encore que dans toute autre maladie, le soin dans le sida est étroitement associé à la recherche. Il n'y a pas une façon de soigner arrêtée et définitive, aussi nous trouvons-nous dans une situation complexe. Il serait impensable de mettre en place un protocole sans l'avoir validé par l'essai thérapeutique, mais l'urgence est telle que l'on ne saurait attendre d'avoir entièrement validé un nouveau médicament, avec tous les espoirs dont il est porteur, pour l'administrer. Nous sommes toujours à l'affût du progrès, et ceci de façon urgente. Dès qu'arrive une nouvelle modalité de traitement, nous devons rapidement la comparer aux précédentes, afin de voir si elle est effectivement meilleure, tout en étant aussi bien tolérée. Quels en sont les bénéfices, par rapport aux contraintes ? Dans ce contexte, les patients ne sont pas des objets d'étude, mais des personnes qui participent à l'acquisition des connaissances, pour leur bien propre et le bien de tous. Ce qui est très différent et qu'expose clairement Didier Lestrade, l'un des fondateurs d'Act Up[1] : « Les professionnels n'aiment pas que l'on aille trop vite [...] même dans le domaine du sida où tout avance plus vite que dans les autres pathologies [...] la recherche passe par des stades obligés comme l'élaboration des essais, l'analyse des données, leur présentation lors de conférences internationales et leur publication dans les revues spécialisées. Les malades se fichent totalement de ce processus qui [...] n'est pas du tout conçu pour faire face à une crise épidémique. »

Depuis de nombreuses années, des associations de défense ont été créées aux États-Unis pour tisser des liens de solidarité entre patients atteints d'une même maladie rare pour lesquels il est important d'échanger, de partager ses difficultés. En France, on a vu, pour lutter contre la sclérose en plaques, pour prendre la défense des hémophiles, naître des associations qui font également, dans certains cas, office d'agents de collecte de fonds. Telle l'une des plus anciennes, la Ligue nationale contre le cancer, ou l'Association fran-

1. *Act Up, une histoire,* coll. « Impacts », Denoël, 2000.

çaise contre la myopathie, qui symbolise le refus d'accepter la fatalité de la maladie génétique avec le slogan : « Regroupons nos forces. » Plus ou moins efficaces, elles existaient souvent déjà. Avec le sida, elles ont créé un tissu, un lien de solidarité, une source d'information par les pairs, un réseau au sein duquel les patients peuvent se sentir défendus et écoutés. Le monde extérieur leur était agressif, la maladie et ceux qui en étaient atteints étaient l'objet de discrimination. Aujourd'hui, les patients bénéficient d'une aide juridique, de réseaux défensifs, de solidarité, qui ont été sources de mobilisation d'argent. Ensemble contre le sida, Sidaction ont beaucoup apporté à la recherche. Ces associations ont aussi modifié le regard sur les patients et le comportement de la société en général. Ce qui donne un prix inestimable à leur action.

« Nous refusons d'entendre ce que vous nous dites, nous refusons de nous laisser accabler par la fatalité. » Autant d'arguments que je n'avais jamais rencontrés dans notre pratique de la médecine auparavant. Il arrive que les médecins ferment les yeux avec une parfaite bonne conscience entretenue ; même les plus dévoués savent se conforter : « Moi qui fais beaucoup pour les autres, j'ai le droit de penser que ce que je fais est bien. » Mais soudain, les patients ont manifesté leur inquiétude, ils se sont opposés : « Votre science n'est pas sûre », ou encore : « Je préfère prendre un risque, ne pas suivre un traitement plutôt que subir ses effets secondaires. »

La fragmentation du pouvoir du médecin est à la base de l'information. Celui-ci sait qu'il en a perdu le monopole, du moins sur les médicaments. « Dans de nombreuses occasions, les laboratoires pharmaceutiques passent directement par les associations pour faire passer le message », écrit Didier Lestrade. Progressivement, au contact des associations, les médecins ont modifié leur façon de travailler. Nous avons appris à changer les mots que nous utilisions, les gestes que nous faisions. « Ce sont des messages que m'ont appris les malades du sida », dit-il encore.

Qu'un enfant aussi a su transmettre au monde entier, lorsqu'il a prononcé son discours, à l'occasion de l'ouverture de la conférence de Durban, en juillet 2000.

« Bonjour, dit-il. Je m'appelle Nkosi Johnson. J'ai onze ans et je suis malade du sida. Je suis séropositif [...] Quand j'avais deux ans, je vivais dans un centre de soins pour les gens infectés par le VIH sida. Ma maman était aussi infectée, bien sûr, et n'avait pas les moyens de me garder, car elle avait très peur que la communauté dans laquelle elle vivait découvre que nous étions tous deux infectés, et nous chasse [...] Je sais qu'elle m'aimait beaucoup et elle me rendait visite dès qu'elle pouvait [...] Ma maman adoptive, Gaïl Johnson, m'a emmené aux obsèques de ma maman [...] Je voudrais qu'elle soit avec moi, mais je sais qu'elle est au paradis. Et elle est au-dessus de mon épaule, elle veille sur moi et voit dans mon cœur [...] Je déteste avoir le sida parce que quelquefois je deviens très malade et je deviens très triste quand je pense à tous les autres enfants et bébés qui sont malades du sida [...] J'espère que le gouvernement pourra commencer à donner de l'AZT aux mères enceintes séropositives pour aider à arrêter la transmission du virus à leurs bébés [...] Quand je serai grand, je veux enseigner à de plus en plus de gens sur le sida et, si maman Gaïl le veut bien, je veux aller parler à travers tout le pays [...] Je veux que les gens comprennent le sida [...] Prenez bien soin de nous et acceptez-nous. Nous sommes normaux [...] N'ayez pas peur de nous. Nous sommes tous les mêmes [...] »

Ce jour-là, Nkosi Johnson a ému l'opinion mondiale. Il est décédé un an après.

14

Le secret, un allié toujours lourd à porter

Jean-Marie est venu consulter pour la première fois en octobre 2001. Cet homme de cinquante-cinq ans, bien installé dans la vie, occupe une situation importante qui l'oblige à voyager à travers le monde. Mais, si le siège social de son entreprise est à Paris, sa femme et leurs trois enfants vivent en province, dans la maison familiale où il les rejoint chaque fin de semaine. Depuis près de vingt ans qu'ils sont mariés, Jean-Marie et son épouse forment ce qu'il est convenu d'appeler un couple uni. Ils ont toujours des projets en commun et, parce qu'ils voulaient faire des travaux d'embellissement dans leur propriété, Jean-Marie a souscrit à un emprunt. Un matin d'octobre, à l'occasion du test demandé par les compagnies d'assurances, il apprit sa séropositivité. Ce jour-là, sa famille était venue le rejoindre à Paris. Le soir même, ils rentraient tous chez eux en voiture, lui au volant, encore sous le choc des résultats qui venaient de lui être révélés, ne voulant rien laisser paraître de son émotion, de son angoisse, de son inquiétude. Ce n'est que tard dans la soirée, après que les enfants eurent regagné leur chambre, qu'il s'est ouvert à sa femme. Il ne pouvait garder son secret, d'autant plus insupportable pour lui qu'il avait pu la contaminer. Un test effectué dès le lendemain et répété trois mois plus tard les rassura, elle était séronégative. C'est dans ces circonstances abruptes qu'elle apprit que son mari, parallèlement à leur vie de couple, entretenait depuis des années des relations homosexuelles. En 1996, déjà, Jean-Marie avait fait pratiquer un premier test. Celui-ci s'étant révélé négatif, il se pensait protégé.

— Je n'ai que des rapports oraux avec mon partenaire, crut-il bon de s'excuser lors de la consultation.

Informé de sa séropositivité, son partenaire homme a, lui aussi, fait faire un test qui a été négatif.

Ils sont ainsi trois à être au courant de sa séropositivité.

Lors de la première visite de Jean-Marie accompagné de sa femme, nous avons très tôt abordé la question du secret. Comme je le fais souvent, je lui ai conseillé de le garder entre eux trois pendant quelques mois. Et puis, au fil du temps, de se confier à un proche. Leur médecin de famille, par exemple.

— Mais c'est un ami, se sont-ils élevés d'une même voix.

Plus tard, car on ne peut pas non plus imaginer qu'ils pourront garder entre eux trois ce secret si lourd, sans doute pourra-t-il se confier à cet ami, ce médecin qui comprendra leur repli sur eux-mêmes.

Dans les premiers mois qui suivent l'annonce de la séropositivité, le secret protège l'individu. Il l'aide à se forger une carapace, un peu comme une défense contre cette crainte, voire ce vécu, du regard culpabilisant et marginalisant de la société à son endroit. Ensuite, au fil du temps et de l'évolution de la maladie, la personne contaminée éprouvera le besoin de parler, de s'ouvrir et, comme pour se libérer, d'élargir le cercle de ceux qui savent, de ceux avec lesquels elle pourra en parler également.

Pourquoi tant de personnes atteintes par le VIH ne le disent-elles pas, même à leurs plus proches ? Parce que cette maladie renvoie notre société — mais aussi les autres, que ce soit en Afrique ou en Asie — au spectre du rejet de l'étranger. Qui sommes-nous si, dans notre société démocratique, qui clame la tolérance, la solidarité, tant de malades sont obligés de taire leur souffrance et d'affronter seuls, ou avec quelques rares alliés partageant leur secret, le cheminement de la maladie ?

Une intolérance sournoise, au-delà de tous les progrès réalisés depuis vingt ans, mine en profondeur notre société.

Celui qui est malade se veut « de l'autre côté ». Sa perception sur son silence, son secret, n'est pas la même que celle de l'homme de la rue. Le secret a fait que ce qu'il y a de plus général — la vulnérabilité de la condition humaine — va devenir une affaire privée en se révélant brusquement à tous ces jeunes gens et jeunes femmes qui se sentaient invulnérables. D'un autre côté, le sida est la maladie qui, par la place qu'elle occupe dans les médias et sur la scène publique, a, d'une certaine façon, déprivatisé la maladie et la mort.

J'ai souvent constaté que pour ceux-là mêmes qui, au début de la maladie, étaient les plus distants, les plus réservés, se confier devient bientôt un besoin. Pour eux, la consultation du soir sera une opportunité.

Pendant de nombreuses années, notre consultation se tenait uniquement le matin à l'hôpital Broussais. Elle avait lieu au rez-de-chaussée de la polyclinique où les patients se présentaient, toutes pathologies confondues, et se retrouvaient nombreux dans la vaste salle d'attente. Le secret était préservé sur le motif de consultation de chacun. Si la consultation du soir, qui se déroulait dans le même lieu, avait l'avantage de permettre de ne pas interrompre son travail durant la journée, elle imposait en revanche une sorte d'aveu. Le secret était alors partagé. Chacun savait que son voisin, lui aussi, était séropositif dans ce noyau de consultants où, à la fin des années quatre-vingt, un cadre côtoyait un toxicomane, un travailleur immigré voisinait avec une personnalité du show-biz. Autant de gens si divers que, s'il n'y avait pas eu la présence des volontaires de l'association Aides pour proposer une boisson, échanger quelques mots chaleureux, faire en sorte que chacun se sente à l'aise, on aurait pu craindre toute sorte de débordements. Allaient-ils accepter qu'une personne si éloignée de ce qu'ils étaient, de leur univers comme de leur mode de vie, puisse avoir la même maladie qu'eux, « leur » maladie en quelque sorte ? Il n'était pas rare que le gay exprime à haute voix ce qu'il pensait de cet homme coincé dans son complet gris qui, à ses yeux, n'avait pas à se prévaloir de sa séropositivité. Il ne voulait, en aucun cas, partager avec lui le sida qui était « sa » maladie d'homosexuel !

M. Duchesnay, l'un de ces cadres en complet gris, habitait la banlieue de l'Ouest parisien, avec sa femme et ses enfants. Il venait régulièrement à la consultation du soir, tout en faisant semblant de ne pas y être ! Après s'être assis dans un coin, il s'absorbait dans la lecture du *Figaro* qu'il avait certainement déjà lu le matin mais dont le format avait l'avantage de le protéger des regards indiscrets. Lorsque, à son tour, je venais le chercher, il ne manquait pas de me faire remarquer que j'étais en retard et qu'il attendait depuis déjà un certain temps, lui qui avait tant de choses importantes à faire ! À ce propos, je veux préciser que, soucieux de la confidentialité, nous avions pris l'habitude d'aller nous-mêmes chercher les patients dans la salle d'attente, sans les appeler ; une attitude particulière à notre consultation que beaucoup remarquent. En n'appelant pas le patient par son nom, on protège l'anonymat, tout comme le protège le numéro que chacun prend à son arrivée dans la plupart des services publics. Mais si, dans beaucoup de lieux, cela se révèle être une coutume pratique, à l'hôpital, ce serait l'entité de l'être humain, du malade, que l'on ne protégerait plus en l'assimilant à un numéro.

Avec M. Duchesnay, sans transition, nous abordions ses problèmes de santé. Et uniquement ses problèmes de santé. Jamais nous n'échangions de phrase sur un ton banal et surtout pas personnel, ne serait-ce que pour parler du temps ou de l'approche des vacances. Même lorsque son état s'est aggravé, lorsqu'il a commencé à souffrir d'infections pulmonaires répétées, qu'il a dû recevoir des traitements fréquents par perfusion, il a gardé cette attitude défensive, cet air distant. Il était le «client», il suivait le traitement que je prescrivais, il venait régulièrement, ponctuel, aux rendez-vous. Notre complicité devait s'arrêter là.

Un jour, il est cependant venu accompagné de sa femme, que je voyais pour la première fois. Ils m'ont parlé de leur vie de couple, de son itinéraire de vie, également. Ce fut un tournant, le début du renoncement à son repli. À partir de ce moment-là, M. Duchesnay accepta d'être un malade avoué. Plus tard, lorsqu'il ne lui fut plus possible de travailler à temps complet, que la maladie fut devenue une préoccupation quoti dienne prédominante, son comportement a changé. Il m'appelait au téléphone entre deux rendez-vous, m'entretenait de mille sujets, m'apportait certains livres qu'il avait lus avec intérêt et dont il supposait qu'ils m'intéresseraient. Ainsi m'offrit-il un livre sur François Broussais, médecin fondateur de l'école physiologique, qui a donné son nom à l'hôpital: «J'ai pensé que cela vous ferait plaisir», me dit-il tout en m'écrivant une dédicace. Petit à petit, M. Duchesnay a cherché à créer une sorte d'intimité entre nous. Quand il est entré dans la dernière phase de sa maladie, malheureusement très dégradé par ce que l'on appelait à cette époque le *wasting syndrome*, il a annoncé sa séropositivité à ses enfants, avant de mourir quelques mois plus tard.

Cet itinéraire m'en rappelle bien d'autres, ceux de ces personnes nombreuses qui, progressivement, laissent apparaître leurs qualités profondes, leur courage, leur générosité aussi, sous la contrainte de la maladie. Une maladie qui, toujours, fait coexister le beau et l'insoutenable.

Les liens qui se défont, ceux qui se tissent entre le patient et ses proches, sont révélateurs de ce qui se passe entre la société et les personnes contaminées. Une enquête menée dans le service par Irène Théry et une équipe de sociologues, entre les années 1994 et 1996, nous a appris combien garder le secret pouvait être nécessaire pendant un temps, même si certains prétendent qu'il faut le combattre à tout prix, comme si c'était là une façon de lutter contre la maladie!

Dans sa lutte contre la discrimination, Act Up a longtemps clamé: «silence = mort»! Ce qui signifiait entre autres que se taire équivalait à accepter cette discrimination parce que l'on se sentait honteux. Ce qui pouvait encourager aux dénonciations, l'«outing», une réalité non négligeable à la fin des années quatre-vingt, quand le sida était souvent considéré comme révélateur de dysfonctionnement de la vie privée. Aussi certains groupes activistes ont-ils choisi de parler, parce que c'était là leur façon de s'affirmer et de lutter contre la maladie. Dans les «années sida», l'acte de parler fut une manière d'assumer une appartenance, une identité collective: en affichant sa séropositivité, on pouvait revendiquer d'être homosexuel. Il y a cependant un piège dans une telle revendication d'identité, qu'elle soit culturelle, ethnique ou sociologique, celui de s'assimiler au groupe auquel on s'identifie et de n'être plus soi-même. On n'est plus une personne ; on devient un bobo, un anarchiste de gauche, ou encore un homo révolté. La force du message identitaire, communautaire, des homosexuels aura représenté un bouleversement majeur au cours des années sida. Mais il faut toutefois être attentif. On a vu, lorsque l'épidémie a dépassé les premiers groupes à risque, que le communautarisme — une fois l'affirmation faite — peut devenir un obstacle à l'expression de la solidarité sociale. Les prudences de langage utilisées alors pour éviter l'affirmation trop forte d'une identité (*men who have sex with men, commercial sex workers*) me font penser à ce que les Américains qualifient de discrimination positive, c'est-à-dire le fait d'instaurer un traitement préférentiel en faveur de certains groupes victimes d'injustices. Comme si, pour réparer une inégalité, il suffirait d'opposer une nouvelle différence à une autre différence. Or la richesse de chaque individu est beaucoup plus large que sa seule identité sociale. Elle peut s'exprimer dans différents rôles qui dépassent de loin celui auquel le limiterait une identité spécifique. L'identité d'un individu n'est pas constante. Elle change tout au long de la journée. Au cours de ses activités, chacun devient tour à tour parent, ami, enfant, mari, acteur, spectateur...

Cette même enquête d'Irène Théry nous apprit qu'une grande majorité de patients revendique le droit au secret. Mais le silence ne signifie pas mensonge pour autant, car si une parole exprime une pensée, un sentiment, elle peut en cacher tout autant. Il y a tant de choses que l'on ne dit pas quand on parle et que l'on transmet pourtant au-delà de simples mots. De même, le silence ne signifie pas le mensonge, qui n'existe vraiment que lorsque l'on ment dans l'explicite. Comme le secret, le silence peut être sain, dans une relation de confiance. Après la brutalité de l'annonce de sa séropositivité, il est nécessaire à celui qui a besoin de se recomposer, de se reconstruire, de se protéger. Il devient indispensable de trouver un *modus vivendi* entre ce qui ne saurait, en aucun cas, être un déni, mais ne doit pas non plus être l'omniprésence obsessionnelle de la maladie qui empêcherait de vivre. En permanence, les événements de la vie quotidienne viennent rappeler la séropositivité, lorsque par hasard elle vous quitte l'esprit. Ce peut être un slogan affiché à l'arrière du bus que vous suivez tout en pensant à autre chose : « On meurt encore du sida chaque jour. » Une plaisanterie qui agresse soudain, lors d'un dîner entre amis : « Tu peux boire dans mon verre, je n'ai pas le sida ! » La seule protection efficace en est le silence. N'est-il d'ailleurs pas considéré comme constructeur par les moines ? Au regard des chartreux, la retraite est une période de reconstruction.

C'est de cette façon que je tente d'expliquer à ceux qui viennent d'apprendre leur séropositivité en quoi le secret peut être leur allié, même s'il les coupe momentanément de leur entourage. Il n'est pas étonnant, quand on porte un tel poids, de ne plus pouvoir communiquer avec sa famille, ses enfants, son conjoint, sa mère, ses collègues de travail. Après un certain temps, cependant, des liens se créent à nouveau ; se tisse alors un réseau qui n'est pas forcément celui dans lequel on évoluait avant d'apprendre sa séropositivité, un réseau électif. Il n'est pas certain que celui ou celle qui était jusqu'alors l'ami intime sera l'élu qui va recevoir la confidence.

La gestion du secret renvoie à la façon dont l'individu se place dans sa nouvelle différence, dans la trajectoire d'une maladie dont on sait qu'elle ne guérit pas, lorsque l'on est le seul à savoir que l'on est séropositif. Le temps vécu par le patient n'est plus forcément celui du calendrier. Au secret de la contamination, de l'infection, s'ajoute celui d'être un mort en sursis. Le secret est donc une façon de s'opposer à une vision discriminatoire qui s'est élaborée dans la société.

La situation est-elle vraiment différente aujourd'hui, où l'on parle de banalisation de la maladie ? J'ai moi-même, à plusieurs reprises, avancé que la société devenait plus tolérante, et pourtant il m'arrive encore de me trouver confronté à des histoires de vie qui ne sont pas si différentes de ce qu'elles étaient hier. La société avait cru se protéger en construisant des frontières : elle classait les gens en fonction de leur appartenance à des groupes à risque, opposant ainsi deux catégories de personnes, celle des homos ou des drogués, d'une part, celle des « normaux », de l'autre. Dès lors, au moment de l'annonce de sa séropositivité, on devient marqué par les stigmates de cette vision sociale de sa singularité. Mais en est-il vraiment ainsi ? On ne peut pas classer en deux populations distinctes des milliers d'individus qui s'entremêlent et coexistent, même si une barrière morale élevée de façon purement arbitraire, artificielle, s'applique à nier ce grand brassage.

Sortir de cet enfermement que représente le secret consiste à savoir opposer aux stigmates sociaux de la maladie que ces deux mondes séparés n'existent pas, que le sida peut toucher chacun et ne concerne pas seulement les groupes dits à risque. L'annonce de la séropositivité chez une femme reste pourtant encore bien souvent un rejet sans appel. La transgression est toujours vécue avec l'image de la souillure, d'autant plus profonde que le corps souillé devient dangereux puisqu'il est susceptible de transmettre le virus à son enfant.

Il est donc nécessaire, après quelque temps, d'aider le patient à sortir de sa solitude, à tisser de nouveaux liens et, ce faisant, à négocier le passage du droit de se taire au devoir de dire. La sortie du secret est cependant une révélation difficile qui peut être lourde de conséquences, parfois irréversibles, car se pose alors la question de savoir à qui parler. Si le premier à partager le secret reste le conjoint ou le partenaire, son rôle s'en trouve cependant brutalement modifié. Il devient celui à qui on demande d'entrer dans un engagement nouveau de solidarité. Peu à peu, le cercle de la confidence s'élargira ; on se tourne alors rarement vers ses anciens confidents, mais plutôt vers d'autres avec lesquels on n'avait jusqu'alors que de lointaines relations. Il n'est pas rare que le collègue de bureau supplante l'ami d'enfance.

15

La tradition de la visite

Dans la vie hospitalière française telle que je l'ai vécue lorsque j'étais interne, et dans ce que j'appellerai l'avant-sida, il y avait chaque jour la visite de l'interne, celle de l'assistant et, au moins chaque semaine, la visite du patron. Cet événement permet l'élaboration du diagnostic, le point sur l'évolution de la maladie, le choix ou la confirmation du traitement et l'enseignement des plus jeunes « au lit du malade ». C'est un moment important pour le patient que celui où il rencontre le professeur qui est, en quelque sorte, l'âme du service.

J'ai connu beaucoup de ces grandes visites. J'ai connu celle du professeur Jean Bernard dont j'étais l'interne à l'hôpital Saint-Louis, celle du professeur Jean Hamburger, où l'on débattait des subtilités diagnostiques au moment de l'examen et de la discussion des biopsies rénales. Ces visites se répétaient de la même façon. Le patient voyait soudain faire irruption dans sa chambre le début d'une longue procession dont la fin s'étirait jusque dans le couloir. Il avait bien sûr été prévenu, mais cela ne devait cependant pas être agréable pour lui de se voir ainsi entouré de cette foule de moins en moins intéressée au fur et à mesure que l'heure avançait. En fin de matinée, debout depuis plus de trois heures, nous étions tous épuisés.

Je me souviens, à la fin des années soixante, du staff du service de rhumatologie du professeur de Sèze, à l'hôpital Lariboisière, que l'on appelait « la rhumatologie au lit du malade ». Cette dénomination pouvait laisser supposer que le patron et les médecins du service se rendaient dans la chambre du malade, mais non ! Dans un amphithéâtre de gradins, le professeur se tenait au premier plan, les agrégés prenaient place sur la première rangée de bancs, derrière eux les professeurs étrangers ; derrière encore, les médecins des hôpitaux, qui n'avaient pas titre de professeur. Venaient ensuite les assistants à temps partiel, les chefs de clinique, les internes, les stagiaires étrangers, les externes, et enfin, tout en haut, au dernier rang, les stagiaires, dont j'étais. Cela se passait en 1967, un peu avant Mai 68, qui ne se dessinait pas encore, j'étais en troisième année de médecine. Deux brancardiers roulaient devant le professeur et l'auditoire un chariot sur lequel était allongé un patient recouvert d'un drap. Un assistant exposait : « Il s'agit de M. Dupond. Il souffre d'une douleur sciatique... », avant de retirer le drap, découvrant le patient à demi nu qui criait « aïe » lorsqu'on lui relevait la jambe, ce à quoi la digne assistance évaluait : « Ça, c'est bien le signe de Lasègue. »

Les temps ont changé. Les comportements ont évolué progressivement dans les années quatre-vingt et, pourtant, la visite se pratique encore souvent ainsi aujourd'hui. Mais c'est une façon de faire que nous avons vite modifiée dans le service, à l'hôpital Broussais. Dès le début du sida, la réflexion sur la visite s'est imposée, provoquée par l'impératif de la confidentialité, le respect de l'intimité, du corps souffrant. Le fait aussi qu'il n'y avait pas encore d'expérience de la maladie et donc pas d'enseignement à transmettre. Nous, les médecins, qui étions si souvent dans l'inconnu, nous apprenions chaque jour au contact du patient. C'est, là encore, une façon dont le sida a modifié la vie de l'hôpital.

Parce qu'elle venait bouleverser les relations entre les médecins et leurs malades, cette rencontre avec le sida m'a amené à souhaiter, dès le début, changer l'organisation de cette fameuse visite et de la réunion clinique hebdomadaire. Nous avons adopté un système qui est le fruit d'une longue réflexion de l'équipe, ainsi que d'une expérience que j'ai vécue à l'hôpital d'Amsterdam où, pendant une semaine, j'avais été observateur.

C'est une tradition, dans la médecine académique, que d'aller dans un autre service ou une autre université en tant que professeur invité, pour donner des cours, suivre la visite, être également sollicité sur des diagnostics. J'ai le souvenir d'une passionnante semaine à Amsterdam, ville que je connais bien, où je me sens un peu comme chez moi. C'est, bien sûr, à vélo que je me rendais chaque matin à l'hôpital académique.

J'y ai apprécié que le 1 % du budget de l'hôpital soit attribué à l'art. Ainsi, achetées et collectionnées depuis le début des années soixante-dix, d'authentiques œuvres d'art sont accrochées sur les murs et dans les chambres des malades. Les années soixante-dix ont vu, en Hollande, une production aussi remarquable qu'importante des peintres dits « expressionnistes abstraits » ; ce qui m'avait incité, de façon beaucoup plus modeste il est vrai, à constituer notre fonds d'œuvres à l'hôpital Broussais. Le contact avec une œuvre d'art est, pour le patient, un lien inhabituel avec le monde extérieur, avec la beauté devenue soudain presque palpable, immédiatement présente. Il provoque une émotion esthétique. Lorsqu'une personne gravement malade a perdu contact avec la société, avec la créativité de la vie, l'émotion esthétique peut rétablir ce lien. Tant que cette émotion agit, elle continue d'exister. Avec la maladie, on s'enfonce dans une sorte de brume qui détache des réalités ; bien des choses deviennent accessoires, mais l'émotion esthétique demeure. Une famille m'a rapporté que l'un des siens, conscient de sa mort prochaine, avait désiré rentrer chez lui où il refusait tout soin. Il ne s'alimentait plus, mais écoutait la *Passion selon saint Matthieu*.

À l'hôpital Broussais ou à l'hôpital Georges-Pompidou, le vendredi est le jour du staff et de la visite. Durant le reste de la semaine, les patients reçoivent les visites des chefs de clinique, celles des internes, des assistants. Moi-même, bien que moins régulièrement, je passe dans les chambres pour saluer les personnes hospitalisées, m'enquérir de leur état, leur montrer que nous sommes là. « *That we care* », diraient les Américains, « que nous nous soucions », expression que j'adopte volontiers car elle exprime bien la relation que le médecin se doit d'instaurer avec la personne soignée.

Le vendredi matin, et les patients sont parfaitement prévenus de ce rituel, à huit heures et demie, nous nous retrouvons, médecins à temps plein, internes, étudiants hospitaliers, soit une douzaine de personnes, auxquelles viennent se joindre le psychiatre, l'assistante sociale, la responsable infirmière. Durant quatre, cinq et parfois même six heures, assis autour d'une table et d'un café, l'un après l'autre, nous discutons des dossiers des personnes hospitalisées dans le service. Pour chaque cas étudié, l'interne ou un étudiant présente l'histoire du patient, il en rappelle le contexte et les raisons de l'hospitalisation, décrit la démarche médicale adoptée. Après quoi on débat afin d'adopter ensemble une stratégie de soins. Dans le service d'immunologie, les patients sont assez jeunes dans l'ensemble, aussi ont-ils avec les étudiants des dialogues, des conversations qu'ils n'auraient pas avec un médecin plus âgé. Ils leur livrent plus facilement leurs pensées, leurs émotions et leurs craintes, comme ils le font bien souvent avec les infirmières. Ces échanges sont toujours très instructifs et, dans le respect du secret médical, nous les partageons lors de nos réunions. Il y a toujours, avec les patients sidéens, une charge d'émotion telle que nous avons pu voir des infirmières ou des étudiants entrer dans une relation de partage, d'assimilation en quelque sorte. Il est ainsi arrivé qu'ils ferment les yeux sur des pratiques de deal inacceptables dans les murs d'un hôpital.

Depuis que nous avons institué ce fonctionnement, j'ai toujours été heureux de ce que, du chef de service aux étudiants, chacun participe à cette discussion. La hiérarchie existe, c'est sûr, au travers de l'aspect pédagogique de ces réunions, mais il n'y a pas de ces fausses timidités où certains n'osent pas dire ce qu'ils ont à dire. Là, nous nous faisons face et il suffit d'un petit mouvement, d'une mimique, pour appeler une prise de parole. Le cas particulier de chaque patient est discuté à travers son histoire médicale, son contexte social, l'évolution de sa maladie et la perception qu'il en a. Celle qu'en ont les siens également. L'assistante sociale tient une place importante, elle nous rappelle, ou nous apprend si nous ne le savions pas, les difficultés familiales et professionnelles, le chômage, le RMI, la précarité du logement. Lorsque c'est nécessaire, le psychiatre et les psychologues abordent l'impact, sur la santé du patient, de ses liens avec ses parents, sa famille, ses amis, ses partenaires, son conjoint, son travail. Nous mettons plus ou moins de poids dans la discussion sur les aspects strictement médicaux et techniques, sur les aspects sociaux ou psychologiques selon que la situation est grave ou, au contraire, que l'on se trouve proche du terme du séjour du patient. Au cours des dernières années de succès des trithérapies, ces discussions s'articulaient plus souvent sur le contexte social, la drogue, l'alcool, les difficultés familiales ou financières. Avant, nous étions souvent confrontés au déchirement des familles, aux conflits entre parents et partenaire. Le contexte familial était un sujet primordial, chacun essayant de s'approprier le patient en fin de vie. Toutes ces tensions étaient discutées de façon très ouverte, très digne aussi, dans le cadre du secret médical et dans la confiance, en s'aidant de tous les éclairages possibles sur la personne malade. Le fait d'avoir ces discussions assis autour d'une table, et non pas debout dans une longue file derrière le patron, améliore l'attention, l'écoute, la participation de chacun. Vers dix heures, alors qu'une certaine lassitude guette, que la vigilance baisse, une tasse de café, accompagnée de croissants que les uns ou les autres apportent à tour de rôle, permet de se détendre avant de reprendre les débats. Au cours de ma carrière médicale, je n'avais jamais rencontré cette manière de réunion et, dans ce contexte particulièrement difficile, l'échange nous permet de rester un groupe médical très soudé. Cela est important en médecine hospitalière, où la vie d'équipe s'appuie sur une stratification par génération, peut-être pas si lointaine de l'apprentissage chez les artisans où un ancien, lui qui a l'expérience, se doit de la transmettre. Une génération, en médecine, correspond à une différence d'âge d'environ cinq ans entre un externe et un interne, entre un interne et un chef de clinique, entre celui-ci et un praticien hospitalier ou un professeur agrégé. Cela semble peu, mais suffit à créer une véritable rupture, la façon dont chacun pense ou travaille n'étant pas la même à cinq ans près. En même temps, nous nous trouvons en permanence dans le renouvellement des équipes puisque les internes changent de service tous les six mois, les étudiants hospitaliers, tous les quatre mois. Les nouveaux étudiants nous apportent autant que nous leur apportons et, après quelques semaines, nous revoici soudés dans une discussion commune. Dans le service, la taille modérée de notre équipe — nous sommes cinq médecins à temps plein — permet au patient de connaître chacun de ses membres. Il sait que nous travaillons ensemble et tenons le même discours.

Après le staff, lorsque tout est au point, avec un petit groupe, l'interne, l'étudiant hospitalier et l'assistant qui sera de garde pendant le week-end, nous nous rendons dans les chambres. C'est en nombre restreint que nous nous déplaçons auprès des patients, prévenus de cette visite et de ce qu'il ne s'agit pas là de les examiner — une règle de respect veut que l'examen médical ait toujours lieu dans l'intimité. Au cours de cette visite, nous parlons d'une seule voix puisque le débat contradictoire s'est déroulé lors de la réunion préalable ; le patient a donc devant lui une équipe cohérente et soudée qui suit toujours une sorte de rituel. Tendre la main au patient, surtout à celui qui est très gravement malade, permet d'établir avec lui un lien qui n'est pas simplement physique. Nous prenons de ses nouvelles avant d'entrer dans le vif du sujet, de lui expliquer la stratégie de traitement que nous avons décidé de lui proposer. Avec nos personnalités différentes, nous sommes en quelque sorte les acteurs d'une pièce dont le patient serait le personnage principal.

L'un de nous ajoute alors parfois la phrase libératrice, celle qui déclenche toujours un sourire : « Et puis, vous pourrez sortir. » J'insiste sur ce qui, dans ce point sur l'hospitalisation du patient, concerne l'« avant », le « pendant » et l'« après », afin que s'établisse un calendrier objectif et que le patient ne perde pas la notion du temps qui s'écoule dans ce monde extérieur auquel il va bientôt retourner. Sur le fait aussi qu'il s'agit à son propos d'un consensus d'équipe auquel, dans les jours à venir, chaque médecin intervenant fera référence. Rien n'est en effet plus dangereux ni perturbant que de se trouver soudain face à un médecin qui choisit d'ignorer l'opinion de celui qui a été consulté avant lui. Aussi, je tiens tout particulièrement à ce que chaque membre de l'équipe, chacun des acteurs auxquels le patient aura affaire, puisse le rassurer : « C'est moi qui serai de permanence durant ce week-end, mais il n'y aura pas de rupture, je suis parfaitement au courant de ce qui vous concerne et j'adhère à cette stratégie. » Dans ce même état d'esprit, j'insiste afin que certains détails de rituel soient respectés. La façon dont on entre dans la chambre, le ton sur lequel on salue, sont autant de petites choses qui prennent une grande importance face à celui qui est démuni, qu'il s'agit de mettre en confiance et auquel il faut faire sentir que, tous, nous nous occupons de lui et le prenons en considération. Je précise que nous discuterons à nouveau de son cas, que nous confronterons nos avis et que nous le tiendrons informé au fur et à mesure de l'évolution de son état, de sorte qu'il essaie d'inscrire cette stratégie dans une chronologie

Chez un patient à un stade avancé de la maladie, avec un déficit immunitaire important, les manifestations s'imbriquent les unes dans les autres. Il peut entrer à l'hôpital pour une maladie opportuniste et, pendant son hospitalisation, on en découvre une autre, une autre encore. Les plans se trouvent souvent bouleversés. Le vendredi devient le jour de référence, pour l'équipe comme pour le patient. « On avait parlé de tel ou tel traitement mais un événement nouveau est survenu et nous devons revenir sur notre position. Nous la modifions et, vendredi prochain, nous en reparlerons. »

Le vendredi est alors un repère fondamental. Si je me suis souvent posé la question de savoir si le temps avait ou non une direction, il est clair que, pour la personne qui est hospitalisée, il doit en prendre une. Rien n'est plus angoissant que de ne pas pouvoir projeter une échéance, ce que le patient ne manque pas d'exprimer. Si les patients hospitalisés qui vont mal se livrent souvent dans une démarche de confiance où le temps ne compte plus — « Je n'en peux plus, faites ce que vous devez, on verra après... » —, pour les autres, la question devient très rapidement lancinante :

— Qu'allez-vous me faire ?

— Dans combien de temps vais-je sortir ?

Pour les soutenir, nous nous devons de les aider à définir une direction. Il est essentiel qu'il y ait l'avant : « Vous êtes ici depuis trois jours » ; le pendant : « Nous avons décidé ensemble d'un traitement » ; l'après : « Dans dix jours vous pourrez sortir. » Il ne peut pas simplement y avoir l'avant et le pendant, il faut également une anticipation sur l'après.

Il est important que l'hospitalisation aide également le patient à se resituer lui-même dans le temps de sa maladie, alors qu'elle est souvent ressentie comme une rupture, un point de non-retour, par celui qui la vit pour la première fois avec des mots d'effroi : « C'est épouvantable, maintenant que j'en suis à être hospitalisé, je suis fini. »

Nombreux sont les patients qui, à l'annonce de leur première hospitalisation, ont eu des réactions angoissées dont nous sommes quelque peu responsables, médecins et associations de patients qui, au cours des premières années du sida, dessinions si distinctement deux camps opposés, celui des porteurs sains et celui des malades. Le fait de franchir la porte de l'hôpital était toujours un choc mal vécu, il signifiait l'entrée dans la maladie. Il nous revient d'aider le patient, sans pour autant lui dissimuler la vérité. Le sida m'aura appris que, quelles que soient les circonstances, on doit toujours l'entière vérité à celui qui est malade.

Parce que je suis toujours très attaché au bon emploi des mots, à leur signification, je m'élève contre certaines formules utilisées et qui seraient lourdes de sens si l'on y prêtait davantage attention. À commencer par l'inévitable : « Mon cher ami, je t'adresse M. Untel... », que les médecins utilisent volontiers lorsqu'il s'agit de demander un avis autre, ce jargon qui veut que l'on regarde un être comme s'il était un objet, un colis postal ! C'est probablement l'une des raisons pour lesquelles je tiens à ce que chaque spécialité soit représentée dans le service.

Dermatologie, gynécologie, neurologie, psychiatrie, ophtalmologie, hépatologie... autant de domaines pour lesquels nous avons, en permanence, besoin d'experts. Pour cela, j'ai souhaité que le service soit organisé de façon telle que les spécialistes, en quelque sorte détachés de leur discipline d'origine, soient partie intégrante de l'équipe. Ainsi, nous « n'envoyons » plus le patient consulter et chaque spécialiste intervient dans les locaux mêmes du service, en immunologie. La consultation de l'ophtalmologiste est toujours angoissante pour celui qui est atteint du sida. Avant les trithérapies, on redoutait la survenue des rétinopathies à cytomégalovirus et la cécité qu'elles peuvent entraîner, aussi faisions-nous pratiquer des examens systématiques, afin de dépister une éventuelle lésion débutante. Il est essentiel, lorsque l'ophtalmologiste suspecte quelque anomalie, qu'il puisse immédiatement en parler à un médecin de l'équipe. La trace du VIH dans l'œil est reconnaissable et peut être riche d'enseignements dans l'évolution de la maladie, elle peut même être à l'origine de sa détection. Dans son cabinet, l'ophtalmologiste de notre équipe a fait le diagnostic d'une infection par le VIH en pratiquant un fond d'œil chez une femme d'une cinquantaine d'années. Très fatiguée depuis un certain temps, apparemment sans raison, elle avait consulté plusieurs médecins. Remarquant, à l'examen de son œil, qu'elle présentait des anomalies semblables à celles que l'on constate chez les personnes séropositives, ce spécialiste a incité la patiente à faire pratiquer une sérologie qui s'est révélée positive. Quelques jours plus tard, les examens que cette femme avait subis nous apprenaient une maladie déjà avancée.

Les femmes séropositives ont un risque élevé de lésions du col dues au papillomavirus. La gynécologue du service a été l'un des premiers médecins à se consacrer à la gynécologie de la femme séropositive. Aussi reçoit-elle en consultation des femmes suivies dans différents services hospitaliers. Il en va ainsi pour chaque spécialité. C'est là une des réalisations qui se veulent concrétiser mes engagements : tous les examens et diagnostics se passent dans la mesure du possible au cœur de l'équipe.

Pour garder ce lien serré, cette cohésion de l'équipe, j'ai tenu à instaurer ce que nous appelons la réunion des cliniciens que j'impose à tous, même à ceux qui ne font que quelques consultations par semaine dans notre service : « Vous appartenez à l'équipe, et pour cette raison vous devez venir à la réunion qui se tient le deuxième mardi de chaque mois. » Et ils viennent, fidèles depuis tant d'années ! S'il n'y avait pas cette réunion, nous ne ressentirions pas cette appartenance à une équipe qui veut que tous se connaissent bien. Cela est possible, parce que nous sommes relativement peu nombreux, sept à huit médecins auxquels s'ajoutent les psychiatres et les psychologues, les intervenants qui s'occupent des usagers de drogues, les virologues, les immunologistes du laboratoire. Les moniteurs d'études cliniques sont également présents. Ce sont de jeunes médecins dont la fonction est d'assurer les essais cliniques et les consultations liés à la réalisation d'un protocole. Pour mieux nous connaître, nous avons pris l'habitude d'allier convivialité et travail. Cette réunion, qui existe depuis 1985, se tient toujours dans mon bureau, devenu pour moi en quelque sorte un lieu d'habitation. Il y a des livres sur les rayons de la bibliothèque, des objets personnels et de la musique, c'est un peu comme si j'invitais chez moi. Je tiens à ce que ce bureau soit ouvert aux familles. Cette pièce qui a été le témoin de discussions, de confessions déchirantes, d'annonces de décès, de pleurs. Un lieu d'émotion.

Au cours de la réunion des cliniciens, nous suivons des exposés de mise à jour qui peuvent être utiles à tous et débattons certaines questions graves. Que dire à un couple qui veut un enfant alors que lui est séropositif et elle séronégative ?

Ce consensus d'équipe, auquel le patient est toujours sensible, est inscrit dans sa chambre, où il trouve un mot à son arrivée, mentionnant le nom et les fonctions des médecins : « Le professeur K. et l'équipe sont à votre disposition. Le médecin responsable de la salle est le docteur X, l'interne le docteur Y. Les heures de visites sont... » Qui l'informe aussi des règles de fonctionnement, et précise que nous sommes toujours disponibles. On remet à qui vient pour la première fois en consultation la liste des numéros de téléphone qui lui seront utiles pour prendre les rendez-vous de consultation, des examens, d'hospitalisation et aussi, en cas de besoin, pour joindre celui d'entre nous qui assure une permanence vingt-quatre heures sur vingt-quatre tant il est important que les patients sentent le lien solide qui les relie à l'équipe et connaissent chacun de nous.

Les infirmières participent activement au staff du vendredi matin. Elles nous apportent des informations recueillies dans un contact plus quotidien, plus physique, avec le patient : « Il ne se lave plus... » « M. X a menacé une infirmière de l'étrangler avec le fil du téléphone... » Nous discutons avec elles des problèmes que posent les patients, nous les informons des changements de traitement, de la crainte qu'inspire l'état de tel malade qui risque d'aller plus mal. C'est le moment de parler de nos difficultés et des limites possibles de notre tolérance à la souffrance. Certains, devant la difficulté d'accepter de considérer leur place comme un « réceptacle » ou un « contenant », ainsi qu'ils le disent, face à l'anxiété de la famille et du malade, constatent : « Nous sommes obligés de tout garder, de tout taire. » D'autres s'expriment plus clairement lors d'une réunion du groupe de parole : « Et si on parlait de la souffrance des soignants ? »

Le monde des soignants n'a pas été épargné, lui non plus, au début de l'épidémie, par la peur et l'angoisse.

Né au cours des années les plus dures du sida, le groupe de parole est animé depuis par un psychologue, Paolo Antonelli. Il s'adresse au personnel soignant, infirmières, aides-soignantes, médecins... Chacun peut venir y exprimer ce qu'il ressent, à propos d'une difficulté, d'un incident, d'un décès. Ces dernières années, les échanges tournaient essentiellement autour du décès et de l'après-décès, de la souffrance que cela entraîne mais qu'il n'est pas question de « gérer », formule que je rejette tout particulièrement. Pure folie que de supposer que nous pourrons gérer l'angoisse des familles ou notre propre angoisse. Il s'agit tout au plus de partager l'émotion et, dans notre cas, les difficultés que l'on ne manque pas de rencontrer. Notre groupe de parole est un extraordinaire témoin de la vie d'une équipe confrontée à la difficulté, à la mort, à la toxicomanie, avec ce que signifie le comportement contestataire et dérangeant de la plupart de ceux qui sont dépendants. Mais « s'ils ruent dans les brancards, c'est qu'ils sont bien vivants ! La toxicomanie, c'est aussi la vie », souligne un soignant.

Le groupe de parole rapporte comment patients et soignants peuvent soudain se découvrir de manière différente : « Contrairement aux hospitalisations précédentes, il a été possible de régler directement et ensemble les difficultés quotidiennes, il a été très constructif : tout le monde en a été étonné. » L'accompagnement, la compassion, la réorientation dans le temps sont nos premières préoccupations, parce que « quand un patient est confronté à sa fin de vie, il est compliqué de lui parler de la mort ». Douloureuses et difficiles, parce que la fin de vie d'un patient ne concerne pas que lui. Elle confronte les soignants, l'entourage, les membres d'une famille qui, à leur tour, sont demandeurs d'informations, de conseils, de soutien.

Dans un hôpital, on perd vite la notion du temps ; je l'ai moi-même éprouvé lorsque j'étais hospitalisé pour une hépatite provoquée par une blessure accidentelle, comme cela était souvent le cas pour les médecins qui à l'époque s'occupaient de rein artificiel. Comment, pourquoi perd-on à ce point le sens du temps, alors que la journée hospitalière est rythmée par un rituel strict, dès six heures et demie le matin, avec la prise de température et de tension ? Cela tient sans doute à ce que l'on est coupé du monde extérieur, fatigué, enfermé, et aussi au fait que l'on renonce à notre propre maîtrise du temps, confiant de se livrer aux mains de ceux qui savent et qui vont nous soigner. Aucune nécessité ne veut cependant qu'on réveille à six heures du matin quelqu'un, qui vient parfois de s'endormir et qui n'a rien à faire de sa journée, pour prendre sa température. Nos patients nous ont appris cela aussi.

Bientôt, on ne sait plus si c'est aujourd'hui mardi ou jeudi, si on est dans ce lit depuis dix ou douze jours. Lorsqu'un patient doit subir un examen qui peut l'inquiéter, par exemple une coloscopie qu'il faudra faire sous anesthésie générale, nous en parlons toujours avant l'hospitalisation. Puis à nouveau au moment de l'hospitalisation et lorsqu'on s'apprête à le pratiquer. Pourtant, il n'est pas rare que, deux jours plus tard, le patient ne sache plus si l'examen a été fait ou pas ! J'ai souvent cette impression qu'il est comme perdu dans un brouillard, le temps n'a plus de direction. L'objet de la réunion du vendredi est donc de lui en donner une, de lui indiquer qu'il y a une route à suivre, qu'il y a un chemin balisé, même lorsqu'il se sent perdu.

« Que va devenir la relation au patient ? » « Il ne faudrait pas que nous redevenions un service où le patient est traité comme un objet. Je suis venu travailler dans l'unité d'immunologie justement parce que cela ne se passait pas comme ça... » s'inquiétaient certains soignants qui ressentaient des difficultés à définir leur rôle, leur fonction au moment de notre installation dans le nouvel hôpital Georges-Pompidou. Ce que l'un d'entre eux résuma, à une période où nous nous trouvions confrontés à une sorte d'excès organisationnel de la part de l'administration : « J'ai l'impression qu'on va petit à petit nous cantonner à un savoir-faire, au détriment d'un savoir-être. » Veillons à garder notre savoir-être.

16

Brusquement, le temps prend une direction

Toujours je m'inquiète du temps qui passe trop vite. Pour ceux qui sont touchés par le sida et la maladie, le temps indiqué par l'horloge devient différent du temps vécu. D'ailleurs, l'horloge fait-elle vraiment son mouvement ? Ou ne le fait-elle que parce que nous percevons qu'elle le fait ? À ce propos, me reviennent en mémoire quelques lignes de l'*Essai sur les données immédiates de la conscience* d'Henri Bergson. Il oppose le temps subjectif au temps d'horloge : « Quand je suis des yeux, sur le cadran d'une horloge, le mouvement de l'aiguille qui correspond aux oscillations du pendule, je ne mesure pas la durée... Au-dedans de moi, un processus d'organisation ou de pénétration mutuelle des faits de conscience se poursuit, qui constitue la durée vraie. »

Pour les patients infectés par le virus du sida, comme pour leurs médecins, aiguilles et oscillations de l'horloge de la maladie sont les lymphocytes T CD4 et la « charge virale ». Un temps premier est vécu comme le temps sans sida. La personne séropositive n'éprouve pas de symptôme ; cependant, progressivement, le nombre de ses lymphocytes T CD4 diminue, de même que la « charge virale » augmente. Mais le cheminement, ainsi que Pierre Kneipp, un militant du sida fondateur de la ligne téléphonique Sida Info Service, qualifie l'évolution de la maladie, le cheminement continue. Après ce temps asymptomatique, un long itinéraire amène le patient à vivre, puis à subir, des temps différents, chacun ayant son propre marqueur. Le temps qui n'a d'autre durée que celle que l'on perçoit lors de son oscillation n'est pas sans évoquer ce que ressent le patient séropositif. Il n'a pas nécessairement de traitement, simplement il est là, sur le fil... Chacun sera amené à vivre et à subir des échelles et des déroulements du temps différents.

On a beau parler de « fuite en avant », le temps peut, me semble-t-il, être circulaire : il peut aller à gauche, à droite, revenir vers l'arrière. Pourtant, le jour où l'on annonce sa séropositivité à un patient, le jour où la maladie survient, le temps, brusquement, prend une direction. L'échelonnement des consultations, la courbe des lymphocytes T CD4, les examens, deviennent, au fur et à mesure de l'évolution de la maladie, autant d'étapes vers un terme. Après la période du choc, consécutive à la révélation de sa séropositivité, l'individu est confronté à la mort programmée, une nouvelle organisation du temps se construit, celle du malade qui se soigne, qui combat pour la vie.

Le temps se trouve soudain bouleversé. Avant l'avènement des trithérapies, il s'arrêtait à la phase où surviennent les complications du sida quand on comprenait soudain qu'il n'y avait plus de futur, plus d'avenir possible.

Je soigne Sophie depuis 1994. Elle a donné naissance à un enfant séropositif quelques mois avant que l'on ait les résultats des premiers essais qui allaient nous apprendre à prévenir le risque de transmission du virus de la mère à l'enfant. « Quand j'ai appris ma séropositivité, m'a-t-elle dit, dans les années quatre-vingt, cela signifiait la mort ! Le temps s'arrête. On réalise qu'il n'avancera plus pour nous. Et, lorsque arrive la première maladie opportuniste, tout à coup il réapparaît comme quelque chose qui va complètement vous échapper et se dérouler à toute allure. » Le temps sort de la réalité pour entrer dans l'abstraction. Telles ces subtiles et étranges natures mortes, objets pourtant bien simples — des cruches, des verres, des vases — que peignait Morandi, le temps devient soudain figé.

Les trithérapies ont modifié la succession de ces étapes en prenant les patients de court. Alors que certains envisageaient la fin de leur vie, les trithérapies ont permis la restauration de leur immunité. Ainsi, passé le risque immédiat de mort, ils ont eu, à nouveau, du temps. À l'entrée dans le sida, leurs actes et les événements avaient pris un sens nouveau, un sens orienté par rapport au terme de leur vie. Avec les trithérapies, la maladie est toujours là, mais dans la durée. On vit dorénavant en permanence dans l'incertitude et, de ce fait, le temps prend une dimension nouvelle. Cela va jusqu'à provoquer une façon différente de tisser les liens sociaux. Une approche différente de ceux auprès desquels on peut s'ouvrir de ce que l'on vit. Ou pas.

« Inscrire des dates me fait l'effet des amarres que l'on voudrait rendre éternelles. Les marins savent bien, eux, pourtant, que les amarres n'existent que pour être larguées [...] Vis-à-vis du temps qui m'est compté, soldé et décompté, j'ai l'attitude du berger de montagne qui ne s'affole pas de ne pouvoir chiffrer avec certitude le nombre exact des moutons qui composent son troupeau. » Ces phrases, extraites du journal que Gilles Barbedette tenait encore quelques semaines avant sa mort, illustrent bien l'acuité avec laquelle le temps, sous différentes formes, se trouve présent dans cette maladie plus que dans n'importe quelle autre. Ce n'est plus le temps « extérieur » qui règle la vie de chacun, mais soudain un temps à plusieurs dimensions. À plusieurs chronologies également.

Le temps extérieur est celui qu'annoncent les horloges, les agendas et les anniversaires, celui qu'illustre le calendrier civil. C'est un temps social, qui décide des étapes de la lutte. « Je me fixe d'être encore en vie en décembre prochain », s'impose la personne séropositive. Puis, ce but atteint : « Je me fixe, à nouveau, d'être encore en vie le prochain mois de décembre. » Il en va ainsi, d'année en année, jusqu'au jour où la personne malade peut porter un regard derrière elle et constater, non sans une certaine satisfaction : « Jamais je n'aurais cru arriver jusqu'à aujourd'hui ! »

Ces étapes me font penser à ces perches que

l'on a plantées le long d'une route de montagne enfouie sous la neige : elles indiquent son tracé et permettent de la suivre sans risque de se perdre. Mais ce repère rassurant qu'est le temps du calendrier peut néanmoins devenir source d'interrogation, d'angoisse aussi : « Est-ce que je serai encore en vie à la date de mon prochain anniversaire ? »

Chaque fois que l'on se heurte à un repère de temps, renaît une angoisse de l'incertitude. Les dates sont là, connues, précises, que rien ne saurait modifier, c'est Noël, c'est le jour de l'An, un anniversaire... Elles continuent de s'imposer et prennent toujours une signification très forte, tandis que celles que l'on pensait ne pas pouvoir vivre sont autant de victoires comparables à des sommets que l'on aurait vaincus. Autant de bouffées d'espoir.

Patients et médecins cherchent à appréhender ce temps objectif, de façon à ce qu'il soutienne leurs arguments et stimule ainsi leurs espoirs. Mais, paradoxalement, celui-ci apporte aussi une justification à l'angoisse et, en cela, il crée une distorsion, un conflit.

En opposition, tel qu'il est vécu par la personne séropositive, le temps subjectif est jalonné des étapes qui définissent l'histoire propre de sa maladie. Jusqu'en 1996 et l'arrivée des trithérapies, l'évolution de la maladie résidait dans une bipolarité sans nuance. D'un côté, la séropositivité, que l'on résumait aussi : non-malade égale porteur sain. De l'autre, dès la première maladie opportuniste, la certitude : sida égale mort. Malgré l'arrivée de nouveaux traitements, cette bipolarité est restée fortement ancrée dans les esprits, ainsi qu'en témoignent certaines réactions de patients séropositifs lorsque, pour la première fois, ils sont atteints par une infection opportuniste.

« Ai-je le sida ? Le sida déclaré ? » demanda ce patient, pourtant intelligent et sensible, que nous suivons depuis une bonne dizaine d'années, alors que je lui expliquais que nous allions commencer par soigner les maladies opportunistes dont il souffrait avant d'envisager un traitement par trithérapie. Aujourd'hui encore, le terme sida est parfaitement arbitraire et diffère d'un pays à l'autre. En Europe, depuis le début de l'épidémie, l'entrée dans le sida correspond à la première infection opportuniste. Les Américains, eux, s'en tiennent au nombre des lymphocytes T CD4 qui passe au-dessous de deux cents par millimètre cube de sang. L'impact psychologique de la définition est considérable parce qu'il met en scène deux états violemment opposés. Le premier, maintenu par le discours social qui préserve la personne séropositive asymptomatique, demeure plein d'espoir. Le second, lui, est irrémédiablement synonyme d'un compte à rebours. N'étant pas fondée sur une maladie opportuniste, la définition américaine du sida ouvre une porte sur l'espoir, maintenant que l'on sait que le nombre des lymphocytes T CD4 peut augmenter sous traitement.

Le temps subjectif de la maladie est donc celui que rythment les symptômes qui surgissent, par opposition au temps asymptomatique durant lequel les patients peuvent se sentir comme en état de grâce et se croire protégés. D'où leur fréquente incompréhension lorsque nous proposions, au début des trithérapies, des traitements assez tôt dans la maladie. Ils opposaient, inquiets à juste titre: «Un traitement? Pourquoi, puisque je me sens bien?» Le seul fait de passer de la période à laquelle nous autres médecins considérions qu'ils n'avaient pas besoin de médicaments à celle où nous en prescrivions était perçu par les patients comme un changement de statut. Le début d'un traitement était considéré comme le moment où le patient bascule dans une maladie déclarée. Bien que je l'annonce des mois à l'avance, cette date du début du traitement continue d'être vécue de façon aussi violente et révoltée que le sera la date de la première infection opportuniste. L'entrée dans les soins actifs est cependant plus facile à envisager lorsque l'on se trouve encore dans un espace de temps suffisamment flexible et élastique. Le traitement doit être débuté à un moment où il pourra être accepté, avant l'urgence obligée qu'impose une maladie opportuniste.

17

Première consultation à l'hôpital européen Georges-Pompidou

C'est le mercredi 6 septembre 2000 qu'a eu lieu la première consultation du soir à l'hôpital européen Georges-Pompidou. Tous, dans l'équipe des soignants, nous ressentions un pincement au cœur, tels des acteurs avant le lever du rideau le soir de la première. Vécu comme une petite solennité, ce 6 septembre devenait plus qu'une simple date. Nous voulions qu'il soit le début d'une nouvelle vie, dans un nouveau contexte du sida. Avec notre départ de l'hôpital Broussais, une page était tournée. Celle qui se présentait ce soir-là était blanche. Nous la voulions riche de dénouements heureux, prometteuse de traitements efficaces et de la mise au point d'un vaccin. Aucun d'entre nous ne l'a exprimé, mais c'est bien ce qu'en lui-même chacun souhaitait. Pour toutes ces raisons, cette première consultation fut tout particulièrement émouvante.

Nous nous étions préparés à cet événement, y compris l'hôpital. Après plus de deux mois de rodage, on venait, pour l'occasion, d'ouvrir l'ascenseur D qui, de l'extérieur, conduit les consultants directement au service d'immunologie. La consultation du soir commence après les heures ouvrables et, dans ce grand vaisseau qu'est l'HEGP, pour d'évidentes raisons de sécurité, les règles de fonctionnement se doivent d'être très strictes : il est difficile d'y pénétrer, la nuit tombée.

Ce jour-là, il y avait un agent de sécurité devant la porte de l'ascenseur D. Ce n'était pas pour donner un air officiel à la consultation mais, plus prosaïquement, pour filtrer les entrées, c'est-à-dire demander leur identité, voire leur carte d'identité, aux consultants. Démarche qu'à juste titre ceux-ci n'ont pas considérée comme une preuve de tact. Aussi ai-je vu, soudain hors d'eux, bon nombre de patients dont j'avais pourtant, à plusieurs reprises, pu admirer la parfaite maîtrise d'eux-mêmes dans des situations autrement difficiles. Ils acceptaient les coups du sort, mais refusaient de se plier à cette injonction nouvelle qu'ils considéraient avec raison comme une atteinte à leur anonymat.

À l'occasion de cette première visite, sans doute un peu mal à l'aise d'avoir rompu avec ses habitudes et le vieil hôpital Broussais, un patient avait demandé à l'accueil central comment se rendre à la consultation d'immunologie. On lui indiqua :

— Suivez l'allée hospitalière jusqu'au POMA-D.

Ce qui ne manqua pas de susciter sa curiosité :

— Mais quelle langue parlez-vous donc ?

Nouvel hôpital, nouveaux termes...

Dans tous les hôpitaux, jusqu'à présent les services étaient indiqués : « Service du professeur Untel ». À l'hôpital Broussais, ceux qui venaient consulter suivaient la flèche : « Service de M. le professeur Kazatchkine ». À l'hôpital européen

Georges-Pompidou — est-ce fortuit, est-ce une volonté bien définie, et si oui, dans quel but ? —, la flèche indique : « Service d'immunologie clinique ». Je suis partagé sur ce point. Bien que je ne cautionne pas le culte de la personne mandarinale, je me pose la question de savoir qui peut avoir envie de prendre l'ascenseur pour aller au Centre de dépistage des tumeurs. Comment cet anonymat qui le transforme en une sorte d'objet d'examen, une maladie, pourrait-il être confortable pour le patient, qui préfère certainement se rendre à la consultation d'un médecin bien identifié ? Mais on a jugé bon d'instaurer des sigles, les pensant sans doute plus appropriés à la modernité du lieu. Ainsi POMA veut dire Pôle d'organisation médical administratif. En termes clairs, il s'agit des personnes chargées de relever l'identité des consultants et de remplir les formalités d'admission, ce que j'oserais résumer par une fonction d'accueil, du moins pourrait-on le supposer. Pourtant, à l'entrée du POMA-D, ce patient a pu lire sur un écriteau : « Veuillez vous adresser au chargé de clientèle. » Ce qui n'a pas manqué de me faire bondir, en écoutant son récit. « Clientèle » ! Le mot me parut tellement inconvenant que je suis allé me rendre compte par moi-même, avant de faire part de mon indignation au directeur de l'hôpital, lors de la réunion hebdomadaire avec les chefs de service. Il a maintenu sa position, ajoutant que d'ailleurs, à l'hôpital Boucicaut, comme à l'hôpital Laennec, dont il avait été le directeur, il avait instauré ce vocabulaire qui avait paru naturel à ceux qui y travaillaient ainsi qu'aux patients qui les fréquentaient.

C'est donc avec quelque amertume que je suis remonté dans le service tant j'avais l'impression de ne pas avoir été entendu sur cette question de l'accueil. Aussi, après ce fâcheux incident, ai-je été agréablement surpris de voir que la consultation commençait avec un certain enthousiasme. L'atmosphère était à l'optimisme, il y avait, comme à Broussais, de la musique, du thé, des boissons fraîches. Nous étions contents de nous retrouver, après la coupure des vacances, dans ce nouvel hôpital dont les patients avaient tant entendu parler.

Un instant, j'ai éprouvé de l'émotion à l'idée d'inaugurer de nouvelles habitudes, de nouveaux rites. Autant de choses qui ouvraient sur l'avenir, sur l'espoir aussi. Ce que confirmait la lecture récente d'un article, qui constatait que la mortalité et la survenue d'événements graves liés au sida avaient diminué de 85 % depuis l'application de la trithérapie. Un résultat fort encourageant, quatre ans après l'arrivée des trithérapies, même si l'incertitude demeure sur la durée de l'effet des traitements, la tolérance aux médicaments et le temps qui sera nécessaire avant l'arrivée de nouveaux médicaments et que, malgré les avancées, on continue à recevoir à l'hôpital des cas graves et inquiétants. C'est alors que je perçus que toute cette bonne humeur avait quelque chose d'un peu forcé. Parmi les patients présents, bon nombre ne semblaient pas prêts à adhérer aussi facilement à un projet d'espoir et d'avenir somme toute quelque peu simpliste, tant il est toujours difficile de célébrer une sorte de mobilisation heureuse lorsque, dans le même temps, on rencontre l'échec.

Cette première consultation à l'hôpital Pompidou ne fut donc pas facile. On sentait du drame dans l'atmosphère. Les consultants s'étaient regroupés dans la salle d'attente. Parce qu'ils se connaissaient ou se reconnaissaient pour s'être aperçus à Broussais, une sorte de complicité s'était créée entre eux, que l'on pouvait comprendre ainsi: «Tout semble tourné vers l'avenir, mais l'avenir nous inquiète. Alors, parce qu'on ne sait pas comment les choses vont se dérouler, parce qu'on ignore ce qui va nous arriver, on se serre les coudes.»

J'ai accueilli le premier patient, un habitué:

— Comment vous sentez-vous ici?

Sans même un sourire, il m'a répondu, comme les suivants allaient le faire:

— Il y a beaucoup moins d'intimité qu'il n'y en avait dans la salle d'attente à Broussais.

Ce patient consulte régulièrement depuis de nombreuses années et il se porte le mieux possible. Depuis sa précédente visite, un chirurgien esthétique avait réparé l'amaigrissement de ses joues, effet de cette lipodystrophie que provoquent souvent les médicaments antirétroviraux. Il avait retrouvé son vrai visage, les résultats des analyses étaient satisfaisants et le traitement, enfin bien toléré, après une longue période de tâtonnement. Autre bonne nouvelle, il venait de trouver un emploi proche de chez lui. Pourtant, lorsque, à la fin de la consultation, je lui dis:

— Au vu des résultats de vos examens, il semble que tout se passe le mieux possible...

Sans me laisser terminer ma phrase, il a marmonné :

— Pour l'instant.

Ce que j'ai préféré ne pas relever, poursuivant :

— Et la vie, ça va ?

Il a alors pratiquement bondi :

— La vie ? Parce que vous appelez ça une vie ? Mais elle est rangée, elle est toute petite, ma vie. Tous les autres sont morts…

Depuis quatre ans, Ronald jouait le jeu. Il écoutait les résultats de ses examens, il suivait consciencieusement le traitement que je lui prescrivais, sachant que sans cela il ne vivrait plus. Il avait retrouvé un travail pour lequel il recevait un salaire à la fin de chaque mois, mais, dans un certain sens, il ne vivait plus. « Tous les autres sont morts… »

Un peu plus tard, après que j'ai demandé à un autre patient :

— Comment vous sentez-vous, ce premier soir, à l'hôpital Pompidou ? Avez-vous trouvé votre chemin sans difficulté ?

Celui-ci me répondit, avant même d'enchaîner sur les résultats de ses examens, qui étaient bons :

— Vous avez raison, je ne vais pas mal. Mais tout cela ne m'intéresse pas, parce qu'on ne choisit pas de venir à l'hôpital et, si vous voulez vraiment savoir ce qui me ferait le plus plaisir, c'est de ne plus jamais vous revoir !

Que répondre ? On a l'habitude de ce que les échanges soient plus ou moins tendus, en fonction des résultats des examens, de la tolérance aux médicaments, de la fatigue des uns et des autres. Mais, toujours, une sorte de code est respecté qui veut que le patient ne dise certaines choses que lorsqu'il est à bout, lorsqu'il n'en peut vraiment plus.

Le patient suivant était venu consulter pour la première fois deux ans auparavant, alors qu'il était déjà à un stade très avancé de la maladie. Parce qu'il présentait un déficit immunitaire important, il avait accepté sans difficulté le traitement que je lui proposais et qu'il tolère toujours bien. Encore que celui-ci se révélait être un échec, puisque les lymphocytes stagnaient toujours à cent vingt, cent trente T CD4. À un certain moment, parce que sa «charge virale» avait augmenté, j'avais proposé un autre traitement guidé par des tests de résistance du virus aux antirétroviraux, mais le nombre des lymphocytes T CD4 n'en avait pas moins continué de baisser jusqu'à soixante-dix. Aussi eûmes-nous, ce soir-là, une consultation difficile.

— Vous avez un déficit assez important de l'immunité...

— ...

— Le traitement n'a pas donné les résultats que nous étions en droit d'attendre...

— ...

— Voyons ce que nous allons devoir faire...

En fait, je réfléchissais à voix haute sur les changements possibles de traitement, sur ce qu'il me semblait opportun de mettre en place. J'insistais pour que le patient prenne du Bactrim à titre préventif des infections opportunistes et aussi, par prudence, fasse procéder à des examens de fond d'œil. Je parlais sur un ton à la fois ferme et précis, un ton professionnel, avec des mots qui se voulaient, sinon rassurants, du moins encourageants, afin qu'il perçoive bien à quel point il avait toute mon attention. Alors que se terminait la consultation, je crus bon de préciser :

— Nous nous revoyons dans un mois.

Ce qui, pour avoir l'air anodin, était très dur parce que jusqu'alors ce patient ne venait consulter que tous les deux ou trois mois.

Au moment de nous dire au revoir, je crus bon d'ajouter :

— Cela a été un moment difficile pour vous, j'en ai parfaitement conscience. Aussi j'espère que lorsque nous nous reverrons, dans un mois, cela ira mieux.

Je n'eus pas le temps de lui tendre la main, il s'écroula, soudain en larmes :

— Il faut que vous le sachiez, docteur. Jusqu'à présent, si je ne me suis pas balancé par la fenêtre, c'est parce que je ne suis pas courageux. Je n'ai que ma mère et je sais qu'elle en mourrait de chagrin. Mais je vous assure que je le ferai, docteur. C'est d'ailleurs ce que je pourrais faire de mieux.

Il a trente-six ans.

Je le pris par le bras

— Ne partez pas. Restez encore un peu. Venez, que nous parlions.

Nous avons parlé pendant une vingtaine de minutes ; après quoi, parce qu'il semblait avoir recouvré quelque force morale, je suis allé chercher un autre patient tandis que, de son côté, il se rendait chez la pharmacienne. Quelques minutes plus tard, alors que je passais dans le couloir, celle-ci m'interpella :

— Savez-vous ce que votre patient vient de me

dire ? Ce que vous lui ordonnez, ce que je lui délivre, « cela ne sert à rien » !

Il confirma alors, sur un ton calme :

— Si je suis ici, ce soir, c'est pour faire plaisir à mon copain. C'est lui qui m'a obligé à venir.

Nous étions soudain replacés devant la dignité, le personnage que l'on se compose, la bonne vieille méthode Coué que l'on utilise pour s'encourager : « Ça ira, ça ira forcément. » Alors que l'on n'y croit plus, que l'on est lassé par les traitements qui sont tellement lourds, contraignants, fastidieux.

Devant la porte de l'officine, ce patient ajouta même, d'une voix dont il voulait qu'elle soit entendue par tous :

— Les médicaments ? Mais j'en ai marre ! Je ne veux plus en prendre. Je ne veux plus venir. Je ne veux plus que l'on me fasse de prises de sang. Je ne veux pas que l'on me fasse un fond d'œil. Je ne vis plus. Vous comprenez ce que je vous dis ? Je ne vis plus !

Depuis près de cinq ans, Luc, dont j'ai déjà parlé, n'a pratiquement plus aucun lymphocyte T CD4 détectable dans le sang. Il suit donc des traitements que l'on peut considérer comme étant peu efficaces, ce qui ne l'empêche pas de travailler à un rythme normal. Il n'en vit pas moins dans une angoisse permanente. Il n'ose pas partir en vacances, « au cas où il arriverait quelque chose » — ce qui ne semble cependant pas atteindre sa vitalité puisque, on s'en souvient, il a même repris ses cours de danse. Ce soir-là, Luc était accompagné de son ami, qui est médecin.

D'un accord tacite, nous avons adopté ce que j'appelle le ton de la consultation. Rien d'hypocrite, mais une façon de parler juste, en fonction de la personne à laquelle je m'adresse et à laquelle je dois la vérité, tout en restant dans les limites de ce que l'on peut dire à un moment précis.

Avec Luc, depuis le début de nos consultations, cet échange est constructif. Malgré les difficultés que présente son cas, nous avançons. Nous osons dire que les traitements sont un échec, au fond qu'importe, puisque lui se sent bien. Se sentir bien... N'est-ce pas là l'essentiel, même lorsque l'on est à risque de complications ? Nous abordons tout ce qui touche une personne dont chacun sait, elle comme moi, qu'elle est en déficit immunitaire sévère, et pourtant, ce soir-là, Luc m'a regardé droit dans les yeux, avant de me dire sur le ton banal de la conversation, bien qu'articulant de façon exagérée :

— Je n'en peux plus, docteur. Je — n'en — peux — plus. Je ne suis plus moi-même. Est-ce que vous comprenez bien ce que je vous dis ? Je — ne — suis — plus — moi-même. Aujourd'hui, brusquement je suis sorti de mon bureau, en laissant en plan mon interlocuteur, parce que je ne supporte plus rien, parce que j'avais besoin de marcher, parce que je n'en peux plus.

C'était une cassure brutale, chez un homme que j'avais jusqu'alors connu battant et optimiste. Soudain, il manifestait cette agression douloureuse qu'est la révolte contre la maladie, la révolte contre la mort, contre une médecine impuissante. Cette révolte que, depuis plus de quinze ans, j'ai entendue sur tous les tons, sous toutes les formes.

À commencer par « Dites à S.A.I.D. qu'il ne m'aura jamais ».

Comment expliquer cette tension soudaine ? Cela se passait comme si ces nouveaux locaux, que l'on aurait voulus ouverts sur l'avenir, replaçaient du même coup tous ces êtres, pourtant si courageux, vers une impossibilité de leur avenir.

Pour inaugurer cette consultation, l'adjointe du directeur était montée à notre étage. Ensemble, nous avions visité le service, nous avions essayé les sièges confortables, admiré le salon bien éclairé dont les baies vitrées donnent sur les lumières de Paris, tout semblait promesse d'espoir. Trois heures plus tard, nous étions enfermés entre les quatre murs de la salle de consultation, tandis que la violence du sida, ses difficultés, la douleur, l'émotion, l'inquiétude, l'angoisse, et aussi la mort, s'imposaient.

18

Nova Dona

Au fil de l'histoire, le sida nous a montré combien associatif et institutionnel s'allient souvent l'un à l'autre.

L'association PISTES édite *Transcriptase*, une revue critique d'information sur la recherche sur le sida, qui a fêté ses dix ans en mai 2002. Didier Jayle, directeur du Crips, centre régional d'information et de prévention du sida, et l'un de mes plus proches collaborateurs, avait fait un soir irruption dans mon bureau. Il souhaitait à tout prix m'exposer l'idée qui lui était venue d'une revue qui proposerait chaque mois un résumé critique de l'actualité médicale et scientifique sur le sida rédigé par un expert. L'idée était excellente : nous sommes tous tellement absorbés par notre travail qu'il nous est difficile d'appréhender cette actualité en lisant à fond les articles scientifiques qui la nourrissent. Mais cela n'a-t-il pas toujours été ? À l'époque où j'étais interne chez le professeur Jean Bernard, l'usage était, chaque semaine, de « faire la table », c'est-à-dire aller à la bibliothèque à l'entrée de laquelle étaient disposés, sur une table, les deux derniers numéros de l'ensemble des revues scientifiques. Nous devions les consulter sur place, car aucune ne devait sortir, non seulement de la bibliothèque, mais du dessus de la table!

Je parcours ou je lis régulièrement, chaque semaine, cinq à six revues hebdomadaires. Je déplore de ne pouvoir consacrer de temps à celles qui traitent, par exemple, de sciences humaines et sociales, ou des sujets de prévention. L'idée de *Transcriptase*, qui propose le regard de différents experts et leur analyse, vint à point. Cette revue au graphisme original est publiée mensuellement. Chaque jeudi, le comité de rédaction se réunit afin de choisir les articles à analyser et de désigner l'expert qui en fera une synthèse. Le journal compte près de deux mille abonnés, ce qui peut faire sourire certains de la presse grand public, mais signifie un réel intérêt de la part d'un lectorat spécialisé. Afin de garder vivant et instructif un regard sur une certaine actualité médicale, nous débattons régulièrement de la création de nouvelles rubriques: annonces de colloques, brèves ou correspondance de lecteurs. Après chaque grande conférence internationale, celle qui eut lieu à Durban en 2000 et celle de Barcelone en 2002, trois journaux — *Transcriptase*, *Le Bulletin de l'ANRS* et *Le journal du sida* de l'association Arcat-sida — coéditent un numéro spécial.

Nova Dona est un autre exemple concluant de partenariat et de complémentarité entre les mondes de l'associatif et de l'institutionnel. Pour bien en comprendre l'origine, il faut remonter plusieurs années en arrière. Lorsqu'ils voulaient se procurer des seringues propres, les usagers de drogue, souvent, les volaient. Ils pouvaient aussi acheter en pharmacie du Ribomunyl, sorte de vaccin contre les infections de l'hiver vendu en kit avec une petite seringue. L'accès à des seringues en vente libre n'aura été autorisé qu'assez tardivement en France, en 1995, en parallèle avec les premiers efforts des politiques pour permettre l'accès des usagers de drogue aux traitements de substitution, la méthadone ou la buprénorphine (Subutex).

Le constat de la prévalence élevée de l'infection par le VIH — de 30 % à 70 % — chez les usagers de drogue par voie intraveineuse avait été fait depuis près d'une dizaine d'années. Beaucoup d'entre nous étions mal à l'aise quant au statut des toxicomanes en France tantôt considérés comme des malades mais plus souvent uniquement perçus comme des délinquants dans le cadre de la loi de 1970 révisée en 1995. Pour les autorités de police et l'institution judiciaire, la seringue était un objet de délinquance. Or, pour le toxicomane, une seringue propre est synonyme de protection, elle évite de transmettre des infections. Procurer des seringues neuves est donc une véritable démarche sanitaire au profit de la santé de l'individu et de la santé publique.

Nous avons, dans mon service, vécu une expérience heurtée et bouleversante avec les usagers de drogue séropositifs, de 1987 à 1994, au plus haut de l'épidémie dans ce groupe de la population socialement marginalisé. Andrée fut l'une de nos premières patientes toxicomanes à l'hôpital

Broussais. Dans son émouvant roman-témoignage *Chambres ouvertes*[1], qui est le récit au quotidien de « quatre-vingt-dix jours avec cinq malades du sida », Éric Favereau raconte les avatars d'Andrée, une jeune femme « toujours capable de se remettre en marche, de faire l'impasse sur le malheur sur lequel elle vient de trébucher ».

Si, à la fin des années quatre-vingt, les femmes ne représentaient encore que de 10 % à 15 % des personnes infectées, ce nombre représente aujourd'hui environ 30 %. Les toxicomanes, eux, ont toujours représenté de 20 % à 30 % de nos consultants à l'hôpital Broussais, et maintenant à l'hôpital Pompidou.

Les usagers de drogue ont un itinéraire de vie particulièrement chaotique. Ils acceptent les soins et les traitements, puis, soudain, disparaissent pendant plusieurs semaines ou plusieurs mois avant d'entrer dans un nouveau projet de vie et de soins, de s'en détourner à nouveau puis d'y revenir. Toujours mus par une instabilité affective, il leur est pratiquement impossible d'adhérer au système institutionnel de soins. Cette attitude explique en grande partie qu'ils aient longtemps été exclus des préoccupations de santé publique et d'un véritable projet de réinsertion sociale. Les médecins, les autorités de la police, les institutions judiciaires, ainsi que l'opinion publique manifestent une méfiance persistante à leur endroit. « Jamais ils n'adhéreront à un circuit de soins » ;

1. *Chambres ouvertes : quatre-vingt-dix jours avec cinq malades du sida*, Balland, 1988.

« Ce n'est pas la peine, ils ne se soigneront pas », entendait-on souvent à leur propos. Actuellement en France, alors que 70 % à 80 % d'entre eux sont infectés par le virus de l'hépatite C et au moins 20 % par le VIH, les usagers de drogue continuent d'être marginalisés par le système de santé. Pourtant, on le sait maintenant, s'ils peuvent jouer avec la vie et la mort lorsqu'il s'agit de la drogue, l'observance des traitements antirétroviraux est tout aussi bonne, si ce n'est meilleure, chez eux que dans d'autres populations de patients.

Dans l'indifférence générale, un petit nombre de médecins se préoccupaient de l'épidémie du VIH chez les usagers de drogue. Parmi eux, Claude Olievenstein et son équipe de l'hôpital Marmottan, d'autres également, tels que Bertrand Lebeau à Médecins du monde ou Martin Buisson, l'un des tout premiers à avoir rejoint notre équipe à l'hôpital Broussais. Exerçant dans la banlieue sud, « de l'autre côté du boulevard périphérique », Martin avait dans sa clientèle de nombreux usagers de drogue. Il avait milité très tôt pour le concept de « la réduction des risques » et considérait avoir, en tant que médecin, une mission de protection de la santé des toxicomanes en agissant pour que ceux-ci ne s'exposent pas à l'infection VIH. « Plutôt que d'interdire, mettons la seringue à disposition, afin que le shoot soit propre », prônait-il.

J'étais convaincu par ces thèses. C'est alors que Didier Jayle et Antonio Ugidos, maintenant codirecteurs du Crips, ont souhaité créer un lieu original d'accueil, d'accès aux soins, de traitement de substitution et de réduction des risques pour les usagers de drogue. Le concept de Nova Dona me séduisit immédiatement, tout comme l'ambiguïté de son nom.

Nova Dona s'installa dans un Algeco qu'un camion grue est venu déposer nuitamment, en dépit de la méfiance des habitants du quartier, sur une partie du terrain de l'hôpital Broussais qui lui avait été concédée par l'Assistance publique.

Régie par la loi de 1901, cette association est une structure dans laquelle travaillent une dizaine de personnes, directeur, assistants administratifs, accueillants, avec également des éducateurs, des assistantes sociales et des infirmières. Au 104 de la rue Didot, sur la grille d'entrée, parfaitement indépendante de l'hôpital, nous avons installé un distributeur de seringues obtenu avec difficulté de la Mairie de Paris. À l'époque il n'y en avait qu'un seul autre dans Paris, installé à l'initiative de Médecins du monde, rue de Dunkerque, derrière la gare du Nord. Comme celui-ci, le distributeur de la rue Didot fonctionne avec un système de jetons que l'on doit se procurer à Nova Dona ou à la consultation de l'hôpital. Si ces jetons sont gratuits, il faut néanmoins faire la démarche de les demander. De même, il faut rapporter les seringues usagées pour en obtenir des propres.

Les circonstances qui conduisent à la rencontre avec la drogue sont souvent banales. Le pas peut se franchir à l'occasion d'une rupture liée à une perte affective ou à une situation sociale difficile. En période de sevrage, Marc avait été hospitalisé quelques jours dans le service. Tandis qu'il s'éloignait de la drogue, il éprouvait le besoin de parler, d'être écouté. De se souvenir aussi. Marc avait dix-huit ans lorsque ses parents décidèrent de divorcer. Parce qu'il ne pouvait supporter la violence qui s'était installée entre eux, le jeune homme choisit de partir ; il choisit de fuir dans un monde autre que celui dans lequel il vivait jusqu'alors. Celui de la drogue.

À l'inverse, d'autres moments de vie peuvent susciter la rupture, mais cette fois, avec la drogue, une relation de couple et le désir de reconstruire, par exemple. Il arrive qu'ensemble les membres d'un couple entreprennent la démarche de sortir de leur vie de galère. Dans ces périodes d'enthousiasme où un projet d'enfant est souvent vécu comme la concrétisation de l'espoir d'une nouvelle vie, les messages de prévention sont difficiles à exprimer. Ils se confrontent à un dilemme éthique où s'opposent notre souhait d'accompagner de nouveaux projets de vie et celui de la protection de l'individu.

À Nova Dona, où l'on peut passer ne serait-ce que pour prendre un café, il y a en permanence des accueillants. C'est un lieu de pause. Ainsi, pour l'usager de drogue en galère, épuisé, qui ne sait où dormir, où se laver, ni même s'il mangera le soir. Là, il peut se doucher, faire sa lessive et, s'il le souhaite, parler avec un médecin référent et créer le lien qui, petit à petit, l'amènera à accepter un traitement de substitution, un test de dépistage du VIH et des soins. Il s'agit pour l'usager de drogue de retrouver cette estime de soi qui conduit ensuite tout naturellement à se préoccuper de sa santé et aux démarches sociales grâce auxquelles il lui sera possible de se réinsérer, de rechercher et de bénéficier d'un emploi. Nova Dona est en quelque sorte un refuge où ceux qui sont entrés dans les programmes de substitution viendront, chaque jour, prendre leur méthadone. Puis, une fois la relation installée, chaque semaine. Enfin, lorsqu'on constate que l'on est arrivé à un certain équilibre, c'est au médecin de ville qu'il reviendra de prendre en charge le futur ex-usager de drogue. Cette étape peut être difficile. Aussi n'est-il pas rare que certains reviennent passer la journée entière à Nova Dona, car la vie devient soudain bien vide pour le toxicomane qui n'a plus à courir à la recherche à la fois de l'argent et de l'héroïne.

À la naissance de l'association, près d'un tiers de nos patients de l'hôpital Broussais étaient des usagers de drogue ; certains se shootaient ou même dealaient des produits et nous nous sentions totalement désemparés. Que faire face à des personnes malades, dont nous ne pouvions en même temps accepter de tels comportements dans le service ? Ces questions, la violence à laquelle nous étions confrontés, nous ont rapprochés de Claude Olievenstein et de son équipe. Durant les premières années, il venait chaque mois à Broussais, accompagné de certains de ses collaborateurs, infirmières et assistantes sociales. Nous allions également, plusieurs médecins de mon équipe, des infirmières et l'assistante sociale, à l'hôpital Marmottan, parler des situations difficiles et échanger nos points de vue sur la façon d'y faire face.

Comment renvoyer à la rue un patient qui se

shoote, malgré un « contrat » d'hospitalisation établi avec lui, s'il est encore essentiel de le traiter dans le service pour une pneumocystose ou une autre infection qui avait motivé son hospitalisation ? Nos échanges portaient sur ces difficultés avec nos langages propres. Notre hésitation, que d'aucuns jugeaient laxiste, nous obligeait à nous confronter à des crises qui déstabilisaient l'ensemble de l'équipe soignante. Claude Olievenstein, avec la générosité de sa démarche envers la toxicomanie et la rigueur qu'il exigeait, nous apprenait comment, avec le toxicomane, il faut être direct et clair en lui proposant un « contrat », auquel il adhère ou non, mais sur lequel on ne reviendra pas.

Nous avons vite compris que, pour bon nombre d'entre eux, les usagers de drogue ne viendraient pas spontanément dans l'institution hospitalière afin de se faire dépister et soigner. Pas plus qu'ils ne seraient ponctuels à un rendez-vous de consultation, l'exactitude étant difficilement conciliable avec leur démarche de vie. Nous avons alors ouvert une demi-journée hebdomadaire de consultation à l'hôpital Marmottan même, où un médecin du service travaille depuis maintenant plus de dix ans. La rumeur s'est répandue très vite, parmi les usagers de drogue qui fréquentaient le centre Marmottan, de cette rencontre possible avec un médecin spécialiste du VIH. Elle se fait dans le cadre de « la consultation de médecine du quatrième étage », à laquelle on accède par un ascenseur particulier, une consultation où l'on traite les problèmes de santé et les problèmes sociaux. Lentement, la confiance s'établit. Le jour où une hospitalisation devient nécessaire, elle peut se faire dans le service où le référent de Marmottan vient suivre les patients avec nous. Cette organisation a pu être mise en place dès le début des années quatre-vingt-dix grâce au soutien de la direction de l'hôpital Broussais, qui fit preuve d'une grande ouverture d'esprit en soutenant ce projet, que nous appelions Broussais hors les murs.

Broussais hors les murs… Cela signifiait qu'un médecin de notre équipe allant consulter à Marmottan y prescrivait des médicaments antirétroviraux et que l'hôpital Broussais acceptait de prendre sur son budget le coût des prescriptions. Une amitié réelle s'est tissée entre les deux équipes au cours des dix dernières années.

Les traitements de substitution commençaient à être acceptés et à prendre de l'ampleur en France. Le nombre de centres de traitement augmentait, méthadone buvable et buprénorphine en comprimés arrivaient comme produits de substitution possibles pour les usagers d'héroïne par voie intraveineuse. Le concept de la réduction des risques suscitait néanmoins toujours un débat. Claude Olievenstein, notamment, ne le partageait pas. Avançant ne pas pouvoir accepter cette « drogue légale », il considère qu'en prescrivant le traitement de substitution on ne s'attaque pas aux questions fondamentales que pose la relation d'un usager de drogue à un produit, qu'on ne règle pas le problème de la dépendance à l'héroïne en le transformant en une dépendance à un autre produit. Pour certains, la prescription de Subutex en comprimés donnerait aux médecins généralistes une certaine « emprise » sur le toxicomane, ce qui pourrait exposer au risque d'une dérive aux conséquences sociales malheureuses, au travers, par exemple, de l'établissement de fichiers des patients toxicomanes traités. Pour les médecins du VIH, la substitution est avant tout une démarche de santé publique. Protéger les individus et la population d'une infection dont on sait comment on peut l'éviter.

C'est la méthadone également qui fera que l'on va quitter l'héroïne, et la délinquance qu'engendre immanquablement la recherche de la drogue à tout prix. Au milieu des années quatre-vingt-dix, le gramme d'héroïne était proposé entre quatre cents et six cents francs dans le quartier Plaisance-Pernety, proche de l'hôpital Broussais. Avoir à trouver cet argent exerçait sur l'usager de drogue une pression qui ouvrait le chemin de la délinquance et celui de l'incarcération.

Les opposants de la substitution insistent également sur le fait que, loin de faire cesser la dépendance, elle expose à un glissement progressif vers la polytoxicomanie. Ceux qui ont quitté l'héroïne s'enfoncent plus fortement dans l'alcool ou la prise de coke. La méthadone, si elle atténue ou supprime le manque, n'entraîne pas pour autant un plaisir identique à celui que procure l'héroïne. Elle ne remplace pas la relation complexe que l'héroïnomane établit avec la drogue. Certains toxicomanes pilent les comprimés de Subutex afin de se les injecter et retrouver, ce faisant, la même démarche qu'ils avaient avec l'héroïne.

Pour ceux qui ne peuvent pas se passer de l'injection, il est essentiel que se crée en France, comme cela existe en Suisse, en Hollande ou en Grande-Bretagne, un centre où l'on prescrirait le shoot d'une héroïne médicalisée. Pour ceux qui ne reculent devant aucun risque pour s'injecter de l'héroïne, mieux vaut que celle-ci soit propre, non coupée ni trafiquée ou mal dosée. Mieux vaut également que les usagers s'injectent à l'hôpital, où on leur fournirait seringue et héroïne. Cette proposition paraît évidemment paradoxale et complexe, elle peut même être ressentie comme une participation à la toxicomanie.

Contrairement à la Hollande, à l'Allemagne, à la Grande-Bretagne, la France a adhéré avec retard à la politique de réduction des risques d'infection par le VIH ou le virus de l'hépatite C chez les toxicomanes. Plus on descend vers la Méditerranée, plus ce retard d'engagement s'accentue. Avec de nombreuses années d'expérience, nous avons acquis une meilleure capacité de soins aux toxicomanes. Nous nous sommes confrontés à la violence, à la menace, aux complications somatiques de la toxicomanie, aux abcès veineux, à la déchéance et à la précarité sociale.

L'association Nova Dona est née de la forte mobilisation d'imagination et de générosité qu'a suscitée l'épidémie du sida. On y combat l'injustice et la misère sociale que crée la dépendance. Toujours ancrée dans le quartier Plaisance, malgré le départ du service à l'hôpital Pompidou, Nova Dona a gardé des liens toujours aussi forts avec l'équipe.

19

L'Agence nationale de recherche sur le sida

Le monde se trouve aujourd'hui dans une situation alarmante face à une épidémie sans précédent qui n'épargne aucun pays de la planète. Les chiffres parlent d'eux-mêmes dans leur brutale sécheresse : il y a actuellement plus de quarante millions de personnes infectées dans le monde, dont près de vingt-neuf millions en Afrique. Et, déjà, les experts de l'Onusida avancent qu'en Asie, où l'épidémie n'est encore qu'à son début, on pourrait dépasser ce chiffre dans les dix ans à venir ; en Russie, le nombre de cas de sida déclarés double chaque année depuis 1998 ; il était estimé à plus de un million en 2002. Comment parler de l'impact humain, démographique et économique considérable qu'aura l'épidémie dans des pays soudain déstabilisés qui perdent leurs forces vives ? Dans de nombreux pays d'Afrique subsaharienne, l'espérance de vie a chuté de plus de soixante ans à quarante-cinq ou quarante-sept ans ; la baisse des revenus des ménages est telle qu'on estime à 50 % la proportion des personnes qui vivront en état de pauvreté extrême en Afrique en 2015 ; les secteurs de santé sont débordés ;

l'éducation est gravement menacée parce que les enfants quittent l'école pour prendre soin de leurs parents et des maigres cultures. Sans parler des quatorze millions d'orphelins du fait du sida dans le monde pour lesquels il ne saurait être question d'être scolarisés. L'épidémie, qui est toujours en pleine croissance, n'atteindrait son pic que vers 2040. Plus de cinq millions de nouvelles infections surviennent chaque année, soit une toutes les dix ou quinze secondes.

L'épidémie n'épargne pas pour autant les pays riches où là aussi, elle frappe maintenant les populations les plus défavorisées. On estime aujourd'hui à plus de un million et demi le nombre des personnes infectées aux États-Unis et en Europe, où l'Espagne, la France et l'Italie représentent les pays les plus touchés. Cinq cent mille d'entre elles sont traitées par les antirétroviraux, sans aucune mesure avec les trente mille personnes traitées sur le continent africain. En France, on dénombre soixante-cinq mille cas de sida cumulés depuis le début de l'épidémie et la survenue de plus de quarante mille décès.

Dans la lettre de mission qui m'avait été adressée par les ministres de la Recherche et de la Santé, il était spécifié que le rôle de l'Agence nationale de recherche sur le sida (ANRS) est d'« animer et financer la recherche, dans tous les domaines touchant au sida ». L'agence, créée en 1992, intervient dans tous les domaines de la recherche fondamentale, vaccinale et thérapeutique, comme de santé publique. L'animation de la recherche y représente une préoccupation essentielle. Elle se fait au sein de ce que l'on appelle les «actions coordonnées», regroupant des chercheurs d'horizons différents qui mettent en commun leurs connaissances pour élaborer des projets et s'interroger sur la façon de faire progresser la recherche. De nombreux et fréquents groupes de travail rassemblent des participants de disciplines diverses autour d'un projet scientifique à un stade plus préliminaire de la réflexion.

Si l'ANRS est dotée d'un budget relativement confortable à l'échelle de notre pays, environ cinquante millions d'euros par an, ce budget, comme la somme des forces vives de recherches qui pourrait être mobilisée dans notre pays, reste sans commune mesure avec l'investissement et l'effort qu'avancent les États-Unis d'Amérique; il nous faut donc choisir des domaines prioritaires d'intervention pour accroître les chances de voir nos recherches aboutir.

Je citerai ici un exemple de ces priorités identifiées, dans le domaine des sciences fondamentales: la recherche sur l'intégrase du VIH, enzyme qui fait que l'ADN du virus va s'intégrer dans le patrimoine génétique de la cellule, et les recherches qui l'entourent sur l'ensemble des phénomènes complexes qui permettent le cheminement mystérieux de l'ADN du virus dans le cytoplasme de la cellule et sa translocation nucléaire. Le travail d'animation de l'action coordonnée et de recherche sur l'intégrase s'effectue sous la houlette et l'arbitrage bienveillant d'un grand scientifique, Roger Monnier, qui joue le rôle de médiateur d'un groupe rassemblant des chimistes fondamentaux, des spécialistes des acides nucléiques, des spécialistes des enzymes, des spécialistes de la biologie cellulaire, des biologistes structuraux qui étudient les formes cristallines des protéines et des chercheurs dans le domaine du médicament. Cet ensemble de près de dix laboratoires de recherche s'est fixé pour objectif de purifier l'intégrase du virus, d'en définir la structure et de concevoir de nouveaux médicaments inhibiteurs de l'enzyme. Les premiers de ces inhibiteurs et les premières parmi ces structures encore mystérieuses ont été découverts au cours de l'année 2001.

Un autre exemple de réflexion coordonnée par l'ARNS est celui de la recherche sur la transmission du virus de la mère à l'enfant au cours de l'allaitement. Les chercheurs de ce groupe travaillent à élucider la nature des souches virales que l'on trouve dans le lait de la mère et à comprendre en quoi ces souches diffèrent de celles qui circulent dans le sang, ainsi qu'à identifier les déterminants de la transmission du VIH par le lait. L'infection postnatale de l'enfant nourri par sa mère est devenue un problème majeur de santé publique dans les pays en développement. Elle peut y anéantir les succès de la prévention de la transmission du virus pendant la grossesse par les médicaments antirétroviraux.

La recherche d'un vaccin préventif contre le VIH, seul moyen possible pour, à terme, parvenir à enrayer l'épidémie, est primordiale. L'ANRS y consacre un cinquième de son budget. L'effort de la recherche française porte sur des candidats vaccins que l'on appelle des lipopeptides. Il s'agit de petits fragments synthétiques de protéines auxquels on a couplé une cupule lipidique, ce qui leur permet de mieux s'attacher aux cellules, d'être mieux reconnus par le système immunitaire et ainsi de mieux mobiliser les lymphocytes T CD8. Les peptides sont sélectionnés par les chercheurs pour reproduire les réponses des protéines du VIH que reconnaissent les lymphocytes T CD8 induits en réponse à l'infection et pour être capables de stimuler des réponses immunitaires chez toutes les personnes qui recevraient un tel vaccin, indépendamment de leur caractéristique génétique. Les candidats vaccins font actuellement l'objet d'essais de tolérance et d'essais destinés à améliorer leur capacité d'induction des lymphocytes T CD8. Ils s'appuient pour leur réalisation sur un réseau de volontaires séronégatifs, des personnes qui acceptent avec générosité et altruisme de donner de leur temps, de recevoir les injections de ces candidats vaccins et de se prêter aux analyses qui les suivent pour contribuer à la recherche du vaccin préventif. La route est cependant encore longue jusqu'à ce que l'on dispose d'un premier vaccin. Les défis scientifiques sont considérables puisqu'il s'agit de réaliser ce que la nature n'arrive pas à faire : induire une réponse immunitaire qui empêche le virus de pénétrer dans l'organisme ou qui, une fois qu'il y aurait pénétré, pourrait l'en éliminer. On sait aussi qu'il faut des années entre le moment où un vaccin ou un médicament est découvert en laboratoire et celui où il peut être produit et administré en toute sécurité à grande échelle. Près d'une dizaine de stratégies vaccinales sont actuellement en cours d'essais dans le monde. Elles visent pour la plupart à induire une réponse immunitaire des lymphocytes T CD8 qui, dans un vaccin de première génération, à défaut d'empêcher l'infection par le VIH, pourrait la contenir chez les personnes qui se contamineraient malgré le vaccin en faisant que celles-ci demeurent ensuite, pendant de longues années, en bonne santé et sans traitement, en se comportant comme des «*long term non progressors*». Dans l'état actuel des choses, un tel vaccin, encore imparfait, ne pourrait voir le jour avant les années 2010-2012.

L'ANRS s'est particulièrement investie dans les essais thérapeutiques, les fameux protocoles dont parlait Hervé Guibert. Ces essais permettent de définir les meilleures stratégies de traitement en démontrant leur efficacité. Plus d'une centaine d'essais ont été menés par l'ANRS depuis sa création, avec la participation de nombreux services hospitaliers dans la plupart des grandes villes de France. La recherche sur le traitement de la maladie VIH se projette à long terme. Sachant que le virus et l'hôte pourraient cohabiter pendant plusieurs dizaines d'années, le thérapeute doit tenir compte, sur cette échelle, des trois partenaires: le virus, l'hôte (c'est-à-dire le système immunitaire) et le traitement. Sachant que le virus et le système immunitaire jouent chacun à anticiper sur l'autre, il doit, lui aussi, entrer dans ce jeu. Et ne surtout pas se laisser distancer par le virus. En pratique, cela signifie: chercher à accroître constamment la puissance et l'efficacité des combinaisons de médicaments antirétroviraux; établir des stratégies qui permettent de contourner les résistances que le virus peut acquérir aux médicaments; établir des modalités nou-

velles d'une stimulation du système immunitaire pour qu'elles viennent en complément des médicaments antirétroviraux ; contribuer à freiner la réplication virale, ce que l'on appelle l'immunothérapie, à laquelle j'ai fait allusion plus haut dans ce livre, qu'il s'agisse de l'utilisation de l'interleukine 2, par exemple, ou de la mise au point de stratégies de vaccination thérapeutique.

La recherche en sciences de l'homme et de la société vise en premier lieu à faire acquérir des données précises actuelles quant à l'évolution de l'épidémie dans notre pays et quant aux facteurs sociaux et comportementaux complexes qui en régissent la perception, déterminent la survenue de nouvelles infections et régissent la réponse sociale à la maladie.

On estime que, au cours des dernières années, entre deux mille et cinq mille nouvelles infections par an sont survenues en France. La plupart des nouvelles contaminations sont hétérosexuelles. Elles concernent en partie des populations précaires et migrantes. Le risque d'une reprise épidémique se précise toutefois dans l'ensemble de la population lorsqu'on analyse les résultats des enquêtes dans la population générale. On constate une démobilisation face à la maladie, une moindre crainte du sida du fait des trithérapies qui ont fait chuter la mortalité. « L'arrivée de nouveaux traitements, [...], tout en révolutionnant la promesse thérapeutique et en transformant radicalement l'histoire de la maladie, fut sans doute un des facteurs de désaffection de la prévention : le sida n'était plus synonyme de mort imminente », écrivent Didier Jayle et Hugues

Richard[1]. Le relâchement tient également à la lassitude à l'égard des contraintes que l'on constate chez les plus de quarante ans ; elle tient aussi au manque d'information des jeunes de la génération dite de l'après-sida qui ne sont pas entrés dans la vie sexuelle active dans l'angoisse omniprésente de la maladie comme ceux qui les ont précédés et qui pensent — à tort — que la maladie est maintenant jugulée.

C'est aussi, sans aucun doute, dans le domaine des recherches dans les pays en développement que l'ANRS investit de nouveaux efforts et de nouveaux moyens depuis 1998. Le défi pour ces recherches est de comprendre les déterminants et les dynamiques de l'épidémie et de recueillir l'ensemble des données biologiques, médicales, sociocomportementales, politiques et économiques qui permettront la mise en place et l'extension rapide de programmes de prévention et de traitement. En l'absence d'espoir à court terme d'un vaccin préventif, les enjeux de la prévention sont très vastes : l'information et l'éducation de la population, la mise à disposition à large échelle de préservatifs partout dans le monde, la généralisation du dépistage de la séropositivité VIH chez les femmes enceintes et de l'accès aux traitements qui préviennent la transmission du virus de la mère à l'enfant. L'accès aux préservatifs se heurte encore à des barrières considérables, économiques, logistiques, culturelles, politiques, et, souvent encore, à un certain obscurantisme religieux. Il faudrait

1. « La prévention du sida : un instrument de changement social », *Transcriptase*, n° 100, 2002.

deux milliards de préservatifs supplémentaires par an à ce qui est actuellement disponible en Afrique pour aligner l'ensemble des pays d'Afrique subsaharienne aux six d'entre eux les plus performants dans ce domaine, et dans lesquels dix-sept préservatifs par an sont accessibles par habitant dans les tranches d'âge sexuellement actives.

La prévention de la transmission du virus de la mère à l'enfant se heurte avant tout à la stigmatisation de la maladie qui demeure si forte dans le monde et dont les femmes identifiées comme séropositives, parce qu'elles suivraient un traitement pendant leur grossesse ou renonceraient à l'allaitement naturel, restent les premières victimes.

La recherche dans les pays en développement, c'est aussi, dans la diversité de ses abords médicaux, socio-comportementaux ou économiques, une composante essentielle et nécessaire de l'accès aux soins et aux traitements antirétroviraux : définir précisément les besoins (les estimations sur le nombre de personnes dans les pays en développement qui sont éligibles à un traitement antirétroviral selon les critères de l'OMS sont encore très imprécises) ; établir les meilleurs modèles et les modalités optimales de la délivrance des soins, de l'achat et de la distribution des médicaments ; identifier les besoins en infrastructure, en ressources humaines et en formation ; étudier les changements qu'induit dans les pays l'accessibilité aux traitements par l'analyse, leur impact à l'échelle de la famille, du système de santé, sur la perception de la maladie et sa prévention dans la population, ainsi que leur impact économique et géopolitique. On le voit, il s'agit là d'un domaine de recherche d'une grande complexité et d'une grande richesse nécessitant la mobilisation de compétences venant de nombreuses disciplines, dans les pays du Sud comme dans ceux du Nord, une collaboration internationale exemplaire au service d'une cause prioritaire. L'ANRS s'est fortement engagée en finançant les programmes dans les régions les plus touchées concernées par l'épidémie dans le monde. Les recherches de l'agence concernent l'épidémiologie virale, l'épidémiologie moléculaire du virus — c'est-à-dire l'analyse des changements qui surviennent en permanence dans la nature des virus qui circulent dans différentes régions du monde —, la science socio-comportementale, les essais thérapeutiques mettant au point des stratégies simplifiées de traitement ou encore des méthodes peu coûteuses d'analyse qui permettent de suivre l'efficacité de ces traitements chez les malades traités dans le contexte des pays en développement, et les recherches en économie de la santé. L'essentiel des programmes prend place à Abidjan, en Côte-d'Ivoire, à Dakar, au Sénégal, à Bobo-Diolasso, au Burkina, à Hô Chi Minh-Ville, au Vietnam, et à Phnom Penh, au Cambodge. Chacun de ces grands programmes, placés sous la responsabilité conjointe d'un coordinateur du Sud et d'un coordinateur du Nord, fait l'objet d'une évaluation annuelle au cours de journées scientifiques multidisciplinaires. Des programmes importants se déroulent également en Afrique du Sud et au Brésil, deux pays clés pour la compréhension de l'épidémie ; l'Afrique australe, du fait de ce qu'elle représente, région du monde où l'épidémie se propage le plus rapidement (les taux de prévalence peuvent atteindre 30 % ou plus dans certains *townships* — grandes villes d'Afrique du Sud — au Botswana, au Swaziland, au Zimbabwe ou en Namibie) ; l'autre, le Brésil, du fait de l'exemplarité que ce pays aura créée vis-à-vis de l'accès aux soins en produisant lui-même des médicaments antirétroviraux génériques et en assurant l'accessibilité de ces traitements à près de 50 % de la population infectée dans ce pays.

Le temps et la charge de travail que m'impose maintenant la direction de l'ARNS m'auront quelque peu éloigné du laboratoire de recherche et de la vie au quotidien du service hospitalier. Ils m'auront permis néanmoins de m'engager à l'échelle nationale et à celle de la communauté internationale dans le plaidoyer et le combat pour l'accès aux traitements dans les pays en développement.

20

L'accès aux médicaments

Le monde n'est pas sans réponse possible à l'épidémie. Vingt années de recherche et d'expérience de la maladie ont permis d'affiner des stratégies de prévention et amené une diminution de près des deux tiers de la mortalité et de la morbidité dans les pays qui ont accès aux médicaments antirétroviraux. Un engagement politique majeur des États du Nord et du Sud, s'il était soutenu par un engagement financier, devrait permettre de prévenir des dizaines de millions d'infections nouvelles et d'améliorer et de prolonger la vie des millions de personnes déjà infectées.

L'idée lancée par Jacques Chirac et Bernard Kouchner, à Abidjan, en 1997, de la création d'un fonds dit de « solidarité thérapeutique internationale », qui permettrait aux pays les plus pauvres d'avoir accès aux médicaments du sida, n'a rencontré, à l'époque, que peu de succès. De nombreux États, du Nord comme du Sud, firent connaître leurs réticences. Le sida n'était pas encore perçu comme une réalité immédiatement préoccupante qui aurait justifié son affichage comme une priorité politique. Pourtant, l'affirmation de cette priorité dès le début des années quatre-vingt-dix, la mobilisation politique, la mise en place de stratégies publiques de prévention et les premières initiatives de traitement au Sénégal, en Ouganda, en Thaïlande et au Brésil ont certainement contribué à ce que l'épidémie ne s'étende pas dans ces pays comme elle s'est étendue ailleurs. La prévalence de l'infection (c'est-à-dire le nombre de personnes infectées dans la population) est restée basse au Sénégal, inférieure à 2 % ; elle a diminué de 30 % à 12 % entre 1991 et 2000 chez les femmes enceintes à Kampala, en Ouganda ; environ huit cents nouvelles infections sont survenues au cours de l'année 2000 en Thaïlande, là où on se serait attendu à en voir cinq à six mille en l'absence d'intervention.

En Afrique subsaharienne, où l'impact de la maladie est déjà considérable, le sida est maintenant devenu la première cause de mortalité de l'adulte, et l'épidémie est encore en croissance dans plusieurs régions. Indépendamment de l'importance que peuvent avoir les actions de prévention et de traitement, on ne comprend pas bien les raisons pour lesquelles l'épidémie sévit de façon si inégale en Afrique : pourquoi est-elle de faible prévalence au Sénégal et au Mali (de 2 % à 4 %), de prévalence élevée en Côte-d'Ivoire (14 %), et de si forte prévalence en Afrique australe (plus de 30 %) ? En Côte-d'Ivoire, le risque de mourir un jour du sida pour un garçon qui a quinze ans aujourd'hui est de 30 %. Cette probabilité est de plus de 70 % au Zimbabwe ou au Botswana. Des différences dans les comportements sexuels ne sont pas l'explication simple avancée par certains de cette dynamique de l'épidémie, comme l'a montré une étude sociocomportementale réalisée dans quatre grandes villes d'Afrique, mais un ensemble de causes complexes. Les migrations, une forte prévalence des maladies sexuellement transmissibles, l'instabilité économique, l'analphabétisme et la pauvreté sont des facteurs d'une extension plus rapide de l'épidémie dans certaines régions, comme le montre l'exemple de l'Afrique du Sud.

Il est encore souvent difficile en Afrique d'aborder le sujet du sida dont l'urgence n'est pas suffisamment prise en compte par rapport à son potentiel dévastateur sur l'économie et sur la démographie, où le discours et l'engagement politique ne sont souvent absolument pas adaptés à la réalité de la situation. Si certains pays sont tout simplement débordés, voire paralysés par les enjeux, d'autres le sont par le nombre de personnes séropositives ; ainsi l'Afrique du Sud, qui en compte presque cinq millions ! Une enquête de l'ANRS menée dans certains faubourgs de Johannesburg a montré que jusqu'à 60 % des jeunes femmes qui ont de quinze à vingt-cinq ans aujourd'hui y sont séropositives. L'irruption et le développement de l'épidémie s'y inscrivent dans l'histoire d'une société marquée par plusieurs décennies de ségrégation et d'apartheid. La sortie de ces années de discrimination et de répression coïncide avec l'accélération de l'épidémie, en Afrique du Sud et dans les pays voisins qui ont connu le même système de domination raciale. La violence et les inégalités engendrées par ces régimes jouent vraisemblablement un rôle important dans la crise épidémique à laquelle est confrontée cette région du monde aujourd'hui.

Les situations de prises de risque par rapport au VIH et aux maladies sexuellement transmissibles sont en effet étroitement liées à la pauvreté et aux manifestations des inégalités, à l'expérience de la violence sociale et sexuelle. Une épidémie, dans ses enjeux, est toujours quelque chose de plus compliqué que la seule infection. Les différents facteurs qui font le lit de l'épidémie de sida et sont responsables de sa progression sont insuffisamment pris en compte par les gouvernements. À commencer par l'Afrique du Sud, épicentre de l'épidémie sur ce continent où la plupart des systèmes et des infrastructures de santé ont été déstructurés au travers des chaos politiques. La priorité est souvent donnée à un certain développement économique et à l'entretien de l'armée au détriment de la santé qui, d'une façon générale, n'a jamais été un enjeu politique majeur à l'échelle des différents gouvernements. Mais cela est tristement vrai dans bien d'autres pays également, et pas seulement parmi les plus démunis. Souvenons-nous de la dernière campagne présidentielle aux États-Unis, au cours de laquelle la santé ne fut qu'un enjeu timide, alors que la prise en charge médicale, uniquement fondée sur les ressources de chacun, y est extrêmement discriminatoire.

L'accès aux soins exige une mise en place, une organisation et un suivi rigoureux. Autrement dit, des infrastructures, un circuit contrôlé de l'organisation et de la distribution des médicaments, un personnel médical et paramédical formé. Or bien souvent, dans les pays pauvres, médecins et infirmières rencontrent déjà beaucoup de difficultés, pour ne pas parler de ceux d'entre eux qui sont eux-mêmes séropositifs et n'ont pas accès au traitement. Le nombre des médecins formés est restreint et le sida décime aussi les professionnels de santé. En Afrique australe, le nombre des victimes du sida parmi ces professionnels équivaut chaque année à la moitié d'entre eux. Le fait que leur formation soit, dans la plupart des cas, assurée par les laboratoires pharmaceutiques ouvre la porte à un certain nombre d'excès.

Autre sujet important, l'accès même aux tests : actuellement, seules 5 % des personnes infectées en Afrique connaissent leur séropositivité. Mais pourquoi faire un test, si, une fois le résultat connu, on n'a pas accès aux traitements ? L'Onusida plaide que mieux on est informé mieux on se porte. Faire accéder aux tests demande une organisation sans faille et, là encore, beaucoup d'argent, nécessaire à l'accueil et au conseil, au coût des réactifs, à la création de laboratoires, à leur maintenance en bon état de fonctionnement et à la prise en charge des personnes infectées dépistées.

Cependant, pour nombreuses qu'elles soient, ces difficultés ne doivent pas décourager.

La preuve a été apportée que l'on peut former des médecins à la prescription et au maniement des médicaments antirétroviraux, que les patients dans les pays en développement peuvent suivre régulièrement leur traitement, ce que l'on constate au fait qu'ils se portent mieux, prennent du poids et échappent à la survenue d'infections opportunistes. Plusieurs études en attestent en Côte-d'Ivoire, au Sénégal et en Ouganda. L'observance des traitements à Dakar est apparue meilleure que celle des patients suivis en France. Les résultats cliniques observés avec les trithérapies sont équivalents à ceux que l'on connaissait dans le Nord et viennent bouleverser la représentation que se font les Africains de la maladie, remettant en cause le tabou de la mort certaine. L'un des obstacles majeurs reste, sans aucun doute, le prix des médicaments.

Le programme marocain d'accès aux trithérapies a été l'un des tout premiers en Afrique, financé à ses débuts par le Fonds de solidarité thérapeutique internationale (FSTI). Il s'agit d'un programme bien structuré s'appuyant sur un groupe de médecins compétents et animé par une femme remarquable, Hakima Himmiche, médecin au CHU de Casablanca et présidente de l'Association marocaine de lutte contre le sida (ALCS) qui apporte au projet un soutien communautaire absolument essentiel.

Le gouvernement marocain, s'il pouvait financer une bithérapie, ne pouvait pas supporter le poids financier de la trithérapie. Le FSTI s'était engagé à apporter la troisième molécule nécessaire, ce qui a permis à près de 60 % des personnes justifiant d'une trithérapie dans le pays, parmi celles qui étaient connues comme étant séropositives, d'avoir accès aux traitements. Je me dois de souligner l'importance de la démarche qui consistait à faire entrer dans l'ère des traitements du sida un pays du Maghreb.

Au printemps 2000, le programme a été confronté à des difficultés particulièrement instructives. Les Marocains doivent, chaque début d'année, engager l'argent dont ils disposent pour acheter des médicaments, pour les douze, ou tout au moins les six mois à venir. Ce qui implique de prévoir très exactement les besoins. Le risque d'erreur est considérable. Si, en effet, la nature et la quantité de médicaments à acheter peuvent facilement être évaluées pour les patients qui débutent une trithérapie, l'exercice devient particulièrement ardu quand il s'agit de prévoir combien de patients devront changer de traitement du fait de la survenue d'effets secondaires ou d'un échec de ce traitement et lorsqu'il faut prévoir le type de médicament qui sera donné en remplacement.

En Europe, nous savons que près de 40 % des patients auront changé au moins l'un des médicaments de leur traitement au cours de la première année d'une trithérapie. Ceci amène à tempérer l'enthousiasme suscité par les prix particulièrement bas auxquels peuvent être achetés les médicaments génériques. Si une trithérapie de médicaments génériques peut revenir à moins de trois cents dollars par an, le prix du traitement, après un ou deux ans, risque de doubler, car un ou deux changements de traitement s'opéreront au profit de médicaments qui n'existent pas sous forme générique. C'est pour cela que le coût moyen des trithérapies par patient et par an au Brésil (pays où huit antirétroviraux sur quinze sont actuellement produits sous forme générique) est nettement plus élevé que celui d'une trithérapie générique de première intention. Pour les pays acheteurs, avoir le choix entre un grand nombre de produits, et singulièrement de médicaments génériques, représenterait un avantage considérable. La compétition entre les laboratoires pharmaceutiques et les producteurs de médicaments génériques aura été un facteur majeur de la baisse des prix des deux dernières années.

En 2000, l'Onusida s'est proposée pour être le médiateur des négociations de prix et se porter garante de ce qu'un État pouvait remplir les conditions requises pour la prescription et la distribution des médicaments. Elle s'est proposée également pour aider les États à faire pression sur les firmes pour négocier les prix les plus bas. En juin 2002, plus de soixante-dix pays avaient déclaré leur intérêt à entrer dans cette phase de négociation, tandis que certains choisissaient de négocier directement avec l'industrie pharmaceutique. En décembre 2000, le Sénégal avait déjà signé un accord permettant l'achat des trithérapies à 10 % du prix des traitements dans le Nord. Le responsable des programmes de lutte contre le sida au Sénégal est le professeur Ibra N'Doye. De Genève à Londres, de Bruxelles à Paris, jour après jour, Ibra N'Doye et la ministre de la Santé, Awa Coll Seck, continuent de se battre sur cette question du prix des médicaments. En 2002, cinq cents personnes sont traitées, mais des dizaines de milliers de personnes infectées restent en attente de traitement malgré le caractère exemplaire de l'initiative sénégalaise. L'équation n'est pas simple. Le coût des médicaments, même après une baisse de leur prix de 90 %, reste trop élevé ; et de nombreux obstacles, autres que le prix des antirétroviraux, rendent difficile l'extension rapide, pourtant si nécessaire, de l'accès aux soins à de grands nombres. L'initiative sénégalaise n'en est pas moins particulièrement importante. Elle démontre ce qui peut être mis en mouvement quand s'exprime la volonté politique d'un pays de s'engager dans la lutte contre le sida.

Il faut aussi prendre en considération que, avec les baisses récentes des coûts dans plusieurs pays africains, une certaine classe moyenne privilégiée aura accès aux traitements parce qu'elle pourra payer le prix fort. C'est quelque part une discrimination éthiquement inacceptable ; mais n'en va-t-il pas de même aux États-Unis et dans tous les États du monde qui n'ont ni notre Sécurité sociale ni notre C.M.U. (couverture médicale universelle) ? Et ils sont nombreux ! On néglige également encore trop souvent l'accès aux soins que peut représenter le financement par une entreprise du traitement de ses employés. L'exemple de la Compagnie ivoirienne d'électricité, entreprise de trois mille six cents personnes, est particulièrement intéressant. Depuis sa décision d'investir dans les traitements et dans l'information sur le sida, l'entreprise a vu l'absentéisme pour cause de maladie ou d'enterrement diminuer de 40 %. Le directeur a même précisé que, malgré le coût des traitements et des interventions, cela revenait moins cher à l'entreprise que l'absentéisme au travail, les maladies et le coût des cercueils et des obsèques.

La mobilisation de fonds de la communauté internationale, l'aide bilatérale apportée par les pays du Nord et les initiatives de la Banque mondiale restent très insuffisantes par rapport aux ressources dont on a le besoin le plus urgent pour faire face à la crise engendrée par le sida dans le monde en développement. Les besoins ont été estimés de sept à dix milliards de dollars ou d'euros annuels pour mettre en place des programmes renforcés de prévention et des programmes de traitement qui aient un véritable impact sur l'épidémie. Ces sommes, en fait très peu importantes à l'échelle des échanges commerciaux ou des investissements militaires mondiaux, devraient pouvoir être trouvées facilement s'il y avait une mobilisation politique internationale aussi forte que l'intention qui en fut déclarée par tous les pays du monde lors de l'assemblée générale extraordinaire des Nations unies en juin 2001. L'argent pourrait venir de sources diverses, comme par exemple de l'allégement négocié de la dette des pays pauvres, en veillant toutefois à ce que l'argent aille bien à l'achat de médicaments pour le sida, la malaria et la tuberculose et à la structuration du système de santé.

Willy Rozenbaum a pour habitude de résumer: « C'est avec la politique qu'on soigne le sida. » Une belle formule à laquelle j'adhère maintenant totalement. Alors, je fais de la politique! Je ne cache pas mes sympathies et jamais je n'hésite à apposer ma signature sur la liste d'un comité de soutien lorsque j'estime qu'elle peut en entraîner d'autres, surtout lorsque je suis convaincu de défendre ainsi la cause du sida.

21

Les atouts d'un fonds mondial

La première réponse internationale d'envergure à la crise s'est constituée avec la création en 2001 du Fonds mondial pour lutter contre le sida, la malaria et la tuberculose. S'il ne dispose pas actuellement des moyens dont on aimerait qu'il soit doté pour répondre aux besoins dans ces maladies, ce Fonds voit néanmoins, pour la première fois de l'Histoire, les États du Nord et du Sud, le secteur public et le secteur privé, se lier dans une coalition globale pour lutter contre une épidémie sans précédent. Ce Fonds, qui recueille de l'argent principalement auprès des États et l'investit directement dans l'accès aux soins, illustre une signification historique sur la façon dont le monde pourra réagir à une épidémie. La démarche est tout à fait nouvelle.

Une prise de conscience citoyenne internationale que j'ai déjà évoquée, la pression des communautés de personnes atteintes, les analyses des économistes et des planificateurs, ont fait comprendre au monde politique combien le handicap de la santé perdue, à côté même de celui de la démographie perdue, allait avoir des conséquences économiques et politiques. Ainsi la santé commence-t-elle à s'inscrire dans l'agenda des politiques qui, pour ce qui est du tiers-monde, ne pensaient jusque-là au développement qu'au travers de l'assistance technique, la formation et l'investissement. Il est maintenant évident qu'il serait vain d'investir dans le développement si dans le même temps la santé est détruite.

Ces analyses ont une traduction : du dernier rapport que le Commissariat mondial de la santé a publié en 2002, rapport dit de macroéconomie, il ressort que l'investissement pour la promotion de la santé, à côté de celui pour l'éducation, devrait être la base même du développement. Dc nombreuses personnalités se sont exprimées à ce sujet, dont l'économiste américain Jeffrey Sachs. Ce dernier avait déjà dit haut et fort, à la conférence internationale sur le sida de Durban, combien il était urgent d'accroître l'effort de prévention et de permettre l'accès au traitement du sida. Il a été l'un des premiers à avancer le chiffre de sept à huit millions de dollars d'investissement annuel pour permettre un véritable impact sur l'épidémie, pour qu'il y ait effectivement, dans les cinq ans à venir, plusieurs millions de personnes traitées par les antirétroviraux dans les pays en développement, et que l'on voie diminuer de 30 % les nouvelles contaminations chez les jeunes de quinze à vingt-quatre ans dans ces pays : « Il suffirait, pour que chaque personne contaminée dans les pays du Sud ait accès aux soins, que chacun des habitants des pays du Nord donne, chaque année, une somme dont le montant serait équivalent à celui d'une place de cinéma et d'un paquet de pop-corn. » Or pratiquement aucun État, en dehors des pays scandinaves, ne consacre actuellement le 0,7 % d'aide au développement que proposent les Nations unies. L'aide au développement, à commencer par celle qu'apporte la France, diminue.

Le G8 aborde cette question à chacune de ses réunions. En juin 2001, l'assemblée générale extraordinaire des Nations unies à New York a repris l'appel à la communauté internationale lancé quelques mois auparavant par Kofi Annan depuis Abuja, au Nigeria. En avril de la même année, Kofi Annan demandait aux chefs d'État africains de s'engager à investir 15 % de leur budget dans la santé, et non plus seulement de 3 % à 7 %, ainsi qu'ils le font dans l'ensemble. Kofi Annan a précisé qu'une lutte effective ayant un impact prévisible sur le sida ne devait pas être un effort des seuls donataires des pays du Nord, mais bien un effort conjoint des pays du Nord et du Sud. Une mobilisation était née. Celle des donneurs du Nord, sous la pression de l'urgence humanitaire, économique et politique que représente l'épidémie. Celle aussi des pays du Sud, dont les structures se désintègrent véritablement sous la pression du sida. Après avoir nié, caché ou sous-estimé l'épidémie, ils sentent maintenant que, pour nouer des échanges internationaux et installer leur crédibilité auprès des partenaires du Nord, il devient impératif de parler véritablement de ce qu'elle est dans leur pays. De montrer également qu'eux-mêmes l'inscrivent comme une priorité.

D'où la décision prise, après l'assemblée générale des Nations unies, et aux sommets du G8 d'Okinawa et de Gênes, de constituer un fonds mondial.

En décembre 2001, un groupe de travail transitoire — cent cinquante personnes environ — a rendu au secrétaire général des Nations unies une maquette de ce que pourrait être ce Fonds et son fonctionnement. Le conseil d'administration, organe de gestion sur lequel je reviendrai, s'est réuni pour la première fois en janvier 2002 et, dès le mois de mars de la même année, le conseil scientifique présentait les premières propositions de financement à ce conseil, à New York. Ainsi, à la fin d'avril 2002, c'est-à-dire un an à peine après l'appel de Kofi Annan à Abuja, le Fonds engageait huit cents millions de dollars dans des programmes. Ces sommes, bien qu'elles soient de loin inférieures aux sept à huit milliards de dollars de roulement jugés nécessaires pour le seul sida, sont déjà considérables si l'on se souvient que pratiquement rien n'existait encore en 2001. On peut espérer que, d'ici à trois à quatre ans, ce Fonds, s'il suscite la confiance de la communauté internationale, recueillera les sommes prévues par les économistes comme étant nécessaires.

Il n'est, bien évidemment, pas question de traiter trente-cinq millions de personnes séropositives dans le monde dès demain. Quand bien même le voudrait-on, elles ne sont pas dépistées. On ne disposerait ni des infrastructures nécessaires, ni du personnel soignant, ni de suffisamment de médicaments, même si on disposait des sommes requises pour les acheter. Aussi suis-je toujours quelque peu choqué par le discours de certains activistes qui, tout en se félicitant de ce que le Fonds ait engagé quelque huit cents millions de dollars, n'hésitent pas à clamer que ne pas engager davantage d'argent immédiatement est criminel. Les quarante millions de personnes infectées par le VIH dans le monde n'ont pas toutes immédiatement besoin d'un traitement ; ce nombre est estimé de six à huit millions en Afrique.

Il est intéressant que le Fonds repose sur des dons qui viennent des États comme du privé. Bien que, pour l'instant, celui-ci n'ait que peu donné, si l'on excepte quelques grandes sociétés, compagnies d'assurances et fondations, dont la Gates. Le privé sera plus lent à se mobiliser. Ses représentants aimeraient être assurés qu'il ne s'agit pas là d'un organisme de plus que les politiques mettent en place, sans trop le prendre au sérieux. Cette année, à la conférence annuelle américaine sur le sida, j'ai entendu le discours, par ailleurs intelligent et habile, qu'a fait Bill Gates sur la maladie. Comment y faire face ? Quelle est la place des fondations privées ? J'ai été choqué de voir un homme, seul, avec sa fortune personnelle, faire la pluie et le beau temps sur d'aussi graves décisions.

Le conseil d'administration du Fonds mondial est composé de dix-huit membres votants. Neuf sièges vont aux donateurs. Les pays qui ont donné cent millions de dollars pour la première année de son fonctionnement — les Américains, les Japonais et les Italiens — ont chacun un siège. Pour ceux qui ont donné moins, la France, l'Espagne, l'Allemagne, la Grande-Bretagne, la Suisse, le Canada, les pays nordiques —, un seul occupe un siège au nom de trois autres. Deux sièges sont attribués aux représentants du secteur privé. Les neuf autres sièges sont attribués aux pays du Sud, sept sièges aux ministres de la Santé représentant les grandes régions du monde en développement et deux sièges aux représentants des ONG. À ceux-là, il convient d'ajouter les trois sièges non-votants réservés aux agences onusiennes, l'OMS, l'Onusida et la Banque mondiale.

Une telle formation, équilibrée entre pays donateurs et receveurs, est profondément nouvelle à l'échelle politique internationale. Au travers de la participation de la société civile également. Les personnes vivant avec le sida, la malaria et la tuberculose sont représentées. Ceci illustre encore comment le sida, moteur dans le changement de fonctionnement de l'hôpital et de la société dans nos pays du Nord, l'est maintenant à l'échelle internationale. Cette façon d'appréhender l'accès aux soins est révélatrice d'un changement de pensée. Tout comme le fait que la présidence du conseil d'administration du Fonds ait été confiée à une personnalité du Sud, un ancien ministre de la Santé de l'Ouganda.

On est donc loin d'une structure du type Nations unies, dont les Américains se méfient tout particulièrement, opposant qu'elles n'ont pas agi pour freiner l'épidémie. Aujourd'hui, l'OMS, toujours timide dans son engagement dans le sida et son traitement, change de comportement. L'Onusida également, que l'on connaît surtout parce que chaque année, au 1er décembre, l'agence publie les statistiques de l'état de l'épidémie. La création du Fonds mondial semblerait avoir secoué ce milieu. L'Onusida et l'OMS abordent une réflexion plus ouverte sur la question des traitements. Leur présence au conseil d'administration démontre que nous ne sommes pas en train de recréer une organisation mondiale de la santé parallèle. Il est sain de faire participer les agences onusiennes et d'utiliser leurs compétences pour mettre en place les programmes que finance le Fonds.

À côté du conseil d'administration et d'un secrétariat exécutif, la troisième instance du Fonds est le conseil scientifique, qui s'est réuni pour la première fois en mars 2002 et m'a élu à sa présidence pour une période de deux ans. C'est un groupe composé de dix-sept personnes, six spécialistes du sida, trois spécialistes de la malaria, trois autres de la tuberculose, et cinq experts qui couvrent la santé publique, l'économie politique, et spécialistes de la mise en place de programmes au bénéfice des pays en développement. Le monde entier est représenté. Nous avons appris à travailler ensemble afin d'interclasser les priorités, débattre, entre gens du Nord et du Sud. Il y avait là un Sénégalais. Sorte de sage empreint de cette courtoisie africaine, il savait parler au bon moment et ses arguments pesaient lourd. On a pu entendre également une Polonaise, très enthousiaste. Spécialisée dans la question de l'usage de la drogue, cette femme, en poste à New York, a pris des positions très fermes. Elle a su nous convaincre — pour moi ce fut sans difficulté — de n'accepter aucun programme qui ne comporterait pas une stratégie ouverte de réductions des risques vis-à-vis des usagers de drogue, argumentant à juste titre sur la nécessité de l'éducation et de l'information à propos de l'échange de seringues et des traitements substitutifs. Expert en santé publique, le président de MSF Hollande a exprimé dans ce conseil son engagement avec cet accent de générosité qui caractérise son organisation.

Lorsque j'ai présenté les résultats de notre travail de sélection des propositions soumises au Fonds à New York en avril 2002, ma grande angoisse, comme celle du comité, était que des considérations autres que scientifiques et médicales n'entrent en jeu dans les décisions de financement. Les pressions étaient fortes. Le ministre de la Santé du Kenya est venu protester sur le fait que son pays n'était pas dans les priorités retenues. Notre projet, un engagement sur une quarantaine de programmes de différents pays portant pour 60 % sur le sida, 20 % sur la malaria et 20 % sur la tuberculose, a finalement été retenu. Il faut maintenant que le Fonds devienne effectif, qu'il mette en place les crédits dans les pays, qu'il gère et vérifie l'utilisation de l'argent ; qu'il mette aussi en place des indicateurs de mesure des résultats obtenus. Une aventure très riche à laquelle je suis heureux de participer. J'ai vraiment l'impression de pouvoir faire œuvre utile au milieu de ce mélange incroyable de personnalités et de pensées qui s'affrontent. Des ministres de la Santé des pays d'Afrique conversent avec un économiste japonais ou des membres des agences onusiennes. Des hommes politiques du Nord voisinent avec des représentants des associations des personnes atteintes.

En juillet 2000, lors de la conférence internationale de Durban, nous avions tenu nos premières discussions sur les questions touchant au prix des médicaments avec Paolo Teixeira, directeur du programme brésilien de lutte contre le sida. Le Brésil est maintenant le partenaire principal de l'ANRS dans un programme de recherche en économie de la santé appelé Etapsud. L'objectif de ce programme est de comprendre les déterminants du prix des médicaments. À terme, le programme tentera d'établir une base internationale d'information sur ces prix. Ce serait pour les chercheurs en économie un outil de travail précieux et, surtout, pour les pays en développement, un observatoire de l'évolution du marché et une possibilité de mise en compétition des firmes pharmaceutiques.

Le Brésil, du fait d'un système législatif qui lui est propre et d'une formulation particulière des textes de loi, fabrique ses médicaments génériques. Dans le cadre de coopérations Sud-Sud, le Brésil propose d'exporter sa technologie de fabrication de médicaments. Les négociations difficiles qui se tiennent dans le cadre de l'Organisation mondiale du commerce (OMC) aboutiront peut-être à ce que le Brésil puisse vendre ses génériques à d'autres pays du Sud.

L'importance des coûts de mise au point d'un nouveau médicament et l'augmentation régulière de ces coûts sont des réalités que l'on ne peut nier. La branche pharmacie de l'industrie présente le ratio dépenses de recherche et développement sur le chiffre d'affaires le plus élevé — entre 12 % et 20 %. Cela justifie que des systèmes internationaux sauvegardent les droits de propriété intellectuelle et garantissent un monopole temporaire aux entreprises novatrices. Il reste cependant que les prix élevés des médicaments nouveaux sont loin de refléter leur coût marginal de production. Les firmes pharmaceutiques qui produisent les antirétroviraux sont en position de quasi-monopole. Elles pratiquent déjà une sorte de discrimination par l'argent en appliquant des prix différents selon les clients et les marchés. Les réductions de prix unilatérales de la part des compagnies détentrices des brevets sont susceptibles de faciliter une expansion du marché. L'essor du marché dans les pays en développement pourrait offrir aux firmes, au travers d'importantes économies d'échelle de production, une compensation à la baisse des prix unitaires. Jean-Paul Moatti, économiste engagé dans la réflexion militante de ces questions, dit souvent que si 10 % seulement des personnes infectées par le VIH en Afrique étaient en mesure d'assumer des coûts de traitement de l'ordre de cinq cents dollars par an — ce qui correspond au coût annuel d'un téléphone mobile, technologie déjà très développée sur ce continent —, cela constituerait un marché de près de deux millions et demi de personnes. On serait cependant encore bien loin des objectifs à atteindre des six à huit millions de personnes qui ont un besoin urgent de traitement dans les pays en développement. La majorité d'entre elles vivent en grande pauvreté.

Beaucoup de ceux qui militent pour l'accès aux soins du sida demandent que l'exception de santé, qui existe déjà dans les accords de l'OMC, puisse être mise en œuvre. Et que la législation internationale n'empêche pas les médicaments d'arriver dans les pays du Sud ou les pays les plus pauvres. Il faudra trouver rapidement un système permettant de vendre les médicaments à des prix différenciés. Un prix pour le Nord, afin que les laboratoires aient un retour sur leur investissement, un prix coûtant pour les pays du Sud. Considérer les médicaments du sida et des autres grands tueurs du monde en développement comme un «bien public» auquel tous devraient pouvoir avoir accès.

Au Brésil, la loi précise que si, dans les trois ans à partir de la date à laquelle il a déposé son brevet d'exclusivité dans ce pays, un laboratoire n'y fabrique toujours pas le médicament, l'État s'arroge le droit d'en réaliser la copie générique. Ce pays produit actuellement sept parmi les quatorze médicaments antirétroviraux dont nous disposons. La production propre de médicaments a permis d'abaisser le coût des trithérapies au point que le Brésil traite actuellement cent vingt mille personnes. Il ne faut pas oublier que, si l'on trouve au Brésil les plus grandes richesses, on y trouve aussi la plus grande pauvreté. Cela signifie que ce pays fait des prodiges en assurant un droit universel d'accès aux médicaments à tous les malades qui en ont besoin.

Les États-Unis ont déposé contre le Brésil une plainte quelque peu similaire à celle qui avait été déposée à Pretoria contre l'Afrique du Sud par les compagnies pharmaceutiques. On pourrait en résumer les grandes lignes : « Nous aidons les Brésiliens et les autres pays à vendre leurs bananes et leur café. S'ils veulent que leurs prix sur ces produits soient respectés, il est nécessaire qu'ils respectent également nos prix sur les médicaments. »

Il est clair désormais que l'accès au traitement peut constituer dès maintenant un choix économiquement rationnel, au moins pour certains groupes de la population dans les pays en développement. Par ailleurs, il ne faut pas croire que les actions de prévention, dont on oppose souvent le coût-efficacité par rapport aux traitements, soient toujours d'un rapport coût-efficacité satisfaisant au regard du traitement de la maladie. Les coûts par année de vie gagnée par la prévention de la transmission materno-fœtale du VIH en utilisant des antirétroviraux se comparent très favorablement avec les interventions sanitaires les plus coût-efficaces dans les pays en développement. Enfin, dans l'hypothèse, désormais réaliste, d'une baisse significative du prix des médicaments et des tests diagnostiques, les coûts par année de vie gagnée avec les traitements antirétroviraux pourraient prochainement se comparer favorablement avec ceux qui sont observés pour la prophylaxie* des infections opportunistes et les autres interventions de soin dans le sida. Enfin, on l'a vu par l'exemple de la Compagnie d'électricité ivoirienne cité plus haut, un nombre croissant d'entreprises dans les pays en développement permettent l'accès aux traitements de leurs employés infectés par le VIH afin d'éviter les pertes de production liées à la morbidité.

Il a pu être avancé que l'utilisation de fonds publics pour subventionner l'accès au traitement du sida détournerait des ressources sanitaires des populations les plus pauvres vers les groupes socialement privilégiés, et serait en cela un facteur d'aggravation des inégalités sociales dans les pays en développement. De fait, comme l'a montré l'évaluation par l'ANRS, des initiatives d'accès aux médicaments du sida en Côte-d'Ivoire et en Ouganda, l'absence d'accès aux traitements favorise au contraire une diffusion des médicaments que l'on peut qualifier de « sauvage ». C'est-à-dire que ces produits suivent des circuits parallèles où seules les classes privilégiées de la population sont en mesure de se les procurer.

Autant de thèmes de réflexion économique, politique et éthique sur lesquels la communauté internationale doit attentivement se pencher.

22

Un défi pour l'avenir

L'accès aux soins pour les pays en développement ne passe pas simplement par le transfert de ce que nous faisons dans le Nord jusque dans le Sud, comme on déménagerait d'un hôpital à l'autre. Il est nécessaire de faire précéder et d'accompagner cet accès aux soins dans les pays du Sud par un effort de recherche considérable, d'anticiper les meilleures stratégies de traitement, la tolérance aux médicaments également, dans ce contexte différent, marqué, en particulier, par la malnutrition.

À l'ANRS, je découvre un espace beaucoup plus vaste et politique que celui que j'avais connu jusqu'alors dans la lutte contre le sida. Non que je hiérarchise les enjeux internationaux par rapport aux enjeux publics nationaux, encore moins par rapport à ceux d'une personne qui se trouverait en face de moi en consultation. De la consultation de M. et Mme de Vouvray, en 1982, au jour où j'ai participé à cette assemblée générale des Nations unies au cours de laquelle l'accès aux soins a été plaidé pour l'Afrique, vingt années auront passé. Il aura fallu ces vingt années également pour que l'opinion publique internationale et le monde politique prennent enfin conscience de l'état de dévastation dans lequel l'épidémie du sida entraîne la planète.

L'espérance de vie est maintenant de quarante-cinq ans en Afrique du Sud, où elle aurait été de soixante-six ans sans le sida. Les témoignages des médecins responsables de programmes sida et impliqués dans le traitement de la maladie sont accablants. À Harare, au Zimbabwe, on peut constater mille décès par semaine dus au sida. La maladie détruit les forces vives intellectuelles — chaque jour un enseignant meurt — comme les forces du travail, ce qui freine bien évidemment de façon considérable le développement de ces pays et compromet leur avenir. En dix ans, les pertes ont neutralisé quarante ans d'efforts de développement.

Malgré le pessimisme de ces propos, je suis convaincu que les années 2000 à 2002 auront marqué un tournant important. Pour la première fois, le Conseil de sécurité des Nations unies aura débattu une question autre que militaire. Le sida est devenu une menace pour l'ensemble de l'humanité. On se souvint, lors de cette réunion, de la déclaration d'Al Gore, ancien candidat à la présidence et, à l'époque, vice-président des États-Unis, qui rappelait que l'épidémie aura, en quinze ans, tué plus que tous les conflits armés du XXe siècle. L'accès aux médicaments est devenu une urgence. Depuis plus de quinze ans, l'Onusida publie chaque année ses statistiques devant lesquelles les journalistes ne trouvent plus les mots pour exprimer à quel point elles sont bouleversantes.

Beaucoup reste encore à faire pour le simple accès à l'eau potable et à la nutrition. Pour être vrai, cela n'empêche pas qu'il faille militer pour l'accès au traitement du sida. Ce sont les forces vives de l'Afrique qui sont en train de disparaître. Plus que la malnutrition, plus que le paludisme, plus encore que le manque d'eau, le sida y est le premier tueur actuel de la démographie et de l'économie.

Le problème se déplace alors. Les hommes politiques et les gouvernements du Nord s'inquiètent quant à une possible importation parallèle, façon pudique de qualifier un trafic illicite de retour de certains de ces médicaments vendus au Sud et repartis vers le Nord à bas prix. Ce risque est réel, même aux États-Unis où, bien qu'il s'agisse d'un pays riche, près de 40 % des personnes contaminées n'ont pas accès aux médicaments pour des raisons économiques. Est-il utile de le préciser, la situation est bien évidemment la même dans les pays de l'Est.

Le 1er décembre 2000, Act Up a organisé, place de la République à Paris, une manifestation autour de l'accès aux soins. Ils étaient nombreux à brandir des pancartes sur lesquelles on pouvait lire : « Brevet = mort. » Ce qui peut se lire aussi : « Générique = vie. » Mais, étant par essence des copies de ce qui a été découvert, les médicaments génériques ne sont fabriqués qu'avec retard. Il y aura donc, en permanence, le besoin d'une palette de molécules nouvelles pour faire face à l'échec et à l'intolérance aux médicaments. Bien que de nouveaux médicaments continuent d'arriver sur le marché, on ne dispose pas encore de suffisamment de diversité de génériques.

23

« *Vivre avec...* »

Comme d'autres épidémies, le sida a révélé et accentué de graves phénomènes d'exclusion et de stigmatisation dans nos sociétés. Lorsque nous avons commencé à la reconnaître, la maladie touchait surtout des personnes dont les comportements ne correspondaient pas aux normes établies. Les séropositifs furent parmi les premiers à susciter de nouvelles associations qui ont joué un rôle décisif dans la prévention et l'aide aux malades. Dans de nombreux autres champs également, par exemple dans la mobilisation de l'opinion publique ou la mise en place de nouveaux rituels de deuil. Les personnes atteintes ont rapidement et légitimement revendiqué leur place dans la définition de la politique de santé au sens large, qu'il s'agisse des priorités budgétaires, de la sélection des essais thérapeutiques, de la question des assurances ou de l'emploi.

« Vivre avec le virus », c'est maintenant le reconnaître comme une sorte de partenaire. L'expression sonne d'autant plus juste que, on le sait, le virus s'intègre dans les cellules de l'organisme ; et, malgré les trithérapies les plus éprouvées, il ne pourra être éradiqué. La vie dépendra d'un équilibre et du rapport de force entre le virus (la réplication virale) et la capacité de lutter de l'hôte, qui elle-même sera fonction de ses défenses immunitaires et de l'efficacité des traitements. L'expression « vivre avec » apparaît comme une sorte de défi face à une vision de la société qui voulait que le sida soit synonyme de mort. Or, on le constate chaque jour, le partenariat est possible.

Dans les pays en développement plus encore que dans nos pays occidentaux, chacun — ou presque — « vit avec ». Le sida n'est plus seulement une menace. Il est là, omniprésent, tangible. Il n'y a pas aujourd'hui un seul pays au monde qui peut prétendre être à l'abri de l'épidémie ou pour lequel il y aurait un sens à s'enorgueillir de ce qu'il compte moins de personnes infectées qu'un autre ; et ce, même s'il n'est pas dans la situation extrême de certains pays d'Afrique australe, où un adulte sur cinq est infecté par le virus, comme l'est un enfant qui naît sur quatre ; où la population active et les efforts de développement des trente dernières années se sont trouvés brutalement anéantis par dix ans d'épidémie.

L'attention de l'opinion publique mondiale et des politiques sur la maladie évolue rapidement. Les conférences internationales sur le sida qui se tiennent tous les deux ans sont là pour en témoigner. À Vancouver, en 1996, c'était hier et déjà si loin, nous avons travaillé sur le thème, devenu bientôt un slogan, « *One world, one hope* ». Une manière de résumer qu'au moment où commençait à poindre la promesse des trithérapies la solidarité internationale devait se grouper autour de cet espoir enfin apporté. Deux ans plus tard, en 1998, le slogan de la conférence de Genève était « *Bridge the gap* », soit « Il se crée un fossé, travaillons à le combler ». Et pourtant, le fossé n'a fait que continuer à se creuser. En 2000, la conférence internationale de Durban était intitulée « *Break the silence* ». Il fallait rompre le silence. On a alors enfin pu utiliser un langage de vérité sur l'épidémie dans les pays en développement et confronter les États et la communauté internationale à leurs responsabilités. On n'est pas pour autant passé à l'action, espérant peut-être trop vite que le Fonds mondial et la mobilisation sans précédent survenue en 2001 permettraient la prise en charge de l'épidémie à travers le monde. En juillet 2002, le slogan du congrès sur le sida de Barcelone fut : « *Knowledge and commitment for action* », « Le savoir et l'engagement au service de l'action ». Cela pourrait faire sourire, tant cela semble à la fois naïf et ambitieux. Espérons cependant que ce congrès aura représenté un moment charnière vers l'action, ce qu'auront concrétisé les premiers déboursements du Fonds mondial au profit des soins au début de l'année 2003.

Tous, les scientifiques, les médecins, les militants associatifs, les hommes politiques du Nord comme du Sud, ainsi que le secteur privé maintenant impliqué, seront comptables de ce qui se sera passé lorsque nous nous retrouverons à Bangkok où aura lieu, en 2004, la prochaine conférence internationale sur le sida. Il faut absolument qu'on s'approche de l'objectif affiché par l'OMS : trois millions de personnes traitées dans les pays en développement d'ici à 2005. En 2002, à l'heure du congrès international de Barcelone, elles n'étaient que deux cent mille, dont trente mille seulement en Afrique. Les objectifs annoncés par l'OMS impliquent quelques précisions. Le grand public s'étonne : « Qu'est-ce que trois millions de personnes traitées, alors que quarante et bientôt cinquante millions sont infectées dans le monde ? » C'est oublier que ce n'est pas parce que l'on est infecté par le virus du sida que l'on a nécessairement besoin d'un traitement. Les dernières recommandations de l'OMS et le consensus international sont qu'il ne faut pas traiter trop tôt. Il est préférable de ne pas débuter le traitement précocement, de façon à épargner les médicaments pour l'avenir et à ne pas exposer prématurément les patients aux complications. Si l'on place le seuil de début de traitement à environ deux cents lymphocytes T CD4 par millimètre cube, l'OMS estime — chiffres qui demandent encore à être vérifiés — à six millions en fourchette basse, neuf millions environ en fourchette haute le nombre de personnes qui auraient besoin d'être traitées en 2005. L'objectif de trois millions assurerait donc une couverture d'environ 30 % des besoins.

Les stratégies à suivre semblent maintenant claires : « Quels traitements ? » « Quand les commence-t-on ? » Les premiers programmes financés par le Fonds mondial vont permettre de traiter deux cent vingt mille personnes, c'est-à-dire de doubler le nombre de ceux qui, Brésil compris, le sont actuellement, multipliant ainsi par six le nombre des personnes soignées en Afrique. On peut, avec raison, estimer ce chiffre de deux cent mille encore loin de celui de trois millions que l'on projette de soumettre à un traitement. On peut aussi estimer que, dans les dix-huit mois à venir, le fait de doubler le nombre de ces personnes dans les pays en développement aura un impact considérable.

Lorsqu'on regarde en arrière, chacun des slogans des quatre dernières conférences sur le sida exprime bien l'évolution de la façon de penser et des objectifs que se fixe la communauté internationale. Celui de Bangkok n'est pas encore connu, mais il est intéressant de se souvenir qu'au moment de sa publication, environ un an avant la date du congrès, « le savoir et l'engagement au service de l'action », fil conducteur du congrès de Barcelone, a été perçu comme étant quelque peu « léger » ! Si l'on maîtrise mieux le savoir, on n'est pas pour autant suffisamment engagés dans l'action. Beaucoup de gens à ce propos s'indignent de l'inaction relative des États du Sud. Mais peut-on imaginer, au regard de ce qu'a été l'impact de l'épidémie, avec seulement cent mille personnes séropositives, sur un pays aussi puissant et riche que le nôtre, l'état de sidération dans lequel il se serait trouvé s'il avait fallu faire face non pas à cent mille, mais à un million de personnes infectées ? Qu'auraient fait les États-Unis d'Amérique, face à cinquante ou soixante millions de personnes séropositives ? Pourtant, c'est avec l'attention lointaine que l'on aurait pour un faire-part de deuil que l'on continue dans nos pays à lire les statistiques de l'Onusida et que l'on voit, observateurs impuissants, s'effondrer l'économie, le système éducatif, la cohérence familiale et sociale dans de nombreux pays en développement tandis que l'espérance de vie diminue déjà de plus de quinze ans par rapport à ce qu'elle aurait été sans cette épidémie dévastatrice. Dans la plupart des pays d'Afrique, chaque famille a aujourd'hui en charge quatre personnes de plus qu'elle n'en aurait en l'absence du sida.

Le sida est là. Il est présent, comme un défi, une urgence, aussi bien pour le monde développé que pour le monde en développement. Partout on le verra, comme je le vois depuis vingt ans, entraîner des souffrances insupportables. Dans le même temps, une prise de conscience accrue de l'épidémie ne manquera pas de susciter un engagement dans la prévention et dans la solidarité.

Cette double face d'une maladie qui prend des vies tandis qu'émergent des forces de lutte et de combat est la caractéristique du monde aujourd'hui.

Une maladie qui métamorphose ceux sur lesquels elle s'abat. Elle les anéantit, mais les révèle aussi. Je n'en ai que trop vus, de ces êtres, jeunes pour la plupart. En quelques mois, ils prenaient l'apparence de vieillards parce que leur « enveloppe » se dégradait au fil des jours. Dans le même temps, ils devenaient lumineux, rayonnant alors d'une richesse intérieure qu'ils ne soupçonnaient même pas. Et qui soudain éblouissait leur entourage, plus fort encore que leur physique ne l'apitoyait. Je me souviens de Carlos, si beau, drôle et généreux, qui eut le courage de plaisanter, puis seulement de sourire, parce qu'il ne pouvait plus nous donner davantage, jusqu'à la fin.

Aujourd'hui, grâce au traitement, cette mort précoce n'est plus inéluctable. On vit avec... Ce qu'exprimait si ardemment Diane dans une lettre adressée à l'un des médecins du service. Avec ses contradictions, ses regrets, ses difficultés, mais toujours ses espoirs : « Je veux mes chances de rester en bonne santé et de trouver ce que je veux faire vraiment par moi-même et pour moi-même dans cette putain de vie qui peut être si belle. J'ai envie de ressentir des choses vraies : la beauté de la nature, la révolte devant les injustices ; je veux voyager, voir la planète et ses habitants, danser, chanter avec pour seule défonce la joie de vivre. Je vis depuis trop d'années en dents de scie et ça m'a bouffé le cerveau... J'ai besoin de fonder ma propre famille, pour arriver enfin peut-être à être quelqu'un, à exister à part entière... [...] Mais est-ce que ça existe, un homme sain, qui m'apportera ce dont j'ai besoin, avec lequel on pourra tout partager, à qui je pourrai donner tout l'amour qui m'étouffe ? Est-ce que cet homme m'acceptera comme je suis, des rapports protégés toute la vie, les risques pour les enfants [...] »

Ce virus aura bouleversé nos vies dans les dernières années du XXe siècle, celles de la « génération sida », comme dans nos sociétés. L'épidémie aura modifié nos comportements et n'aura eu de cesse qu'elle ne change notre regard sur le monde et sur la maladie. Après une consultation particulièrement éprouvante, peut-être parce qu'elle avait lieu un 27 décembre, au lendemain de Noël, je m'apprêtais à partir en Italie, et je me réjouissais à la pensée de revoir des tableaux des Vénitiens, le Tintoret et Titien, de découvrir aussi, dans le coin sombre d'une petite église ignorée du flot des touristes, quelque trésor inconnu. Il suffirait d'une pièce de un euro pour que la lumière jaillisse sur une toile, provoquant instantanément une minute d'émerveillement. Resté tard ce soir-là dans le service, en ôtant ma blouse, je ne me détachais pas en pensée de mes consultants, Jean, Corinne, Marcelle… Longtemps après avoir quitté l'hôpital, la consultation toujours présente à l'esprit, je me dis : « Tous, ils "vivent avec" le VIH. »

Durant les premières années de l'épidémie, on parlait de séropositifs. Aujourd'hui, que ce soit les documents officiels du sida, les statistiques, les témoignages sur le ressenti des malades, partout l'expression utilisée est « PLWHA », « *People Living With HIV/AIDS* », personnes vivant avec le virus du sida, la première menace infectieuse pour le monde qui apprend dorénavant à « vivre avec ». Dans le cas du sida, on ne prononce généralement ni le mot patient, ni le mot malade. On parle de personne, et le virus, symbole de mort, voisine avec le mot « vivre », tandis qu'« avec » crée le lien entre la vie et la mort qui se confrontent et s'affrontent. En adoptant cette expression, conscientes de ce que leur avenir dépend de l'accès aux médicaments, de ce qu'un vaccin permettra peut-être un jour de se protéger contre l'infection, les personnes atteintes défient la maladie. Il faut que le monde, à son tour, ait conscience de ces millions de personnes porteuses du virus pour lesquelles l'espoir de vie dépend de l'accès aux médicaments.

Hôpital Broussais, juillet 2000,
HEGP, octobre 2002.

POSTFACE

« *Le médecin avait écrit son premier livre, sur le sida. C'était lui qui avait soigné l'ami dont je décris la mort dans* L'accompagnement. *J'avais fait son portrait. Il me faisait confiance. Il voulait mon avis sur son manuscrit. … et la réapparition du médecin de celui dont la mort hantait tant Hervé se produisait le jour même ou la veille de son accident cérébral* », écrit René de Ceccatty dans *Une fin*[1].

Étrange coïncidence en effet. Je remercie René de Ceccatty de sa confiance. Voici ce livre édité à nouveau.

En octobre 2002, je fermai la première édition de *La consultation du soir* sur cette réflexion : « Il faut que le monde, à son tour, ait conscience de ces millions de personnes porteuses du virus pour lesquelles l'espoir de vie dépend de l'accès aux médicaments. »

En deux ans, la situation du sida dans le monde aura encore beaucoup changé. Il s'est construit

1. *Une fin*, Le Seuil, 2004.

une « opinion publique internationale » qui s'insurge dorénavant, au Nord comme au Sud, contre l'inégalité de l'accès aux soins dans les pays riches et dans le monde en développement. En même temps, le virus continue de bouleverser nos vies et de mettre le monde en danger. La réalité des chiffres est effrayante, l'épidémie continue de croître avec quelque cinq millions de nouvelles personnes infectées chaque année. Une toutes les six secondes ! Huit à dix mille personnes meurent chaque jour du sida dans le monde.

En Afrique, l'épidémie touche de plus en plus de jeunes et de femmes. Alors que nous savons considérablement diminuer le risque de la transmission du virus de la mère à l'enfant, grâce à des traitements qui coûtent moins de quinze euros, près de huit cent mille enfants naissent nouvellement infectés chaque année, exposés au virus au cours de la grossesse ou de l'allaitement. L'épidémie se déplace ; elle étend ses ravages dans de nouvelles régions du monde. En Asie, dans les Caraïbes, en Europe de l'Est. En Inde, elle progresse considérablement et si la prévalence — c'est-à-dire le pourcentage des personnes atteintes dans la population générale — reste modeste, on estimait à plus de cinq millions le nombre de personnes infectées en 2003. En Chine, où elles seraient un million quatre cent mille, l'épidémie se répand dans la population générale. Si rien ne change, l'ONUSIDA et l'OMS estiment qu'il y aura, d'ici 2015-2020, plus de personnes infectées en Asie du Sud-Est qu'il n'y en a actuellement en Afrique.

Dramatique également la situation des pays de

l'Europe de l'Est, la Russie, l'Ukraine, la Biélorussie et un certain nombre de républiques d'Asie centrale où l'on ne connaissait pas de cas de sida déclaré avant 1995. En Russie, les autorités annoncent trois cent cinquante mille personnes infectées. Bien qu'encore peu précises, les estimations de l'ONUSIDA avancent un chiffre bien supérieur : de six cent mille à un million deux cent mille. Chiffre d'autant plus alarmant qu'il s'agit d'un pays où les autorités politiques n'ont pas pris la dimension de l'infection. La Russie est, selon les données dont on dispose, le pays du monde où l'épidémie progresse le plus rapidement actuellement, concernant, pour une part importante, les usagers de drogues désocialisés, marginalisés et stigmatisés par le système. La population habilement désinformée considère que... après tout... « ils l'ont bien cherché ! ». Aussi voit-on, pire encore qu'un refus, une ignorance du droit pour les toxicomanes à être considérés comme des malades et à recevoir des soins. Souvenons-nous de ce qu'en France, nous aussi avons mis beaucoup de temps avant de mettre en place un accès aux soins pour les usagers de drogues. Cette vision de santé publique des problèmes liés à la toxicomanie n'existe pas dans les pays de l'ancien bloc soviétique, où les politiques ont choisi de fermer les yeux sur l'épidémie.

En France, on estime actuellement à environ cent mille le nombre de personnes séropositives pour le VIH. Ces chiffres sont un peu plus bas qu'ils ne l'étaient dans les premières estimations, il y a quelques années, les méthodes de calcul étant de plus en plus précises. On assiste néanmoins, depuis 2001, à une recrudescence des nouvelles contaminations. Les données préliminéraires sur l'incidence, c'est-à-dire le nombre de nouvelles infections survenant chaque année, montrent que celles-ci atteignaient les 6 000 cas en 2003.

Les infections nouvellement rapportées en France concernent pour plus de cinquante pour cent des groupes de populations vulnérables, en particulier des migrants et singulièrement des gens venus d'Afrique. Les infections récentes concernent les jeunes et les homosexuels masculins. En Europe de l'Ouest, les usagers de drogue ne s'infectent plus actuellement avec le virus du sida, ils continuent cependant de contracter l'hépatite C, le VHC étant beaucoup plus « infectant » que le VIH. Dans notre pays, les enquêtes en population générale mettent en évidence une certaine banalisation de la maladie. Les campagnes menées par les autorités de santé publique ont promu l'idée qu'elle soit considérée comme n'importe quelle autre, pour combattre la discrimination et le rejet. Ces efforts ont été bien reçus dans la population. Les enquêtes démontrent néanmoins que les gens sont moins inquiets à propos du sida. Faussement rassurés par « l'efficacité » des médicaments, ils connaissent moins bien les modes de transmission du VIH et sont moins préoccupés par le risque. Ce qui explique la progression des comportements à risque, ainsi qu'en témoigne l'épidémie de syphilis qui sévit en France depuis 2003.

On a, un peu rapidement, attribué ces relâchements de comportements à un certain « optimisme thérapeutique». Percevant mal les effets des médicaments dont ils pensent qu'ils assurent une guérison, les gens relâcheraient leur vigilance vis-à-vis de la prévention. En fait, les explications de ce relâchement sont beaucoup plus complexes. Parmi les facteurs en jeu, les chercheurs en sciences sociales identifient notamment une lassitude vis-à-vis des contraintes de la prévention, en particulier chez les homosexuels masculins de plus de quarante ans. Les jeunes, notamment ceux qui sont entrés dans la vie sexuelle depuis l'arrivée des trithérapies et de ce fait n'ont pas connu le climat quotidien d'angoisse à l'égard de la maladie qui régnait au cours des années quatre-vingt-dix, sont moins bien informés et moins ouverts à la prévention.

De nouveaux cas d'infection détectés chez des personnes migrantes ne signifient pas que celles-ci se soient infectées depuis leur arrivée en France, beaucoup sont venues d'Afrique ignorant leur séropositivité. Comment, à ce sujet, ne pas s'insurger contre la réduction par le gouvernement des droits à l'aide médicale gratuite pour les immigrants qui nous confronte à nouveau à des situations humaines douloureuses? J'ai ainsi vu récemment un homme d'une cinquantaine d'années, accompagné par sa sœur qui vit en France depuis longtemps. Il n'allait pas bien depuis quelque temps. Après plusieurs examens réalisés à Paris, dont une colonoscopie dans une clinique privée, un test sérologique s'est révélé positif. En France depuis quatre semaines, cet homme ne pouvait avoir droit à l'aide médicale gratuite, la loi exigeant maintenant un minimum de trois mois de résidence. C'est en utilisant des noms d'emprunt que nous avons pu réaliser des examens et, très rapidement, découvrir qu'il souffrait d'une infection opportuniste due à un parasite intestinal, *isospora belli*. Traité le soir même par un antibiotique, il a pu repartir rapidement à Abidjan où, je l'espère, il aura été accueilli dans l'un des programmes d'accès aux antiviraux que je lui indiquai. Avec de bonnes chances de rétablissement. Mais cependant tant d'incertitude sur la possibilité pour lui d'accéder au traitement.

La croissance de l'épidémie confirme que nous sommes confrontés aujourd'hui à une véritable crise de la prévention, en France et dans le monde. Certes, nous savons que les campagnes de prévention sont plus efficaces lorsqu'elles sont précisément ciblées. Mais nous connaissons également le risque que cela représente en termes de discrimination. Les traitements ont quelque peu effacé l'attention constante qui doit être portée à la prévention. Nous-mêmes, dans les hôpitaux, ne nous en sommes pas assez préoccupés chez les personnes séropositives qui continuent d'être potentiellement contaminantes, puisque les médicaments antiviraux ne permettent pas d'éliminer le virus de l'organisme. L'équipe de l'association AIDES a récemment posé la question aux patients, à la sortie de la consultation du soir :

— Vous venez de voir votre médecin, vous a-t-il parlé de prévention ?

— Non... Nous avons parlé des CD4... et de mon traitement.

Est-ce une forme de pudeur, est-ce le temps ? Soignants, soignés, nous abordons trop peu le sujet de la prévention chez les personnes séropositives.

Partout dans le monde, les populations qui s'infectent sont de plus en plus difficiles à atteindre. Comment, dès lors, faire passer le message de prévention ? D'autant que nous ne savons toujours pas ce que devraient être les interventions de prévention dans des régions à risques comme l'Afrique australe. Clairement le « a.b.c. » (*abstinence, be faithful, condom*) prêché par l'initiative présidentielle américaine contre le sida ne saurait suffire ! Pour autant, et c'est là un véritable scandale, le problème reste ignoré dans les pays où l'épidémie se concentre autour des usagers de drogues, chez lesquels on sait pourtant clairement comment le virus se transmet et comment l'éviter.

En Russie, en Ukraine, dans ce pays où la drogue circule pour un prix dérisoire, où un gramme d'héroïne ne coûte que quelques euros, la politique dite de réduction des risques est toujours inexistante. La méthadone ne figure pas sur la liste des médicament reconnus. De nombreux médecins continuent à dire qu'un patient en traitement substitutif par la méthadone reste un toxicomane maintenant dépendant d'une nouvelle drogue. Ainsi, en Lituanie, le seul pays de la région où la méthadone est prescrite, il faut, pour accéder aux traitements antirétroviraux, être sevré de méthadone. Sans quoi, toujours considéré comme « intoxiqué », on est interdit de traitement.

Il faut s'attendre dans ces pays à une vague de mortalité considérable par le sida dans les cinq années à venir. Tout cela parce que, dans le seul domaine de la prévention dont on sait pourtant qu'elle pourrait être efficace, rien n'aura été mis en place. Les autorités politiques comme de santé publique sont bien responsables et coupables. Aujourd'hui, la Russie et les pays alentour sont devenus à haut risque épidémique. Le Fonds mondial a déjà versé les premiers crédits et, fort heureusement, d'autres suivront qui permettront de financer de grands programmes de prévention et le traitement de soixante-dix mille personnes infectées.

Je m'y rends maintenant régulièrement, afin de former des médecins russes à la prescription des médicaments antirétroviraux. J'ai l'avantage de parler la langue et ce n'est pas sans émotion que je retrouve mes racines. Je connais bien Moscou où j'ai encore de la famille avec laquelle j'ai toujours gardé des contacts, de mieux en mieux Saint-Pétersbourg ou encore Souzdal, petite ville à cent cinquante kilomètres au nord de Moscou qui m'enchante avec ses magnifiques églises et ses palais que des architectes de la Renaissance italienne sont venus bâtir. Les maisons, les lieux publics, souvent en bois, se détachent dans une lumière particulière qui tient sans doute à l'immensité des espaces, à la pureté du ciel. On se retrouve soudain transporté dans ces toiles d'Isaac Ilitch Lévitan, peintre du XIXe siècle, dont il y a une si belle collection, à la galerie Tretiakov, à Moscou. À Souzdal, sous les très belles arcades du début du XVIIe siècle, se tient un marché où l'on peut voir de pauvres vieilles femmes, un foulard sur la tête, aussi fripées que les quelques pommes qu'elles vendent, entre trois œufs et quatre pirojki. J'y ai participé à la conférence nationale russe sur le sida, en 2004. Nous étions plus de huit cents, dans un complexe comprenant d'immenses auditoriums et un hôtel, construit dans le plus pur style soviétique qui faisait fureur dans les années soixante. La séance inaugurale s'est ouverte sur un discours lu — comme ils l'étaient hier aux congrès du « parti » — par le responsable du ministère de la Santé. Cela pendant une heure et demie, tandis que des diapositives étaient projetées sur un écran encadré de grands rideaux rouges sur lesquels se détachaient encore « la faucille et le marteau » et le mobilier en bois clair qui caractérise le style de cette période. Rien n'avait manifestement changé. Si ce n'est que... à ses côtés se tenaient des responsables du programme sida et un prêtre, avec soutane aux grandes manches et barbe ! Ce dernier prit la parole à son tour. Alors que l'on sait que l'Église russe est particulièrement conservatrice, il a commencé son discours : « Nous croyons, et c'est ce qui nous rassemble... » Je ne savais plus ni dans quelle époque ni où je me trouvais, mais j'étais profondément en Russie ! J'y travaille maintenant avec l'organisation OSI (Open Society Institute) soutenue par George Soros, milliardaire américain qui depuis tant d'années finance l'accès aux soins pour les usagers de drogues dans les pays de l'Est. Les Russes n'ayant pas accepté qu'il y ait chez eux une « société ouverte », l'organisation y est appelée OHI (Open Health Institute). Qu'importe ! Ces gens sont d'une grande détermination à faire avancer les choses.

« C'est le mercredi 6 septembre 2000 qu'a eu lieu la première consultation du soir à l'hôpital européen Georges-Pompidou... »

Dans la première édition de ce livre, je faisais part des espoirs de l'équipe, de notre enthousiasme, de notre attente aussi... et de la façon dont s'est déroulée cette première consultation. Avec les commentaires, hélas plus souvent lapidaires que satisfaits, des patients auxquels on avait volé une certaine forme de complicité, une sensation de protection due à la force de l'habitude. Ils se trouvaient soudain bien involontairement propulsés dans l'inconnu.

Aujourd'hui, le climat est autre. Les patients se sont habitués à ce nouveau lieu dans lequel ils ont à nouveau retrouvé les soignants toujours à leur écoute. Même si l'équipe infirmière a changé. Tout s'était passé un peu comme si les murs avaient pris le dessus sur les êtres, comme si le nouvel hôpital avait dominé le lien établi entre soignants et soignés.

Cinq ans plus tard, « le plus bel hôpital d'Europe » a pris un petit coup de vieux dans sa modernité. Et c'est tant mieux. Il n'est plus flambant neuf, il s'en faut. Il a subi déjà des coups et des blessures, preuves qu'il est utilisé, qu'il vit. Quant à la « consultation du soir »... elle est toujours en place, le nombre des consultants continue d'augmenter. L'hospitalisation est toujours un secteur où nous voyons des gens qui viennent de découvrir leur infection après des années, à un stade avancé de la maladie. Il y a également cette petite proportion de patients, cinq pour cent peut-être, en échec thérapeutique : ils supportent mal les traitements et vont d'hospitalisation en hospitalisation, de récidive en rechute.

Maintenant blasés sur ce sujet du sida, beaucoup considèrent, comme c'était le cas de la presse lors de la conférence de Bangkok, que la recherche ne progresse plus. C'est évidemment faux. Ainsi, depuis 2002, le nombre des médicaments des trithérapies a considérablement augmenté. En 1996, nous disposions de cinq à six médicaments. En 2001-2002 nous en avions une douzaine à notre disposition. En 2005 : dix-sept médicaments, dont certains tout à fait innovants, d'autres en essais de phases 2 et 3, c'est-à-dire probablement sur le marché dans les deux à quatre années à suivre. Beaucoup, parmi ces médicaments nouvellement arrivés, ont entre autres atouts celui d'être de prise beaucoup plus simple. Ils sont aussi mieux tolérés, ce qui est primordial. Ainsi, pour qui prenait de l'amprénavir, la dose quotidienne était de seize gros comprimés, le fosamprénavir se limite maintenant à deux comprimés par jour, un le matin, un le soir ; une contrainte beaucoup moins forte. Ce sont à mes yeux des progrès considérables.

Parmi les questions clés que nous nous posons toujours, se pose celle de l'attitude qu'il nous faut avoir vis-à-vis de la résistance qu'acquiert le virus à l'égard des médicaments. Tôt ou tard, les patients traités atteindront ce seuil de résistance. En 2003, l'ANRS avait procédé à un essai de grande envergure dont les implications méritent d'être retenues. Appelé « Narval », cet essai s'adressait à des patients en échec de traitement, dont la « charge virale » était élevée. Les patients impliqués furent divisés en deux groupes dont la désignation avait été faite par tirage au sort. Ceux du premier groupe voyaient modifier leur traitement sur prescription de leur médecin traitant qui connaissait l'histoire de leur maladie. Pour ceux du second, le traitement était établi en fonction des résultats d'un test appréciant la résistance de leur virus aux médicaments.

Un de mes patients, enseignant dans un lycée parisien, que je suivais depuis plusieurs années, avait organisé sa vie quotidienne autour de son traitement qui consistait en deux prises quotidiennes de deux comprimés. Une prise le matin, une le soir. Parce qu'il déjeunait à la cantine du lycée, il ne voulait absorber aucun cachet devant ses collègues. Par les hasards du tirage au sort, dans l'essai Narval, le voici dans le lot de ceux dont le traitement fut dicté par le test de résistance. Il se vit alors passer d'une prise de quatre comprimés quotidiens à dix-neuf, en quatre prises par jour ! Il a consciencieusement suivi ce nouveau traitement pendant trois semaines, avant de revenir me voir pour me dire, hors de lui :

— Comment voulez-vous que je fasse ?

Cela ne lui était plus possible. Il apparaît ainsi que l'intérêt potentiel des tests pour orienter au mieux le changement d'un traitement en fonction des résistances acquises ne peut être mis en doute. Pour autant, ils ne sauraient prendre en compte les dimensions de la vie du patient comme le ferait son médecin.

L'expérience nous apprend qu'un patient peut prendre seize comprimés par jour pendant un… deux, trois mois et même cinq ou sept ans. Et soudain, il craque. Les uns craquent à six ans, d'autres à six mois, lorsqu'il leur faut, par exemple, en arrivant pour le week-end chez des amis ou des parents, devoir mettre dans le réfrigérateur le flacon de comprimés qu'ils doivent prendre sans discontinuer.

Une enquête publiée dans un document de l'ANRS, daté de novembre 2004, renseigne sur la façon dont les personnes vivant avec le VIH suivent et supportent leur traitement : « *Six patients sur 10 prennent totalement leur traitement. Le degré d'observance est associé aux résultats du traitement. Les effets secondaires sont fréquents, notamment les modifications de l'apparence physique et les troubles sexuels ; ils affectent la qualité de vie qui est globalement fortement altérée par rapport à la population générale.* » L'observance a été mesurée à l'aide de questions standardisées se rapportant à la prise de comprimés au cours des sept derniers jours : 60 % des patients n'ont manqué aucune prise, ce qui leur valut d'être classés dans la catégorie « hautement observants », 36 %, c'est-à-dire moins d'une personne sur cinq, se virent étiquetés « modérément observants ». Ayant manqué encore davantage, 4 % furent classés « non-observants ».

Fort heureusement, au fil des avancées de la recherche, de nouveaux médicaments apparaissent. Plus « pratiques », qualité qui peut paraître dérisoire aux bien-portants. Plus efficaces aussi, ils restent un espoir pour ceux qui ont tout essayé.

C'est pourquoi, j'aime citer l'exemple de Jean. Le lecteur se souviendra de Jean qui menait une vie normale, prenant régulièrement des cours de danse, malgré un déficit immunitaire sévère caractérisé par une absence totale de CD4. Jean a contracté une infection opportuniste due à un parasite intestinal. Alors qu'il pesait habituellement soixante kilos, il n'en a bientôt plus pesé que cinquante et un, puis quarante-neuf... Il vivait au ralenti, extrêmement fatigué, au point de se voir dans l'obligation d'arrêter toutes ses activités.

Jean était méconnaissable. Toujours épuisé, lui qui avait été étonnant de vitalité, le visage émacié. Et pourtant, au fond de lui-même, il gardait espoir alors que moi je n'en éprouvais plus guère lorsqu'il me quittait après la consultation. Il avait raison. Jean a été l'un des premiers à bénéficier de l'arrivée de deux nouveaux médicaments : le T20, puis une nouvelle antiprotéase appelée « Tipranavir ».

Grâce à cette association de médicaments, Tripanavir et antirétroviraux, le nombre des CDA de Jean, que l'on avait vu à zéro pendant des années, a dépassé les 200. Il pèse à nouveau soixante kilos, a pu reprendre la danse et ses activités. Jean est redevenu celui qu'il était.

Le parcours de Jean... Les hauts et les bas, les zones de turbulences, espoirs et désespoirs qu'il a eu le courage de traverser doivent servir de référence. C'est une leçon forte et belle que celle qu'il donne, tant à ses soignants qu'aux autres soignés : N'abandonnons pas... N'abandonnez pas...

Jean a su attendre... Il a su garder confiance lorsque je lui expliquais que ce nouveau médicament que je lui proposais nous apportait de l'espoir. Un médicament qu'il nous fallut attendre un long temps. Deux mois... quatre mois... et toujours de nouvelles difficultés... signer le protocole... attendre à nouveau... Finalement et heureusement, les médicaments sont arrivés et il n'a fallu que quelques semaines avant qu'ils fassent effet.

Trois années auront passé depuis la création du Fonds mondial. Depuis, j'évolue dans ce métier nouveau pour moi, président du Conseil scientifique du Fonds, au service de l'accès aux traitements dans les pays en développement. En janvier 2005, j'aurai terminé mon mandat, la relève étant prise par un économiste sud-africain.

Au cours de ces trois années, nous avons examiné plus de six cents propositions provenant de pays en développement et particulièrement affectés par la malaria, le sida et la tuberculose. Nous avons déjà donné le feu vert à quelque trois cents projets dans cinquante pays différents.

Le Fonds mondial est né, je le rappelle, de l'appel de Kofi Annan, en avril 2001, à Abuja. Il fut concrétisé dans les six mois qui suivirent et, dès janvier 2002, se tenait la première réunion du conseil d'administration. À peine trois ans plus tard, le Fonds avait déjà engagé pour huit milliards de dollars de programmes. Ce qui, au terme de cinq ans de ces programmes, permettra à pratiquement neuf cent mille personnes infectées par le VIH d'avoir accès au traitement antirétroviral.

Depuis le 1er décembre 2003, l'OMS a lancé le slogan : « Three by five », avec pour objectif : traiter au moins trois millions de personnes dans les pays en développement d'ici la fin de 2005. En septembre 2003, l'OMS et les Nations unies ont déclaré que l'accès aux traitements antirétroviraux dans les pays en développement représentait une « urgence sanitaire mondiale ». Pour moi, cette décision, ces mots sont très forts. Même si je suis maintenant habitué au langage parfois convenu des réunions diplomatiques, je continue de m'émouvoir de ces déclarations. S'ils avaient vécu dans notre pays, ces huit mille morts quotidiens du sida, ces trois millions de morts par an, auraient été soignés. C'est cet impact de la maladie évitable qui a été déclaré urgence sanitaire.

Les trois cents programmes qui débutent représentent donc un premier bilan positif de ces trois années au Fonds mondial, de ces sessions d'examen des projets qui nous rassemblaient pendant quinze jours consécutifs dans un hôtel de Genève proche de l'aéroport. Quinze jours durant lesquels nous vivions à un rythme monastique, sans sortir du complexe hôtelier, si ce n'est, le matin vers huit heures, pour aller à la teinturerie de l'aéroport où nous nous rencontrions tous, nos chemises sous le bras !

Les journées de travail étaient intenses. Le soir, chacun recevait quatre à cinq projets à lire pour le lendemain — chaque projet étant apprécié par trois ou quatre experts travaillant dans un même sous-groupe, afin que tous les angles possibles soient abordés. Quant aux sous-groupes, leur formation était modifiée tous les trois jours, afin d'éviter que ne se créent des connivences ou des biais de pensée.

Vers dix heures le matin, nous nous retrouvions autour d'une tasse de thé et commencions à énoncer nos premières impressions sur les projets. Plus tard, entre quatorze et seize heures, nous nous réunissions par sous-groupes, afin de nous forger une opinion collective sur le projet, ébaucher un premier jet de ce que serait le rapport, et nous entendre sur les premières « notes » à donner, l'appréciation étant portée sur la pertinence du projet dans le contexte épidémique du pays, sa qualité, sa faisabilité et l'adéquation du plan de travail proposé. Plus tard, jusqu'à vingt-deux, vingt-trois heures, nous abordions des séances plénières qui pouvaient durer de quatre à six heures durant lesquelles nous traitions de chaque projet, l'un après l'autre. Venait enfin l'heure des décisions toujours prises au consensus à propos desquelles, c'est ma grande fierté, nous n'avons jamais dû avoir recours au vote ! J'allais ensuite présenter au conseil d'administration du Fonds nos recommandations. Elles représentaient un taux d'acceptation et du financement d'environ quarante pour cent des projets soumis. Sur les projets que nous recommandions au financement, les huit milliards de dollars d'engagement du Fonds furent attribués, pour soixante pour cent au sida, quinze pour cent à la tuberculose.

La seule discussion qu'il y eut entre les présidents Bush et Chirac, au G8 d'Évian, en 2003, aura concerné l'accès au traitement du sida. L'opinion publique mondiale est maintenant largement sensibilisée à cette inégalité du Nord et du Sud pour l'accès à la santé comme un « bien public global ». Je l'ai perçu en écoutant les interventions des auditeurs à la radio, au marché à Bobo-Dioulasso, en Inde, également en Russie. Il suffit alors d'un événement, à commencer par la guerre en Irak, pour que l'opinion publique réalise que les gouvernements sont susceptibles de dépenser en quelques jours des sommes qui permettraient de financer les traitements du sida dans le monde pendant plusieurs années. Cette opinion publique fait alors pression sur le monde politique.

Durant les trois années passées au Fonds, j'aurai appris à connaître les hommes politiques, j'ai vu dans leur monde, dans celui des diplomates, des personnalités fortement engagées. Pour avancer, nous avons besoin qu'ils se battent avec nous. En 2003, on estimait à environ 200 000 le nombre de personnes sous traitement dans les pays en développement, dont 150 000 au Brésil et 45 000 en Afrique. On en compte aujourd'hui 450 000. Ce qui représente un énorme progrès, même si l'on est encore très loin des six millions de personnes traitées qu'il faut atteindre. Le point positif du slogan « three by five » aura été d'apporter un objectif chiffré, grâce auquel il est possible de mesurer les avancées et les échecs, mais il faut en être conscient, ce chiffre, on ne l'atteindra pas. Ils seront au mieux un million à recevoir un traitement, à la fin de 2005. Trois millions ? Certainement pas ! Trois millions... Cela signifierait que seraient couverts 50 % des besoins les plus urgents, au moment où l'on compte dans le monde six millions de personnes qui mourront dans les deux ans, faute d'avoir eu accès au traitement.

D'où cette pression de plus en plus forte de repenser complètement la prévention et surtout de passer à une tout autre échelle en termes d'accès aux traitements. L'Afrique subsaharienne a déjà aujourd'hui perdu une moyenne de quinze ans d'espérance de vie. En Afrique du Sud, une personne sur quatre, quand ce n'est sur deux, ou trois, dans la tranche d'âge notamment des 15/24 ans, est infectée par le VIH. Le sida exerce toujours un impact démographique, social, politique, économique considérable. Les enseignants, les médecins, les forces vives qui meurent s'avèrent être, hélas, plus nombreux que ceux qui sont formés. Le tissu social se délite un peu plus chaque jour...

On pourrait se décourager, d'autant qu'il reste encore une montagne absolument colossale à gravir. Et pourtant... Depuis environ deux ans, je constate une évolution tant dans l'esprit des politiques que de l'opinion publique.

La recherche tient compte des besoins des pays en développement, ce qui a permis de trouver des traitements dont la prise est relativement simple et dont le prix continue de baisser. Des trithérapies qui, en 2000, étaient — et sont encore dans le Nord — à douze/quinze mille dollars, par an et par patient, sont maintenant à deux cents dollars par an, du moins le premier traitement prescrit. Si l'on prend la moyenne du monde en développement, Russie incluse, le prix moyen de la trithérapie est actuellement de quatre cents dollars par an et par patient.

On constate aujourd'hui une certaine acceptation, par tous les partenaires politiques, économiques et industriels de ce qu'on appelle les prix différenciés. C'est-à-dire qu'il y a deux prix dans le monde. Un pour les pays du Nord et un pour ceux du Sud, aux médicaments génériques. Mais... car il y a un mais, et il est de taille. Les génériques, par définition, sont des copies. Or, les grands producteurs comme l'Inde, les grands pays fournisseurs de matière première de la chimie de synthèse de base, à commencer par la Chine, adhérant, en 2005, à l'Organisation mondiale du commerce, se voient contraints de se soumettre à ses lois. Ainsi, l'Inde pourra continuer à fabriquer les copies génériques des mêmes molécules, mais ne pourra plus génériquement copier de nouveaux médicaments. Reste, pour les pays en développement, à appliquer la déclaration de Doha, de septembre 2003 : tout pays qui se considère en état d'urgence sanitaire a le droit de se déclarer comme tel et, ce faisant, il peut se voir concéder la licence lui permettant de fabriquer ses génériques. S'il n'a pas la capacité de production, peu de pays l'ont en réalité, il est en droit d'acheter aux pays producteurs. La Thaïlande, le Nigeria, l'Afrique du Sud, la Chine, la Russie... seraient potentiellement producteurs. Le Canada a modifié sa législation en ce sens : les « génériqueurs » canadiens pourraient exporter des médicaments vers les pays du Sud qui se déclareraient en urgence sanitaire. La France et l'Union européenne veulent faire de même. C'est-à-dire tendre vers cette autorisation d'exportation des génériques afin d'avoir la liberté d'exploiter les pistes qui découlent des accords de Doha dont le texte impose aux pays riches d'accorder, dans un contexte d'urgence sanitaire, une « licence obligatoire » gratuite aux pays du Sud pour fabriquer localement des médicaments génériques à partir de molécules protégées par les lois sur la propriété intellectuelle.

«*Depuis*, rappelle Humberto Costa, ministre de la Santé brésilien, *les États-Unis incorporent dans chacun de leurs accords commerciaux bilatéraux une clause qui interdit le recours à l'accord du 30 août.*» Il aura également changé notre mode de penser... Il m'arrive, trop rarement encore, mais toujours avec un réel bonheur, de constater ce que je ne crains pas de qualifier de «miracle»!

Kosha est arrivé en France en 1997. Étudiant, avec le statut de réfugié politique, c'est-à-dire sans argent. Malade, inquiet, ayant perdu vingt kilos, il est venu à la consultation à l'hôpital Broussais, sur les conseils d'une des volontaires du Crips. Nous avons diagnostiqué un déficit immunitaire très profond et une rétinite à cytomégalovirus. Nous l'avons soigné. C'était un garçon plein de ressources, avec lequel je prenais plaisir à parler russe.

En 2004, Kosha est parfaitement installé en France. Il vit normalement. Le nombre de lymphocytes CD4 équivalent à celui de toute personne séronégative. Mieux, parce qu'il lui a fallu repasser tous ses examens, en trois ans, Kosha réussit licence, maîtrise et DEA avant de préparer une thèse de littérature russe contemporaine à l'École des hautes études en sciences sociales.

C'est avec satisfaction que je lui ai annoncé ses résultats d'examens :

«1 900 lymphocytes CD4 par mm^3. — Pour ce qui est de cette thèse-là, dis-je, celle des examens que vous venez de passer au laboratoire, je ne peux que vous adresser les félicitations du jury!»

Kosha me regarda alors et me dit :
« Cette thèse-là, c'est la thèse de la vie... »
C'est beau, fort. Émouvant.

Hôpital européen Georges-Pompidou
Janvier 2005

ANNEXES

Vingt ans d'épidémie

1981. Les premiers cas d'un déficit immunitaire atypique sont décrits chez les homosexuels de la côte ouest des États-Unis.
1983. Le virus VIH est identifié comme étant l'agent causal du sida.
1984. Premiers cas décrits d'une épidémie de transmission hétérosexuelle en Afrique.
1985. Introduction du dépistage obligatoire des anticorps anti-VIH chez les donneurs de sang.
1987. L'AZT reçoit l'autorisation de mise sur marché aux États-Unis.
1994. L'AZT est démontré comme étant efficace à réduire le risque de transmission du virus de la mère à l'enfant.
1995. Premiers cas de sida décrits chez les usagers de drogue dans l'ex-Union soviétique.
1996. Introduction des trithérapies.
XIe Conférence internationale sur le sida à Vancouver, «*One world, one hope*».
1998. XIIe Conférence internationale sur le sida de Genève, «*Bridge the gap*».
Début du premier essai de phase III d'un vaccin préventif en Thaïlande.
2000. XIIIe Conférence internationale sur le sida de Durban, «*Break the silence*».
2001. Assemblée générale extraordinaire des Nations unies sur le sida à New York.
Résolution de l'Organisation mondiale du commerce de Doha.

Création du Fonds mondial pour lutter contre le sida, la malaria et la tuberculose.

2002. Quarante millions de personnes infectées dans le monde.

XIVe Conférence internationale sur le sida de Barcelone, «*Knowledge and commitment for action*».

2004. XVe Conférence internationale sur le sida à Bangkok.

2005. Le sida est déclaré «grande cause nationale» en France.

Glossaire

ANTIPROTÉASES : classe de médicaments antirétroviraux qui inhibent la multiplication du VIH en agissant sur un enzyme du virus appelé protéase.

ANTIRÉTROVIRAUX : médicaments qui inhibent la multiplication du VIH.

« CHARGE VIRALE » : mesure du nombre de particules virales dans le sang. La « charge virale » traduit la vitesse à laquelle le virus se multiplie dans l'organisme.

CYTOKINES : protéines produites et libérées par les cellules du système immunitaire sur lequel elles ont un rôle de stimulation ou d'inhibition.

CYTOMÉGALOVIRUS : virus responsable d'infections opportunistes de l'œil (rétinite), du tube digestif ou du système nerveux chez les malades immunodéprimés.

ÉPITOPE : partie d'une protéine (par exemple du virus VIH) qui est reconnue par un anticorps ou un lymphocyte T.

IMMUNITÉ MUQUEUSE : défenses immunitaires au niveau des muqueuses, par exemple les muqueuses génitales.

IMMUNOTHÉRAPIE : traitements dont l'objet est de stimuler le système immunitaire.

INFECTIONS OPPORTUNISTES : infections qui surviennent avec prédilection chez les malades immunodéprimés, par exemple la pneumocystose ou les infections à cytomégalovirus.

INHIBITEURS DE FUSION : classe de médicaments qui empêchent la pénétration du VIH dans une cellule en prévenant la fusion des membranes du virus et de la cellule.

INHIBITEURS DE LA TRANSCRIPTASE INVERSE : classe de médicaments antirétroviraux qui inhibent la multiplication du VIH en agissant sur un enzyme du virus appelé transcriptase inverse.

INTERLEUKINE 2 (IL-2) : cytokine utilisée en immunothérapie qui stimule la croissance des lymphocytes T CD4.

LYMPHOCYTES : famille de globules blancs essentielle aux fonctions du système immunitaire. On distingue les lymphocytes B, responsables de la production des anticorps, et les lymphocytes T, responsables de l'immunité cellulaire.

LYMPHOCYTES T CD4 : sous-famille de lymphocytes T jouant un rôle de chef d'orchestre des réactions immunitaires. L'énumération des lymphocytes T CD4 dans le sang permet de suivre la progression de l'infection VIH.

LYMPHOCYTES T CD8 : sous-famille de lymphocytes T capables de tuer (cytotoxicité) des cellules infectées par un virus. Les lymphocytes T CD8 sont également à l'origine de facteurs qui inhibent la multiplication du VIH.

OMS : Organisation mondiale de la santé.

ONUSIDA : programme commun des Nations unies pour lutter contre le sida.

PEPTIDE : fragment de protéine composé d'un petit nombre d'acides aminés.

PROPHYLAXIE : ensemble des traitements destinés à prévenir la survenue d'une maladie, par exemple d'une infection opportuniste.

RÉPLICATION : mot utilisé pour désigner la multiplication du virus.

SÉROPOSITIF(VE) : se dit de quelqu'un dont le sérum (sang) contient des anticorps contre un agent infectieux, par exemple le VIH.

SIDA : syndrome d'immunodéficience acquise.

THYMUS : organisme du système immunitaire dans lequel s'opère la maturation des lymphocytes T.

TRITHÉRAPIE : combinaison de trois médicaments. Dans le cas de l'infection par le VIH, les trithérapies associent généralement des médicaments de classes différentes, par exemple deux inhibiteurs de la transcriptase inverse et une antiprotéase.

VIH : virus de l'immunodéficience humaine.

Remerciements

Je remercie les personnes qui ont bien voulu accepter que je parle d'elles dans ce livre. Les noms et les prénoms ont bien entendu été changés.

Ce témoignage est dédié à l'effort de ceux, dans l'équipe médicale et soignante, qui accompagnent depuis plus de quinze ans les patients à l'hôpital Broussais et à l'hôpital européen Georges-Pompidou, notamment à la consultation du soir.

Je remercie Olivier Amiel, Paul Benkimoun, Hector Bianciotti, René de Ceccatty, Daniel Defert, Tim Greacen, Linh Goichot, Emmanuel Hirsch, Didier Jayle et Irène Théry qui, à un moment ou à un autre de la rédaction de ce texte, m'ont apporté leur soutien.

ANNEXES

Composition Interligne.
Impression Société Nouvelle Firmin-Didot
à Mesnil-sur-l'Estrée, le 3 février 2005.
Dépôt légal : février 2005.
Numéro d'imprimeur : 72180.

ISBN 2-07-031757-9/Imprimé en France.

130553